重新思考时代与心灵

# 成长的心智

阳志平·著

THE
MIND
IN
GROWTH

电子工业出版社
Publishing House of Electronics Industry
北京·BEIJING

未经许可，不得以任何方式复制或抄袭本书之部分或全部内容。
版权所有，侵权必究。

**图书在版编目（CIP）数据**

成长的心智：重新思考时代与心灵 / 阳志平著.
北京：电子工业出版社，2024.11. -- ISBN 978-7-121-49161-0
Ⅰ．I267.1
中国国家版本馆CIP数据核字第2024PC5615号

书　　名：成长的心智——重新思考时代与心灵
作　　者：阳志平

责任编辑：李　影　liying@phei.com.cn　　文字编辑：赵诗文
印　　刷：北京盛通印刷股份有限公司
装　　订：北京盛通印刷股份有限公司
出版发行：电子工业出版社
　　　　　北京市海淀区万寿路173信箱　邮编：100036
开　　本：880×1230　1/32　印张：11　字数：264千字
版　　次：2024年11月第1版
印　　次：2024年12月第3次印刷
定　　价：88.00元

凡所购买电子工业出版社图书有缺损问题，请向购买书店调换。若书店售缺，请与本社发行部联系，联系及邮购电话：(010) 88254888，88258888。

质量投诉请发邮件至zlts@phei.com.cn，盗版侵权举报请发邮件至dbqq@phei.com.cn。

本书咨询联系方式：(010) 88254210，influence@phei.com.cn，微信号：yingxianglibook。

## 献词

社会急剧前行,人群匆匆。然而,你依然可以是你。

成为自己,不完美,但美好。

谨以此书献给我的爱女。

# 目录

自序　成为自己，不完美，但美好　IX

## 01 · 第一部分
## 工作之思

01　人，不是流量　002
02　为什么工作会杀人？　015
03　致弯道超车者　029
04　新人七法　034
05　像人类一样活着　041
06　工作十二问　052

## 02 • 第二部分
## 教育之思

07 真正的教育 068

08 21世纪的通识教育 092

09 给自己的教育 118

10 构建优雅的知识创造系统 128

11 建立好的学习习惯系统 142

12 教育十二问 152

## 03 • 第三部分
## 心灵之思

13 可能的自我 168

14 成为内在动机驱动的人 182

15 理想女孩 195

16 行动派 205

17 从压力到品味生活 219

18 心灵十二问 227

# 04 · 第四部分
# 创作之思

**19** 灵魂选择自己的伴侣 244

**20** 杠杆与风险 257

**21** 结构力量、颗粒度与机会通道 263

**22** 用作品获得更好的收入 273

**23** 人生的 STC 算子 281

**24** 创作者的习惯清单 299

注释 315

后记 331

# 自序　成为自己，不完美，但美好

## 1

**那一年，我21岁**。天上的云半明半暗[1]，映衬着我起伏不定的心情。我站在人生的十字路口，心绪纷乱。这时，我打开邮箱，一封来自心理学教授的邮件映入眼帘。不久前，我刚做了一个重大决定：放弃跟随教授继续从事学术研究，转而投身创业。

教授是学术权威，我已经与他共同发表多篇论文，合作多个课题。教授将我视为得意门生，曾让我代表他在国家级学术年会上做主题报告，还让我在知名期刊上撰写他的数十年学术工作总结。我们私交甚好，他和家人对我照顾有加，曾为我提供住宿，甚至帮我挑选衣服。

因此，当他得知我决定放弃学术、选择创业时，他的失望和愤怒溢于言表。他给我写了一封长信，苦口婆心，劝我回归学术之路。他难以理解我的选择：明明有一条康庄大道摆在眼前，稳定的未来触手可及，课题组资金充裕，研究方向热门；而我却选择了另一条荆棘丛生的小路——前途莫测的创业。

他自认非常了解我，觉得我是个彻头彻尾的书生，来自湘南小镇，没有丝毫背景，而且极为内向、害羞。在他看来，我做学问或许能大成，但创业怎么可能成功呢？

教授与我父亲同龄，就像父母无法理解已经长大的孩子一样，他无法理解我为何做出这样的决定。因此，他在信的结尾预言："多年后，你会后悔今天的决定。"

我是笃信创业前途光明吗？不是。是厌倦学术研究吗？也不是。

**答案是什么？当时的我并不清楚。**

我只知道，整日忙于申请课题、发表论文，不是我想要的生活。

那一年，我有好多奢望，我想爱，我想安稳，我想过简单的生活。然而，**我更想成为我自己**。溪流潺潺，我想坐在水边看云；明月高悬，我想在月光下漫步。

# 2

**那一年，我 28 岁**。那时，我已创业多年。白手起家，一次次碰壁，又一次次努力。终于，事业步入正轨。

2008年5月12日，汶川地震突如其来。当天晚上，我发起一个灾后心理支持组织，召集数千名志愿者参与心理援助。七天内，我们出版了《灾后心理自助手册》并向灾区捐赠了数万册，开发了在线心理咨询机器人，提供线上和线下的心理援助服务。由于工作开展及时有效，我发起的这个组织受到广泛关注，知名媒体相继进行专题报道。

随着工作的深入，越来越多的利益方介入，我的初心受到影响。我渐渐意识到，许多人，包括我自己，都陷入了所谓的"英雄情结"之中。于是，我停下脚步，进行反思，在给志愿者的信中写道：

> 英雄是历史、政治、媒体的产物，然而，在心理学看来，人人都有美好、积极的一面，也有阴暗、消极的一面。平凡如你我，并不需要英雄。我们只需展现人性的美好与积极，同时正视自己的消极，这样就足以成为自己的英雄。
>
> 作为心理学志愿者，你也许阅读了大量媒体报道，也许正在，或者即将奔赴前线。那种激昂的情绪、举国同殇的场面在你心中激荡，你试图成为英雄，或许已经踏上了这条路。但是，请记住，**你始终是你自己**。
>
> 当时代、政治、媒体赋予你的责任与你内心的追求相冲突时，请停下脚步，想一想：那真的是你想要的吗？

这封信写于2008年5月23日，汶川地震发生后的第11天。几个月后，我决定将所有成果移交给他人，彻底退出这个项目。一年后，我也退出了所有商业项目，开始闭门治学。

为何要放弃广受好评的公益项目？为何要放弃收益颇丰的商业项目？

**答案是什么？当时的我并不清楚。**

我只知道，围绕利益周旋、配合表演，不是我想要的生活。

那一年，我有好多感动，我想哭，我想感恩，我想帮助更多的人。然而，**我更想成为我自己**。春风轻拂，我想在草原上奔跑；繁星闪烁，我想在夜空下畅想。

# 3

**那一年，我34岁**。那时，我已闭门治学四年，潜心读书，笔耕不辍。春观夜樱，秋赏明月；夏望繁星，冬阅初雪。四季流转，我沉浸于阅读与思考中，时光悄然流逝。

在那段日子，我不断追问自己：我来到这个世界的使命是什么？我希望留下什么？经过漫长的思索，我终于找到了答案：**重建道统、学统与文统**。道统是安身立命的学问，也就是信仰；学统是经世济用的学问，也就是知识；文统则是洗心养气的学问，亦即修炼。

随着学问的深入，我意识到，治学不仅是阅读与写作，特别是学统的构建，还需要现代科学的支持。我不再满足于书斋中的思考，渴望将学问与现实结合，投入实践。于是，我决定再次创业，尝试构建一套新型知识体系，帮助知识工作者及其家庭成员更好地发展。

世事如炉，人如薪火，我会在燃烧中绽放，还是黯然熄灭？一边经营公司,一边完善学问,我真的能够游刃有余吗?

**答案是什么?当时的我并不清楚。**

我只知道,在书斋中自说自话,不是我想要的生活。

那一年,我有好多犹豫,我想闲,我想隐居,我想远离世事。然而,**我更想成为我自己**。山峦叠翠,我想在晨曦中独自攀登;海浪拍岸,我想在岸边等待日出。

# 4

**那一年,我39岁。** 37岁的妻子意外怀孕,打乱了我们原定的计划。这一次,我们决定迎接这个孩子的到来,告别坚持十多年的丁克生活,生活因此变得忙乱。

作为高龄孕妇,妻子的身体状况频频出现问题,各种意外接踵而至。整个孕期,我们几乎是医院的常客。距离预产期还有两个多月时,妻子突然高烧不退,我在一个周五晚上紧急将她送入ICU(重症监护室)抢救。

周六凌晨,我面临一个艰难的抉择:是终止妊娠,让孩子提前来到这个世界,还是继续坚持,等待妻子退烧?最好的结果是妻子和孩子都能平安,最坏的结果……我不敢去想。妻子的想法是,能拖一天算一天,不愿放弃。于是,我决定暂不终止妊娠。

到了下午六点,我意识到,再拖下去可能会带来更大的风险。听取医生建议后,我做出了新的决定:终止妊娠,然后立即说服妻子[2]。

最终,周六傍晚七点,妻子同意终止妊娠。医生们立即准备剖宫产手术,我签下了一份又一份文件。

妻子会平安吗?孩子会平安吗?早产12周的孩子,会有并发症或后遗症吗?

**答案是什么?当时的我并不清楚。**

我只知道,无论结果如何,我已做好准备。这是我的妻子,这是我的孩子,这是我的责任。

那一年,我有好多后怕,我想逃,我想放弃,我想一切从未发生。然而,**我更想成为我自己**。风雨交加,我想为家人撑伞;夜色沉沉,我想为爱守望光明。

# 5

这就是我人生中的四次选择:科研还是创业?追逐名利还是坚持自我?出世还是入世?终止妊娠还是继续怀孕?

每次的选择都完美吗?如今回顾往事,这些选择并不完美。似乎还有一些更好的选项。

23年前,我本可以一边攻读学位,一边经营公司,平衡学术与创业。

16年前,若对他人宽容一些,或许能更好地管理公司,并更有效地推进公益项目。

10年前，我本可以选择以顾问的身份参与一些项目，而不必亲自创办公司。

5年前，我本可以多提醒妻子注意身体，或许就能避免在那时早产。

可是，**人生的选择，真的能尽善尽美吗？**即便当时看似完美，若干年后依然如此吗？

23年前，那位曾写邮件劝我的教授，今年读了我的新书后说："你已经在学术上走出了自己的路。"

16年前，那些因公益项目而结识的朋友们，至今我们依然紧密合作，共同推动人类心理健康事业的发展。

10年前，我创办的那家公司逐步发展，最终形成了一个多品牌的生态系统。而我，在这十年的实践中，完成了重要的学术工作：提出"人生发展学"，并构建了一套新型通识教育体系，惠及成千上万学员。

5年前，那个早产的小不点，如今已经成长为一个充满灵气、善于独立思考的小女孩，总是冒出各种有趣的想法。而这本书，正是献给她的礼物。

# 6

生活让我明白：**成为自己，不完美，但美好。**

你可以选择回避"不完美"，走上一条看似安稳的路。

你也可以选择探索"美好",走上一条充满挑战与未知的路。

**不完美是当下可见的,而美好则需要我们去想象未来。**

唯有接纳当下的不完美,才能拥抱未来的美好。

1916年,42岁的诗人罗伯特·弗罗斯特(Robert Frost)在一首诗中写道:

> 黄色的树林里分出两条路,
> 可惜我不能同时去涉足,
> 我在那路口久久伫立,
> 我向着一条路极目望去,
> 直到它消失在丛林深处。
> ……
> 也许多少年后在某个地方,
> 我将轻声叹息将往事回顾:
> 一片树林里分出两条路——
> 而我选择了人迹更少的一条,
> 从此决定了我一生的道路。[3]

你的一生会遇到许多岔路口,而每一次选择,都会通往不同的未来。你会选择哪一条路?

阳志平

2024年秋于北京

# 01

第一部分

## 工作之思

# 01

# 人，不是流量[*]

## 1

2018年，我去上海参加一个母婴行业的大会。会议地点在一家星级酒店，灯光明亮，往来的人不是CEO，就是总监。

在那个会议上，参会者讨论最热烈的一个话题是在流量日趋紧张的时代，如何做好母婴行业的流量获取。至少有七八个演讲者以此为标题。有的演讲者来自头部互联网公司，认为流量并没有下滑，宣称他所在平台的直播带货，将是未来一个重要的新增流量入口，提醒各位CEO快快抓住机会。

有的演讲者来自线下连锁机构，认为大家之所以觉得互联网线上流量紧张，是因为以前过于忽视线下。你看，我们在线下活得好

---

[*] 本文首次发表于2020年11月11日。

好的，流量不仅不紧张，还可以反哺线上。

到了下午四五点，大家都听得昏昏欲睡时，会议讨论中突然冒出一个异类。

这是一个生产纸尿裤的公司的CEO，毕业于北大，在母婴行业以言论大胆著称。

轮到他演讲时，他跳到台上，先发了一轮大红包，唤醒听众的注意力后，开炮了："你们全家才是流量！人不是流量！人就是人！"

是啊，很奇怪，人什么时候变成了流量呢？人为什么就不是"人"了？

## 2

我们不妨认真思考一下，人，为什么就不是"人"呢？人，什么时候变成了流量？

或者，你可以将流量换成近义词：工具人、被困在算法中的人等。

这牵涉一个由来已久的话题：异化（Alienation）。什么是异化？它有多重含义。广为流传的含义源于德国哲学家黑格尔、费尔巴哈、马克思的论述，侧重于个人与社会的疏离，而这种疏离恰恰是自我生成的。[1]

在德国古典哲学中，对异化的研究由来已久。在德国古典哲学家看来,所谓"异化",是指主体发展到一定阶段,产生出自己的对立面,形成客体,这个客体又作为一种外在的、异己的力量存在。

1807年,黑格尔在巨著《精神现象学》中提出"异化论",细分出三种异化:一是绝对精神—自然界—主观精神;二是伦理—教化—道德;三是服役意识—劳动—自为存在意识。[2]

马克思在《1844年经济学哲学手稿》中,将"异化"视作对抗资本主义的利器,并在其中的"异化劳动论"中提出了著名的"四个异化规定"。[3]

第一个规定是劳动对象的异化,即劳动产品与劳动者本身的对立。你生产出来的作品并不属于你,是属于一个庞大的生态。

第二个规定是劳动自身的异化。劳动不再是自发的,而是被强迫的。今天,社会强迫劳动的方式更加隐蔽。用硅谷创业教父保罗·格雷厄姆(Paul Graham)的话来说,"在美国,唯一强迫人的方式是征兵,但我们已经30年没有这么做过了,而是一直利用名利吸引人工作。"[4]

第三个规定是人类本质的异化。人的自由自觉的生产活动,从此转变为谋生的活动。我的《人生模式》一书扉页献词是:"如果只在不被辜负时去信任,只在有所回报时去爱,只在学有所用时去学习,那么就放弃了人之为人的特征。"[5]如果信任、爱、学习带有强烈的工具色彩,那么与此同时,你就主动放弃了人之为人的那些特征。

第四个规定是人与人之间关系的异化。劳动者如果陷入"我只能成为劳动者"的单一视角,那么,他们看待世界上的一切,都会从劳动者的视角出发。从此，劳动者与劳动者彼此竞争。盛行的"内卷"等词汇，无不说明如此。

马克思的异化观念广为流传，使得在现代话语体系中，"异化"一般被用来专指人们被社会排斥在外，找不到自己在社会中的归属感。某种意义上，"异化"开始等同于社会学奠基者埃米尔·涂尔干（Émile Durkheim）在《社会学方法的规则》和《自杀论》中提出的"失范"的概念。[6]

# 3

无论是马克思的"异化"，还是涂尔干的"失范"，都有一个默认的前提假设：在社会变革时，存在一股更理想、更正确的道德力量来指明方向。对于这一点，不少社会学家颇有质疑，其中质疑最成功的是皮埃尔·布尔迪厄（Pierre Bourdieu）。他用"迟滞"来表达人与社会的错位、脱节，例如，异类融入社会的迟滞，以及弱势群体被社会接纳的迟滞。

马克思所说的"异化"，涂尔干所说的"失范"，以及布尔迪厄所说的"迟滞"，它们的本质是什么呢？——否定人作为独立生产者的可能性。

或者让人成为一个庞大生产链条中的一分子——从工业革命早期的英国羊毛工人、汽车产业兴起时的工人、改革开放早期东莞鞋厂里的厂妹，到今天互联网科技行业中的"996""大小周"的员工。

或者让人作为个体生产者却无法自给自足，不得不依赖一个更有效率、更大规模的体系。当年工业革命开始时，英国人发现，集中在一起大规模圈养绵羊更有效率。今天的内容创作者，自己独立维护一个持续更新的博客或播客，带来的变现效率远远不如在平台上更新内容。

对人的异化，导致的结果是——人，不再是独立生产者，而是消费者。

双十一期间，各路商家齐上阵，争抢大众注意力。人不再是人，而是流量。真的需要那么多消费吗？

那些在系统中负责设计、监控流量的人，那些在系统外负责交付、生产流量的人，他们的差距由此而生。小明和小红，李雷和韩梅梅，都有一个闪亮的未来，一个送外卖，一个做家政，一个做产品，一个写程序。

# 4

在大众潜意识中，有三条看似铁律般的默认假设，它们源自深层的社会结构，但仔细推敲后却不尽合理。

**第一个默认假设是：我就应该像"某某人"一样生活，我就应该拥有"某某"或"某某生活方式"**。小到层出不穷的名媛拼团群、流行一时的凡尔赛文学，大到一些组织提倡的"某某奋斗""某某生活方式"，无不在暗示着我们。

一旦个体开始对抗这种生活方式，那么就有无穷无尽的压力扑面而来。你怎么可以30岁还不结婚，40岁还不生娃？

**第二个默认假设是，你不再认为自己是可以自创生的。**自创生是认知科学家弗朗西斯科·J·瓦雷拉（Francisco J. Varela）在《知识树：人类理解的生物基础》一书中提出的理论，之后被社会学家广泛借用，尤其德国社会学家、卡片爱好者尼古拉斯·卢曼（Niklas Luhmann），还将其应用到法律社会学。[7]

瓦雷拉用"自创生"来形容生命体与一切非生命体的区别，所谓生命的本质就是一种具有自我生产能力的系统，即系统内的所有部件都是由系统内部的其他部件生产出来的。

"自创生"在这里被我继续借用，指你不再将自己理解为一个可以自我循环、自给自足的人。你必须依赖整个工业生产链条，必须在城市里生活，才能过上舒适的生活。

外卖市场、打车市场、支付市场的数字化，在带来便利时，也在加剧你自给自足的难度。如今多数人觉得，出门不叫个车，在家不点个外卖，不用"某宝""某信"支付，浑身不自在。

越来越多的人享受科技进步带来的便利，这是必然。但，伴随而来的问题，并没有引起同等重视。衣食住行，这些个人生活市场被数字化的同时，是生活的去隐私化、头部公司的垄断化。

现代社会不像英国资本主义早期那样，肆无忌惮地使用暴力，而是更频繁地使用系统，悄无声息地通过"奖赏"改造你的习惯。习惯，用布尔迪厄的话语体系来说，也就是习性。

原本按照收入支出，量力而行，现在却借助于各类"白条"过度消费。这真的是好事吗？你真的相信自己的自制力能战胜算法、数据的"操控"吗？

极少数人逃离城市，去终南山隐居。但是，有没有一种可能，我们依然在城市生活，但不让渡自己的隐私、自己的数据、自己的生活空间？

如果我们以整个世界和整个人类历史为考察对象，我们会发现，在科技急剧变革的时期，人的异化现象同样表现得最为明显。

但这并非世界常态。

无论当年英国资本主义萌芽时期，或是"一战""二战"的工业化时期，还是今天的互联网时代，都有无数安静的小镇，在那些小镇上，有一批平静生活的人。

在这些小镇上，人们首先是自己，其次才是与他人做交易的社会人。

# 5

**第三个默认假设是，世界是永远进步的。**

在永远进步的幻觉中，带来的默认假设众多。例如，我们的薪资永远上涨，我们的公司永远强大。再如，只要努力，就必然有收获。

世界运作、国家治理、人生发展、家庭关系，这些好比一列永远奔驰向前的列车。你只要挤上了这些列车，就会跟随列车一起永远进步。方向错了？没人会担心。掉队者？任其自然好了。上车后,发现不如想象得美好?一切都会过去,只要还在列车上,就好。

然而,这并非世界的真相。这种永远进步观只是一种幻觉而已。

世界上存在三种辩证观。第一种是以永恒进步主义者为代表的永恒进步辩证观(或称冲突辩证观),这类哲学家相信,冲突永远客观存在,冲突促使人类进步——世界总是在朝更高、更好的方向前进。但是,这种进步真的能持续下去吗?当"后浪"嘲笑不会用电脑、用手机的某人时,能否意识到终有一天,会有新的一批"后浪"嘲笑你不会用某某、某某呢?

第二种则是以大乘佛学为代表的辩证观(或称超越辩证观)。和谐也好,冲突也好,都是世间的幻象,和谐与冲突并不存在,人类应从冲突中解脱出来以顿悟。这就是终南山隐士们选择的道路。

但是,除了这两种观念,还有一种来自中国本土的辩证观。这就是以中国儒道为代表的和谐化辩证观。永恒进步辩证观认为,每一种存在都有正、反两面,世界总是沿着正、反、合、正、反、合的路径前进。和谐化辩证观则认为,正也好,反也好,它们并不是对立的,正、反双方在本体上是平等、互补的,类似于中国古代"阴阳"的哲学思想。同时,推动世界进步的并不是矛盾或冲突,而是和谐化。有阳必有阴,有高潮必有低谷。

# 6

很多文学作品都描述了人的异化现象。其中最知名的莫过于弗兰兹·卡夫卡（Franz Kafka）的《变形记》。[8]在这部作品中，小职员格里高尔有一天醒来，突然变成了一只昆虫。

语文老师在课堂上带着学生们对《变形记》进行了一层又一层的深刻解读，但在卡夫卡自己看来，他只是表达而已。他在1913年的日记中写道："我在家读《变形记》，觉得它写得太差了，也许我真的完了。"在1914年的日记中，他表示对《变形记》大为反感，结尾不堪卒读。[9]

讨论异化的经典作品还有哪些呢？推荐三本。

第一本是《没有个性的人》。[10]作者罗伯特·穆齐尔（Robert Musil）是一位作家中的作家。在大众领域，他名声不显，但《情人》的作者玛格丽特·杜拉斯（Marguerite Duras）说："我很喜欢马赛尔·普鲁斯特（Marcel Proust），但我更喜欢穆齐尔。"《生活在别处》的作者米兰·昆德拉（Milan Kundera）这么说："尼采（Nietzsche）使哲学与小说接近，穆齐尔使小说与哲学接近。"《没有个性的人》是他未完成的遗作。小说主人公乌尔里希是一个人们心目中的废物。有一天，他发现如今的世界已经成了一个没有个性的世界，他越思考，他就越与世界疏离。

第二本是《光明王》。[11]这是一本科幻经典，有着对科技、人性的深刻洞察。作者罗杰·泽拉兹尼（Roger Zelazny）是我最喜欢的科幻作家。当地球已经成为湮没在时间长河中的往事，一小群人远航至一个落后的蛮荒星球上，他们将"意识传输"的发达技术牢牢控制在自己手中，并获得永生。

从此，这批掌握技术的人成了神祇，他们的后代成了在神坛之下匍匐的凡人。神说，决不能让凡人得到技术，他们必须永远蒙昧。

当然，哪里有压迫，哪里就有反抗。《光明王》的故事由此展开。

公平只会在你与对方有同等实力时，才会存在。面对技术垄断，多数人会奢望公平，祈祷和平，寄希望于出现盗火者，只有极少人会像《光明王》中的主人公萨姆一样去战斗。

第三本是《人的自我寻求》。[12]作者是人本主义心理学家罗洛·梅（Rollo May）。只看书名，就能想到它会说些什么。在孤独的时代，你究竟该如何重建人格，成为自己？

# 7

小说家、科幻小说家、心理学家对人的异化的发生，总是最敏感的。某种意义上来说，他们也是对抗异化最成功的人——不仅自己孤军作战，还用带温度的文字，感染世人。

我们每个人都能成为小说家吗？显然不能。

那不妨退一步，用诗歌与幽默对抗异化。

先说诗歌。诗歌于生活，并非可有可无，它是人最重要的精神食粮。学会写一首诗，就意味着你从消费者的身份转为创作者的身份。这就是对抗异化的永恒之道：从消费者转为创作者。

我们不会认为一个天真无邪的小朋友被社会异化，我们只会感叹一位职场人士被社会异化。我们难以将油腻这类词汇与孩子联系在一起，那么，孩子区别于大人的重要特质是什么？童言无忌。

在孩子们眼中，一切都充满新奇，一切都是开放的，一切都可以探索，一切都属于他们。世界的主人，是他们自己。虽然，孩子们的世界有时在大人看来小得可怜——是草地上的一处蚂蚁窝；是家里的一个小小绘本角；是几个一起过家家的小伙伴，你是王子，我是公主。

诗歌是一个篇幅极短的作品，也是一个容易自给自足的作品。小时候，我们让孩子背了上百首诗，却从未认真教孩子怎样写诗。但是，依然有很多孩子自然而然地学会了写诗，爱上了写诗。因为诗歌和音乐这些美好的东西，从来都是人类的必需品，而非奢侈品。

当他（她）能用几十个文字组合成一首诗时，意味着他（她）拥有了一个创作者的身份——诗人。

如果有一天，孩子能以诗人的身份谋生，当然是最理想的。即使不能以诗人的身份谋生，我们也可以想象得到，从小习惯写诗的孩子，更易拥有一颗高贵的心灵，来对抗这个庸俗的世界。

# 8

再说幽默。孩子终究会长大，那么，对成年人来说，对抗异化的最佳手段是什么呢？幽默。

成年人的幽默，好比孩子的诗歌，是最应该掌握的一种技能、一种强大的武器。幽默心理学领导者维利巴尔德·鲁赫（Willibald Ruch）曾经在一项研究中发现，自嘲会给人带来很多好处。[13]

有了幽默，那些异化，可以调侃；那些失范，可以超脱；那些迟滞，可以旁观。

现代性的谎言无处不在，男人成了战争的消耗品，女人成了男人战争的消费品。试看王尔德谈男人与女人：

» 什么是离婚的主要原因？结婚。
» 男人常常希望自己是女人的初恋，而女人则希望成为男人的最后一段罗曼史。
» 所有女人都会变得像她们的母亲一样，这是女人的悲剧。但没有男人变得像他们的父亲，这是男人的悲剧。

如今，我们习惯将金钱视作生活的唯一目标，因此，大量关于金钱的隐喻影响着我们生活的方方面面。人们常说"时间就是金钱"，然而，王尔德却认为"时间是金钱的一种浪费"。

# 9

对抗异化，不妨从诗歌与幽默开始。

一个写诗的人，再坏也坏不到哪里去；一个幽默的人，再恶也恶不到哪里去。

克里斯多弗·亚历山大（Christopher Alexander）在《建筑模式语言》中，探求人类该如何在失去个性的工业化时代里，过一种诗意盎然的生活。书中给出的答案是七个词。[14]

这七个词就是"生气""完整""舒适""自由""准确""无我""永恒"。

亚历山大认为，人类的主要追求就是寻求"无名的特质"——"在我们自己的生活中，追寻这种特质是任何一个人的主要追求，是任何一个人的经历的关键所在，它是对我们最有生气的那些时刻情境的追求"。[15]

亚历山大用"无名的特质"来形容人类的主要追求，老子、庄子同样用"无名"来形容大道。这些大道并非虚无缥缈的大道，而是每个人心中的大道：人与环境的冲突，理性与灵性的对抗，异化与自由的战斗。

日常生活中，如果能寻求以诗的眼光看待生活、追求无名的特质，那么，你会更容易感知世界的朝气蓬勃、在无我中体验世界运作的永恒之道。

## 小　结

双十一期间，如果你打开那个喊出"人不是流量"的CEO的官网商城，你会看到新品上市、双十一促销的广告。

对抗也好，认命也好，个人的短暂生命，在无穷无尽的历史河流中，终究是蜉蝣一闪。

人不是流量，不是蜉蝣；人也是流量，也是蜉蝣。

# 02

# 为什么工作会杀人？[*]

## 1

2000年，我开始在一个从事组织行为学研究的课题组工作。课题组每周都会召开一次例会，讨论近期研究进展。有一天，讨论的主题是工作倦怠（Job Burnout）。

那是我第一次接触这个名词。什么是工作倦怠？它是由心理学家克里斯蒂娜·马斯拉奇（Christina Maslach）在1976年发现的一种现象。[1] 她发现在服务业、教育业、医疗行业，容易出现一种现象——随着工作年限增加，工作热情却消失了，对工作中涉及的人漠不关心，对工作敷衍了事，持有负面态度。

之后，马斯拉奇在1982年正式定义了工作倦怠。她将工作倦怠定义为一种情绪衰竭、去个性化以及低个人成就感的现象。[2]

---

[*] 本文首次发表于2021年1月14日。

这个定义在组织行为学中广为流传，它界定了工作倦怠的三个关键指标：情绪衰竭、去个性化和低个人成就感。

**什么是情绪衰竭？** 如果将情绪理解为一种资产，出现工作倦怠现象的人，会觉得自己的情绪资产都被消耗掉了，长期处于低落、紧张的情绪之中，同时长期被焦虑、抑郁、恐惧等情绪障碍中的一种或多种困扰。

这种现象在服务业从业者中高发，尤其是在工作中需要与人反复打交道的人中。有段时间"幼师荒"的话题登上热搜，越来越多的学前教育毕业生不愿再从事幼师这一职业。幼师常常要面对很多孩子与家长，情绪很容易被消耗掉。不仅幼师，教师、护士等职业也容易出现情绪衰竭。

**什么是去个性化？** 简单来说，是指工作倦怠症状严重的从业者，不再将工作中打交道的人看作人，而看作物。例如，严格刻板地遵从某些规定，丝毫没有人情味。

去个性化，有时候会导致一些极端事件的发生。许多媒体曾经报道过各类幼儿园幼师虐待孩子的事件。事后追溯这些报道时，媒体、社会总是一边倒地批判幼师，对于幼师行业背后的待遇改善、如何规避工作倦怠等问题却避而不谈。

去个性化是一种与情绪衰竭伴随出现的现象。它是从业者在潜意识中进行的自我保护——既然情绪资产都消耗得差不多了，那么就节省点心力吧。

心理学家在研究工作倦怠的早期，认为工作倦怠只出现在那些需要经常与人打交道的从业者中。现在，越来越多的心理学家发现，在信息时代，一位较少与人打交道的从业者，也容易出现工作倦怠。

以程序员为例，这类较少与人打交道的职业的去个性化表现是什么呢？通常是对工作很疏远，不再愿意与项目组的成员有过多的接触、互动；总想脱离工作场景，感觉上班写代码很痛苦，回到家里不愿意再接触任何与代码相关的资料、物件；自嘲或嘲讽他人的情况变多了，觉得自己就是一个"搬砖的码农"。

**什么是低个人成就感？** 这个好理解，就是对工作感到无力，觉得自己是个工具人，领导叫怎样就怎样，也并不觉得自己做的工作对社会有多大价值，个人自尊持续下降。

# 2

如何诊断自己是否患有工作倦怠呢？我在2004年翻译的《工作评价》一书给出了答案。[3]这本书是组织行为学经典读物，作者戴尔·菲尔兹（Dail Fieds）是大学商学院教授，实战经验丰富，在从教前曾经担任过管理咨询公司的总监及管理咨询师。

针对企业日常进行组织诊断与研究时对专业心理学量表的需求，菲尔兹从世界排名靠前的15种专业管理心理学学术期刊中挑选出已经过实践检验的量表，形成一本工具书。

这本书提供了一个工作倦怠量表。它由心理学家阿雅拉·派恩斯（Ayala Pines）与埃利奥特·阿伦森（Elliot Aronson）于1988年编制。前文提及，马斯拉奇界定工作倦怠的三个关键指标是情绪衰竭、去个性化和低个人成就感。同时，马斯拉奇也开发了相应的工作倦怠量表。组织行为学界一般称之为马斯拉奇工作倦怠问卷。

马斯拉奇工作倦怠问卷有一定局限性，它更适合那些主要跟人打交道的服务业从业者。而派恩斯和阿伦森于1988年开发的量表，是继马斯拉奇工作倦怠问卷之后，流传最广的一个量表。它的与众不同之处在于将测查重心落在情绪衰竭上，同时能适应所有职业。因此，该表成了业界使用广泛的测查工作倦怠的量表。量表的题目如下：

请按实际情况使用李克特七点量表进行回答。1=从来没有，2 = 难得会有，3=很少有，4 = 有时有，5 = 常常有，6 = 一直有，7 = 总是有。

1. 我觉得疲倦；

2. 我觉得沮丧；

3. 我觉得很开心；

4. 我觉得全身筋疲力尽；

5. 我感觉脑袋昏昏沉沉；

6. 我觉得高兴；

7. 我觉得崩溃了；

8. 我觉得再也受不了了；

9. 我觉得不高兴；

10. 我感觉没劲了；

11. 我感觉陷入了困境；

12. 我感觉没有价值；

13. 我觉得厌倦；

14. 我觉得不安；

15. 我感觉很虚弱、很容易生病；

16. 我感觉没有希望；

17. 我感觉不被接受；

18. 我感觉很乐观；

19. 我感觉充满活力；

20. 我觉得焦虑。

将你的各题得分累加，就得到了你的工作倦怠程度总分。其中，第3题、第6题、第18题、第19题均反向计分，也就是选7得1分，选1得7分。总分越高，代表你的工作倦怠症状越严重，越需要重视。

# 3

无数研究告诉我们，工作倦怠对职场人士影响深远。一方面，**工作倦怠会影响你的身体健康**。心理学家丹尼尔·甘斯特（Daniel Ganster）与约翰·修布罗克（John Schaubroeck）在1991年对工作应激和员工健康的关系进行了综述后认为，"应激导致疾病"这种说法确实存在一些很有说服力的间接证据。[4]

国内亦有类似研究。北京师范大学的几位研究者在研究报告《银行职员的工作倦怠与身心健康、工作满意度的探讨》中，调研了135名银行职员，发现情绪衰竭与身体健康、心理健康呈显著负相关。[5]同样，研究者李永鑫等在《护士倦怠与自尊、健康和离职意向的相关性研究》一文中调研了175名护士，发现工作倦怠检出率接近70%，并且对健康有显著影响。[6]

**另一方面，工作倦怠也会影响你的家庭关系**。在对公务员、医生、护士和教师的调查中发现，工作家庭冲突与工作倦怠形成恶性循环的现象十分普遍。工作倦怠导致工作家庭冲突变大；而工作家庭冲突变大，又加剧了工作倦怠。两者就像把人夹在中间的两面回声墙，你对着一面墙大喊大叫，另一面墙也会放大你的声音。如果你的生活方式单调，没有业余爱好，长期在公司、家庭之间两点一线，压力长期积累无法释放，很容易从情绪枯竭发展到情绪崩溃。在金融、投资等高压力行业，因工作倦怠导致的离婚案例屡见不鲜。

工作真的会伤人！工作倦怠不仅影响你的身体健康、心理健康，还会影响你的家庭关系。长此以往，极端情况下，工作不只会伤人，还会杀人。

曾有一则某大型互联网公司的一位女员工离世的消息让人心情沉重——她倒在深夜加班回家的路上。据媒体报道，这家公司的不少员工下班时间是凌晨两点。

今天，我们无法追究员工的不幸去世是否由这家公司的疯狂加班情况导致，我们也无法确定，她是倒下的最后一位员工，还是可能有更多的员工正在倒下的路上。

工作会杀人,这样的案例在近些年并不少见。2020年12月,上海一家互联网公司员工意外猝死在公司健身房外。同样在12月,外卖骑手韩某一天接了36单外卖订单,在配送第34单时猝死。制造业也不例外,知名案例莫过于2010年1月23日至2010年11月5日间,富士康发生的14起员工跳楼事件,该系列事件引起了社会各界的广泛关注。

## 4

为什么"工作伤人"会发展到"工作杀人"?依然回到工作倦怠的三个关键指标:情绪衰竭、去个性化和低个人成就感。现今某些公司的做法,正在放大这三个问题。

**情绪衰竭**

长年累月地加班、"996""大小周"制度,导致员工根本没有时间平复工作中的不良情绪和发展新的社交关系。

美国艺术与科学学院院士、加拿大皇家学会院士、美国心理科学协会主席丽莎·费德曼·巴瑞特(Lisa Feldman Barrett)教授在颠覆传统研究结论的"情绪建构论"中告诉我们,"情绪不好"有两个关键原因。[7]

**第一个关键原因是,你给大脑的内感受网络分配的预算不足。**

什么是大脑的内感受网络？这是巴瑞特教授的重要发现，它是指大脑对心脏跳动、血液流动等体内感觉的感知网络。当你在野外遇到狼时，你的心脏跳动会加速，血液流动会更快。正常人不会天天碰到狼，因此，大脑进化出一套平衡机制，在你面临压力情境、碰到危险时，你会给大脑的内感受网络分配更多的身体预算资源；在平静场景下，例如休息、放松、睡眠时，你会减少给内感受网络分配的身体预算资源。

如果将人类心智比喻成一台计算机，那么，这台计算机中各类程序也会相互争夺资源。只有在给予内感受网络足够多的身体预算资源时，大脑才能赋予情绪计算相关区域更多算力。长期处在工作应激环境下，狼天天来，大脑没有休息、放松、睡眠的时间，就会默认这只狼不重要。

**第二个关键原因是，你需要提高情绪颗粒度**。大脑对情绪的预测很重要，该哭时就哭，该笑时就笑。情绪颗粒度可以理解为你的大脑预测情绪时的精细程度和清晰程度，也就是说你是用显微镜看自己的情绪，还是用天文望远镜看自己的情绪。不同尺度，决定了你对自己情绪的理解程度。

就好比一个优秀作家的词汇量会远远大于普通人，同样，情绪颗粒度足够高的人，拥有数千个情绪词汇来描述情绪，而情绪颗粒度低的人，只有几个词汇来描述情绪。巴瑞特教授建议，你可以通过阅读小说、旅游等方法，不断地提高自己的情绪颗粒度。[8]

休息、放松、睡眠、阅读小说、旅游等，都与当下长期加班、在高压环境下工作的状态格格不入。

### 去个性化

宫崎骏说过，"名字一旦被夺走，就再也找不到回家的路。"从心理学角度来说，去个性化的第一步就是剥夺人名，让组织意识强过个人意识，这在监狱里面表现最典型，例如，周润发在《监狱风云》里就成了9527号犯人。

前文提及的那家大型互联网公司，一些前员工分享他们的工作经历时，提到公司有一个独特的文化，即要求员工使用花名进行日常交流，导致一些员工在离职后仍不知道某些同事的真实姓名。此外，也有人指出公司对内部沟通渠道有严格控制，解散了一切非官方群聊。

使用花名、反对同事们自建群聊，都是在削弱人与人之间的连接，导致去个性化更容易出现。

### 低个人成就感

这一点容易理解。如果你日复一日地面对重复而枯燥的任务，从同事、领导那里又得不到任何情绪支持，那么你自然而然会觉得毫无成就感。

# 5

除了员工自身原因，组织中不合理的制度设计也是导致工作倦怠的罪魁祸首。

其中，最容易导致情绪衰竭的制度是如下两类。

（1）无限增加工作时长的制度。像"996""大小周"等，让员工没有时间休息、放松、睡眠、阅读、旅游。

（2）严格打压员工摸鱼的制度。王老板说：怎么上班聊天这么多呢？李老板说：怎么上个厕所这么久呢？

容易导致员工去个性化的制度是如下两类。

（1）花名制度。请记住，永远不要让组织意识强过个人意识。

（2）削弱员工之间私下联系的制度。请记住，员工的社会资本，也是公司的核心竞争力所在。

容易导致员工低个人成就感的制度是如下两类。

（1）关键绩效指标（Key Performance Indicator，简称KPI）或目标关键成果（Objective and Key Results，简称OKR）制度。多数公司的KPI或OKR，半强迫半诱惑，最终总有员工完成不了，就容易让员工出现强烈的挫折感。如果公司无法避免采取KPI或OKR这类制度，那么不妨给员工留出心理缓冲或提供心理支持。不少优秀公司都会设置员工帮助计划，让专业心理工作者长期驻扎公司内部，为员工提供心理支持。

（2）末位淘汰制度。这种制度是在用一些漏洞百出的排名来否定你的整个人生。不少职场新手，对于这种"组织暴力"没有丝毫抵抗能力，以为自己是个废人。究竟有多少人能从这种暴力中翻身呢？我对此并不乐观。

当个体经常在推行不合理制度的组织中谋生时，工作伤人的现象会高频出现，极端情况下，就发展成工作杀人。

# 6

那么，对职场人来说，你究竟应该做些什么，才能让自己不容易感到工作倦怠呢？以下是一些被证明有效的做法[9]。

**离开工作**。这也许是应对工作倦怠最常见的一条建议，也是最行之有效的一条建议。当你感受到倦怠时，不妨减少工作量，或者申请休假。当你回到工作岗位时，记得设定工作与生活的界限。比如，晚上回家后不再处理任何工作，同样，周末也要让自己彻底放松，不再处理工作事务。

**保持健康和充足睡眠**。正如前文所述，一个人的身体健康影响情绪健康。设想一下，如果你的饮食重油重盐重辣，常喝高糖饮料以及高咖啡因的成瘾性饮料，晚上又经常熬夜，那么，白天工作时自然会感到心情低落、精神疲乏。

**进行适当的放松**。例如深呼吸、放空自己、听音乐、讲个笑话等精神上的放松，以及拉伸、泡澡、按摩等身体上的放松。前者通常可以在工作中进行，后者则通常在工作结束后进行。

**了解自己及不断扩展个人技能**。你可以更深入地了解自己的能力特点、性格倾向以及内心的渴望，明确自己的需求。在了解自己的基础之上，再不断扩展个人技能，尤其是两类工作技能：一类是能不断迁移到不同工作场景中的核心技能，例如信息分析等；另一类是能直接帮助个人降低压力的技能，例如情绪调节技能等。

然而，不知道你是否注意到，上述这些方法都聚焦于自我照顾，旨在让你变得更坚强、更健康、更有韧性。这些方法当然重要，但是，更重要的是，你还需要改善情境，也就是不仅仅从个人角度努力应对工作倦怠，还需要改善你的工作环境。以下是一些具体的做法。

**尽量身处一个友善的工作环境**。不少人在找工作时只注意经济收入，而没有注意到你为工作所付出的情绪劳动。如果你所处的工作环境可能带来高收入，但容易导致倦怠，那么不妨转向对你更为友善的工作环境。在你所在的组织中，哪些部门的人对你更为友好？你对哪些部门的领导更为信赖？如果有这样的部门，不妨申请调到相应的部门。如果你所在组织难以解决问题，那么可以考虑换到一个更为友善的组织。当短期内无法换工作时，你可以在业余时间，通过参加兴趣小组等方式来缓解压力。

**保持真实的沟通，接纳不完美的工作环境**。很多人在入职时对组织想象过于完美，认为从事某某工作、加入某某组织，就能解决自己的一切问题。然而，这并不是事实。任何工作都是不完美的，同样，任何组织也是不完美的，你也是不完美的。因此，你与组织之间的沟通非常重要，这样才能让双方更了解、更确认彼此的一些实际情况。继而，基于这些真实的沟通，你可以进行更灵活的调整，比如从固定上下班时间转为灵活上下班。同样，在组织业务繁忙时，你可以提前安排好家庭事务，留出足够的时间。

**参与到工作环境的优化之中**。冰冻三尺，非一日之寒，一个糟糕的工作环境的形成与环境中的所有人有关。因此，我们同样需要将自己视为工作中的主人，不断参与到工作环境的优化之中。很多时候，你的一点善意就能给他人带来巨大的力量。如果你身处领导岗位，那么可以更主动地调整一些过于严苛、不合理、增加员工认知负荷与情绪劳动的工作任务设计。例如，减少不合理的日报、周报、月报、年报，提高会议效率，增加同事之间的合作而非竞争，对暂时身处低谷的同事给予更多支持。

**优化组织流程**。需要注意的是，某项组织流程优化政策的最终执行者是谁。一项关于医师的工作倦怠研究发现，组织主导的干预措施比单纯针对个人的干预措施更有效[10]。两者有何区别呢？前者重点是组织中的其他人来执行、来落实，例如，组织可以通过引进文员来帮助撰写文书，减轻医师的文书负担；而后者是医师自己来执行的措施，比如调整作息时间。

在预防工作倦怠时，请记住，不要把一切归因于你自己不够好。很多时候，工作倦怠与你所处的环境密切相关。与其一味地强调自己不够好、需要更好地适应工作，不如将注意力转向：你如何找到一个更好的组织？你如何与组织中的同事、领导一起改善工作环境？

## 小　结

人性本恶？人性本善？似乎人性本恶，让我们认为"总有刁民想害朕"。

心理学史上著名的斯坦福监狱实验验证了这一说法。该实验由斯坦福大学心理学教授菲利普·津巴多（Philip Zimbardo）主持。

1971年夏天，在斯坦福大学一个精心布置的地下室中，大学生们被随机地分为"狱卒"和"犯人"，实验仅仅进行一周，原本单纯的大学生，就已变成残暴的狱卒和崩溃的犯人。实验不得不提前终止。[11]

原本人畜无害的大学生，在监狱场景下，放大了内心的暴力倾向。我们不得不对人性表示悲观。庆幸的是，斯坦福监狱实验中途被人阻止。而说服津巴多放弃继续进行残忍人性实验的，是一位女生。

她的名字正是马斯拉奇。那一年，她刚刚拿到斯坦福大学心理学博士学位。斯坦福监狱实验结束后不久，马斯拉奇与津巴多就结婚了。年轻时的马斯拉奇，不仅智慧超群，而且貌美如花。两人相守至今，并育有两个可爱的女儿。他们一位在伯克利大学任教，另一位在斯坦福大学任教；一位致力于研究工作倦怠，改善人类福祉，一位研究社会心理学，并撰写了《心理学与生活》《津巴多普通心理学》等影响深远的教材。[12]

2015年，好莱坞根据当年的历史经历，拍摄了《斯坦福监狱实验》一片，该片上映后受到人们的狂热追捧。首映当天，放映结束后观众们纷纷起立为那位阻止了怪教授的美丽女生鼓掌。

谨以此文，向马斯拉奇这些一辈子致力于从学术角度反对组织暴力的学者致敬，也向那些在平凡生活中对各类压迫敢于说不的人们致敬。

请记住，任何人都无法阻止你像人类一样活着。

## 03

# 致弯道超车者 *

## 1

你说你要去北京,你说五道口有你的理想。"理想是什么?"你说你不知道。

你只知道,自己的状态不对,生活就像一团烂泥,你就像一条在烂泥中挣扎的鱼。

以前,不是这样的。你的人生顺风顺水。顺利地读书,顺利地毕业。然后回到了老家所在的省份城市,顺利地找到一份工作,并与那个在校园樱花树下认识的姑娘顺利地结婚。

直到有一天突然发现,你成了时代的落伍者。不知从何时开始,那些原本离你很远的词汇,不断地出现在你的生活中。

该死的朋友圈!该死的生活!你叹道。

---

\* 本文首次发表于2017年10月22日。

## 2

曾经在年轻时以为是正确的选择,曾经以为可以安度一生的城市,现在却险象环生。看似稳定的人生开始迷惘,原本清晰的目标慢慢模糊。

你开始焦虑,疯狂地寻找所有可以利用的资源。那是一段赌上金钱与灵魂的时光。你加入各种学习型社群,聆听各路大师的布道,为各种知识付费产品买单。到了最后,你依然两手空空。就像柏拉图所说:"我的朋友,赶快停止吧,不要把你最贵重的财产拿去赌博。因为购买知识的冒险性比购买酒肉大得多。"[1]

一次一次挫折后,你承认,没有速成之法,需要有耐心。那些年轻时留下的遗憾,或来自原生家庭的不幸,或来自个人的坏习惯,或来自家族积累的浅薄。

你重新上路,成了弯道超车者。

## 3

发展心理学家丹尼尔·莱文森(Daniel Levinson)说:"人生四季,一季影响一季,上一季的因,种下下一季的果。"[2]

莱文森又说,每一季人生,总是"稳定"与"改变"交错发生的。稳定期常常维持七年,而改变期比稳定期短很多,只持续三年。人到中年或事业发展中期,你更渴望发生改变。这就是发展心理学历史上著名的"七年之痒"以及"中年危机"概念。

接受了弯道超车的隐喻后，你该如何度过七年之痒，迎接未来中年危机的挑战？

想要超车，你需要换上更好的轮胎，从此让赛力大相径庭——你可以选择一个成长空间更大的公司。想要超车，你还需要找到漫长的赛道，留出挪腾空间——你可以选择面向未来的职业，而非固守在当下与过去的职业。想要超车，你还可以选择不一样的裁判——从追求名利等外在奖赏转变为由内在动机驱动，以第三方客观数据为依据的自我裁判。

# 4

哪些行为最容易导致超车时坠毁在山崖下？最危险的行为是故作轻松。

假设你之前没有养成良好的读书、写作习惯，现在开始重新培养。结果你尝试"秀"出每篇读书笔记，篇篇"文采斐然"。

假设你开始转型为程序员，你明明是新手，却试图让所有人都误以为自己是专家，每段代码都看似完美无缺。

这就好比一边开车，一边故作轻松地向周围的人打招呼，看吧，我开的是敞篷车，看我开得多轻松！

弯道超车，是一段尴尬而狼狈的时光，你并不需要向所有人显露狼狈或故作轻松。

## 5

人的一生都在不停地改变。弯道超车,风驰电掣,驶向人生下一站。在这段旅程中,你还需要注意性别差异与人格差异。

人生四季,男女不同,在于梦想。男人梦想职业,女人梦想婚姻家庭。职业也是男人的包袱,婚姻家庭也是女人的累赘。而这时,你需要的是打破社会赋予你的思维定式。为什么女人一定要先生育再事业,你可以反其道行之。这就是发展心理学家拉文纳·赫尔森(Ravenna Helson)提出的社会钟理论。[3]

你还会发现,有些人更擅长改变。心理学家马克·斯奈德(Mark Snyder)将人分为两大心理类型:高自我监控者和低自我监控者。前者更像是变色龙,能够伴随环境的变化而快速调节自己,后者则适应缓慢。[4]

假设你是后者,更难改变自己,那么你需要付出更多努力。

这就是改变的改变:元改变。

## 6

终于,你步入正轨。像少年一样奔驰,而你身边的人,朋友、家人、恋人,依然在原地踏步。是放弃吗?

不不不。

从你出生伊始,你会构建三个世界:心灵世界、物理世界和生物世界。你是天生的民间心理学家、民间物理学家、民间生物学家。

　　智力激荡的乐趣令人沉醉。但如果你只注重心灵世界，那么就会出现单一维度带来的利弊。当你的心灵世界日益美妙，而身边人难以欣赏，那么终究有一天，感情会崩盘。这是一种选择。离过婚的人如芒格、平克、道金斯。[5]

　　然而，你还有另一种选择，就像西蒙与多萝西娅、钱锺书与杨绛、纳博科夫与薇拉那样厮守终生。[6]

　　理想是心灵世界、物理世界、生物世界三个世界的交互。就像纳博科夫与薇拉，周游世界，寻觅蝴蝶的踪迹。来自心灵世界的矛盾，同样可以在物理世界、生物世界消解。

## 小　　结

　　蝴蝶飞啦，你需要和自己的另一半一起去捕捉蝴蝶，去欣赏落日的美景，去体验真实生活的美妙。那是弯道超车后的休憩，也是改变之后的美妙时光。

# 04

# 新人七法[*]

职场新人如何快速成长？以下是一些建议。

## 专注价值创造

在职业生涯的发展早期，人们容易过分关注组织内部的各类关系，然而，衡量个人成长的真正标准在于，他向这个世界展现了什么作品，而不在于他与组织内部的关系。如果对你的时间优先级进行整理，应该是这样：

» 对外 > 对内；

---

[*] 本文首次发表于2017年6月28日。

» 用户/客户 > 同事；

» 价值创造 > 价值评估/价值分配。

极端地说，你可以放弃任何公司内部协调事宜，例如拒绝参加任何低效会议，专注于价值创造。组织是平台，也是枷锁；是资源，也是樊笼。从入职第一天开始，你就应该习惯与众不同，独立思考，创造价值。那么，未来始终是组织离不开你，而非你离不开组织。

## 找到心智定位

在职业生涯发展的早期，结合自己的优势与技能，寻找一个能够将自己与他人区分开的心智定位。这将为你带来很多独特的机会。这个定位与名片上印的头衔并非一回事，它超越你的职业身份，由多个职业身份交错而成。

从我入行的第一天开始，我就以心智黑客著称，在当时的管理咨询公司，我是最懂计算机编程的心理学工作者。因此，我获得了大量机会。团队第一个人力资源软件系统项目，我上；购买第一台服务器，我上；设计与开发第一个计算机化人才测评项目，依然是我上。

## 学会"小题大做"

刚入行的你,永远半懂不懂,永远欠缺资源,公司给你的活永远是简单而不充分的。

学会"小题大做",可以让你的工作变得更有意思,同时也能让你的职业发展步伐更快。接到任务后,多想想如果把它做得更难、更复杂会是什么样子,这样任务瞬间就变得充满挑战了。久而久之,你的思考层次和其他人将不再处于同一层面,你接触的信息源也将与他人不同。

举个例子,我刚毕业时,要完成一个竞争情报项目。这个任务看上去很简单——仅需报告一家世界500强外企在中国同行业的专利申请情况。当时,同事们习惯用老方法来做,而我却采取"小题大做"的手法,将专利情报上升为竞争情报,并花费了大量时间去理解竞争情报系统搭建的原则、业界最佳实践及配套软件。最终,从知识源头上,我找到了不少先进的竞争情报调研软件,大大提高了调研效率。

## 用作品说话

依然以上文提及的这个例子为例。当时我将那个竞争情报项目的思考,整理成系列文章,发表在一些专业社群上,得到了该领域从业者的关注。多年后,我在互联网上检索,依然能找到这些文章的痕迹。有学者在《竞争情报与人际网络研究述评》一文中这样介绍我：

  此外，中国人民大学信息学院经济科学实验室把信息技术应用于社会科学的研究和教学中，用信息技术模拟人，丁浩和杨小平开发了支持人工生命建模的面向对象模拟平台SWARM，并利用这个平台模拟了网络节点的相互作用。中国还出现了民间研究组织，如京湘科技心理学研究中心，形成了以阳志平、时勘为核心的研究团队，诞生了如《社会网络分析在社会心理学中的应用》等学术著作。[1]

但是这位学者误解了，他提到的这篇论文与竞争情报没有任何关系，它只是我大三时发表的一篇学术论文。京湘科技心理学研究中心，也只是我在大学期间创办的一个临时性虚拟组织。

  不断将非机密信息整理成文章、报告等作品，一来，可以建构外界的认同；二来，将这些记录留存下来，会让你日后反思时，更清楚地看到自己当年做对了什么，做错了什么。随着年岁增长，你做过的项目大多会被遗忘，可是你自己写下的文章、留下的报告却能随时唤起你的记忆。

## 挑战大项目

  你创造的价值越大，你的收益就越大。人类大脑有个很不好的习惯，喜欢比较同一量级的细节。职场新手常常关心自己的薪资是七千还是九千，但这重要吗？更好的做法是，从关心同一量级的细节转为关心不同量级之间的差异。

比"薪资是七千还是九千"更重要的问题是，你做的项目是十万级、百万级的，还是千万级的？量级的差异比同一量级的细节更重要。

无论你现在做的项目是什么，你都可以将当前的项目简单地划分为以下几类。

» A：亿级；
» B：千万级；
» C：百万级；
» D：十万级。

在职业生涯的早期，重要的事情是，你能否通过当下的项目成长起来，跃迁到更大量级的项目之中，成为新项目的主导者。

## 善用"两年效应"

管理咨询业有一个两年定律，工作两年后，如果不提拔就会离职。这在其他行业也可以广泛应用。思考一下你在接下来的两年内想实现的目标。举个例子，我刚工作时，希望自己成为战略和人力资源领域顶尖的管理咨询师，甚至希望自己成为任职公司公认的咨询师，当同事碰到智力难题时，第一反应是来找我。

假设你想在两年内成为最优秀的咨询师，那么在这段时间里，你需要全面了解这个行业，至少对管理咨询的历史有所掌握——得写过战略与人力资源的经典读物的读书笔记吧，得摸透战略与人力资源的各大模块吧，每个模块得有实践项目吧。

这样一来，你应该见什么人，不应该见什么人，应该做什么项目，不应该做什么项目，应该读什么书，不应该读什么书，都一目了然。显然，在选择上，原创管理大师＞团队内部同事，轮岗＞专精，经典读物＞畅销书。

你越认同自己的职业身份，你就越能快速前进。你的时间利用率会比他人高很多，知道自己两年后想做到什么，就容易判断平时的时间该如何分配。如此一来，你的职业生涯就更容易实现良性循环。随着声誉和收入的增加，你的烦琐事务越来越少，慢慢地，你的工作重点也逐渐向关键决策者、领导者的工作内容转移。

如果在刚入职的两年内找不到目标怎么办？这很正常。这时的重点不是找到一个完美目标，而是要这样去思考：通过选择一个方向，提高你的时间利用率。在你选定的领域里，你需要看成功的例子，阅读经典著作，挑选难度大的项目去做，补全技能点，还需要写读书笔记和心得。两年后，你或在原来的方向深耕，或更换一个职业，但光阴未曾虚度。

## 以终为始

你可以将每两年的职业经历,想象成去攻读一个"研究生学位"。入职三个月,想好自己的"开题报告",两年内完成"研究生毕业论文"。社会大学与象牙塔的不同之处,不在于你能学会什么,而在于你要创造什么。

在你入职的第一天,你就应该以终为始。去思考,我的"开题报告"是什么?我的"研究生毕业论文"是什么?我的职业经历如何改变了我的认知边界,又为整个人类社会带来了哪些改变?

# 05

# 像人类一样活着*

## 职场十大病

《新周刊》曾刊发一篇文章,提到中国职场的十大病——摸鱼成性、抑郁成疾、过劳成瘾、自杀成真、接锅成仁、合群成精、妄想成灾、幻听成谜、嗜会成痴、多动成名。[1]

在文章总结的基础上,我们对这十大职场病进行了分类。大体上来看可以归纳为三大类。

A类是成就与意义缺失。一种极端是在工作中得不到快乐,于是学会偷懒,在公司只做和自己利益有关的事情;另一种极端是只有在工作中才能找到廉价快乐,于是"过劳",不可逆转地损害身体健康。

---

\* 本文首次发表于2018年8月14日。

B类是人际关系问题。比如背锅，在大领导面前背小领导的锅；又如在办公室抱团，形成一个又一个小圈子。

C类是心理健康问题。文章提到了抑郁、妄想、幻听、多动等心理问题，其中人类最常见的三大心理问题是抑郁、焦虑、恐惧。焦虑，尤其与抑郁交错在一起的抑郁焦虑症，以及恐惧，尤其社交恐惧，这两类心理问题在职场上并不罕见。

## 幸福曲线

心理健康更多是从异常角度来研究人性的。当你的心理健康指标偏离正常人群太多，就会被确诊为相应的心理健康疾病。如果我们从积极心理学角度来看，人们又会有哪些偏离呢？积极心理学的基石"自我决定论"认为，人们存在三种基本心理需求，它们的各自含义如下。

**自主感：**也被称为"自主需求"，是指人们感觉自己的行为是自发的，并且完全出于自己的选择。它强调人们对主动权的感受。

**胜任感：**也被称为"胜任需求"，是指人们对行为或行动能够达到某个水平的信念，相信自己能胜任该活动。它强调人与环境互动时，希望产生有效反馈。

**归属感：**也被称为"关系需求"，是指人们感到自己与他人是有关联的，是一种在意他人，同时也希望被他人在意的感受，它强调人们对与他人建立关系的渴望，如同事间的人际和谐、恋人间的亲密关系等。

"自我决定论"从人类动机层面解释了幸福的来源——当人类行为动机满足这三种基本心理需求时，幸福感就会自然地产生；反之，那些虽然没有出现心理问题，但自觉遭遇了职业生涯发展瓶颈的人，常常会偏离这条幸福曲线。

不少30岁以上的人遇到的职业瓶颈都与自主感有关。自主感缺失的问题，在资深程序员、技术类从业者中尤其常见。在职业生涯早期，他们乐于做老黄牛，兢兢业业配合团队的工作。但随着年龄的增长，他们越来越不愿意为他人的梦想付出，越来越不愿意让他人对自己的时间进行过多干涉。

第二个常见瓶颈是胜任感缺失。许多学习爱好者和方法论爱好者，为了追求所谓的认知升级，在各大学习社区频繁活动，然而，实际能力却得不到提升，陷入眼高手低的状态。对于创业爱好者也是如此，他们的文章常见于各大IT媒体，一旦他们创业，公司往往会迅速倒闭。文艺青年则有着另一种态度，他们习惯冷嘲热讽世事，常常错误地把对世界的洞察力视为能力，并用"平淡是真"为自己的无能辩解。

第三个常见瓶颈是归属感缺失。一个极端是成天待在家里的"宅男""宅女"，他们习惯于与虚拟人物而非真实人物建立情感联结；另一个极端是社交爱好者，穿梭于一次又一次交易，一个又一个名利场。

## 像机器人一样活着

为什么人们会出现这么多职业瓶颈？你可能会听到不同视角的答案。比如从政治学、经济学的角度来讨论阶层跃迁、阶层固化；又如从社会学、心理学的角度来讨论社会比较。但这些都是老生常谈，我不想再次重复。这次我想从文学、语言学与修辞学的角度谈谈另一个深层次的原因——你遇到的职业瓶颈也许来自你采取的一个错误隐喻。

也许你是技术出身，对文学、语言学、修辞学没感觉，但是我想说的是，文学即人学。自工业革命以来，我们社会一代又一代形塑的价值观，都是建构在一个错误的隐喻上。

这个错误的隐喻就是：像机器人一样活着。

随着人工智能时代的到来，相关言论甚嚣尘上。认知升级、个人操作系统、自我迭代和人生算法，类似说法举不胜举。这些流行说法的背后，都有这样的默认假设：每个人都是一个机器人；每个人都有自己的操作系统，由软件和硬件驱动；每个人都有一些底层算法，可以不断迭代。

于是，不少人不仅习惯将自己看作工具或产品，还习惯将他人看作工具或产品。例如，有人认为人生价值的唯一评判标准是你赚的钱，是成王败寇。

这些说法看似正确，实则荒唐透顶。《机器人叛乱》一书中有个隐喻：人是基因和模因奴役的机器人。但是该书作者斯坦诺维奇微笑着告诉你:"理性能帮你,它就是那把交到你手中的剑。"[2]

正如译者吴宝沛老师所言:"可是,等你真正拿到那把剑时,你才发现,那把剑不怎么好使,它甚至会伤着你。为什么?因为那把剑就是模因做的,你握在手里的有可能是敌人送给你的礼物。"[3]

要想实现真正的叛乱,你需要两把剑。其中一把剑叫作狭义理性,简单地说就是用正确的方法做事。然而,决定我们是人类而非机器人的,是我们同时还持有的另一把叫作广义理性的剑——不仅要用正确的方法做事,而且要做正确的事。

那些所谓的社会精英人士,尽管他们擅长玩弄人性,但他们依然习惯将自己视为工具,不过是五十步笑百步罢了。孔子说,君子不器;詹姆斯·马奇(James March)说,如果只在不被辜负时才去信任,只在有所回报时才去爱,只在学有所用时去学习,那么就放弃了人之为人的特征。[4]古今中外,不同时代、不同国家的智者,都在提醒我们:我们应该像人类一样活着,而不是像机器人一样活着。

## 从机器人到人类

换了一个隐喻视角,能帮助我们突破职业生涯的瓶颈吗?不能。但是你会离幸福更近一些,更像活生生的人类。具体来说,有四对关键词可以帮助你在30岁以后,更好地像人类一样活着,而非像机器人一样活着。

## 意义与价值

有一些行业先天具有高度的意义,因为这类行业的存在目的,就是帮助他人变得更好。因此,这类行业很容易带来成就感,例如教育行业。有一些行业先天高价值,注重交易的效率与规模,更容易获利,例如金融行业。

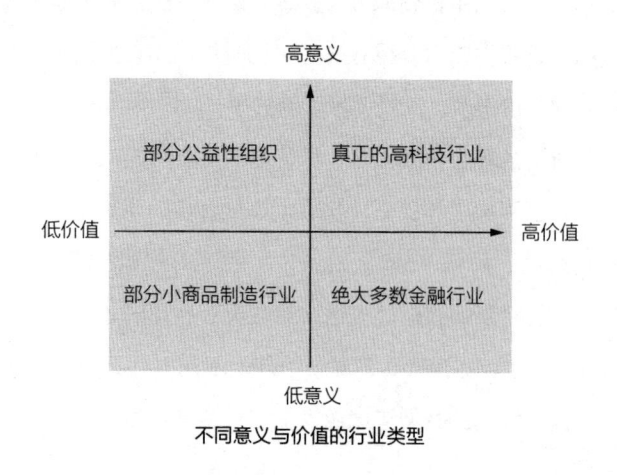

```
                   高意义
                    ↑
                    |
    部分公益性组织  |  真正的高科技行业
                    |
  低价值 ←――――――――+――――――――→ 高价值
                    |
  部分小商品制造行业 |  绝大多数金融行业
                    |
                    ↓
                   低意义
```

**不同意义与价值的行业类型**

这两个行业大不一样,教育行业的默认人性假设是人性本善,通过学习可以获得提高。而金融行业绝大多数成本都是花在风险防范上的,默认假设是人性本恶。所有不注重风险防范的金融项目,都需要格外警惕。

那么,高意义行业的从业者容易出现什么问题呢?意义泡沫。在供给端,总有一些好为人师、喜欢自我表演和加戏自嗨的人。这类从业者就是"精神鸦片"的制造者。而在需求端,则是那些方法论爱好者,包括学习方法论和创业方法论的爱好者,他们天天沉迷于吸食"精神鸦片"。

高价值行业的从业者容易走向另一个极端——"价值工具"。以为挣到大钱就代表找到了人生意义。创造财富本身成了目标，不知不觉把人物化，让自己成为赚钱的工具，人不再是人。

### 核心技能与社会福利

如何捅破意义泡沫？你需要参照第三方客观标准，用作品说话、注重量级跃迁。假设你是一位老师，每年影响1000人、1万人、10万人、100万人，你的时间利用率大不相同、你的作品影响力量级大不相同。所有那些有助你提高作品影响力量级、时间利用率的技能，就是你的核心技能。

如何避免成为"价值工具"？你需要关心社会福利。什么是社会福利？保持真、善、美，帮扶弱势群体，追求社会公平，以及坚守人类普遍认知中的道德底线——那些帮助人类成为人类的广义理性。

### 手下与学徒

30岁以上的管理人员，职业瓶颈大多来自以下几个方面：孤独；工作压力无法排解，无法向同事、家人倾诉；事业与家庭，面子与里子，哪个都重要，想要的始终很多，但能投入的时间却越来越少。

常常有CEO找我咨询心理健康类的问题。我会问对方一个问题：你有学徒吗？

没有。所有CEO都如此回答：只有手下，没有学徒。

但手下不是学徒。

人在职业生涯早期，或挣钱或积累声望，慢慢地达到一定高度。但是到了三四十岁，时间越来越少，而想要的却越来越多。此时，传承变得越发重要。很多人试图将传承的希望寄托在孩子身上，于是有了"望子成龙"这个成语。但孩子和父母至少隔了二十年，孩子的经历与父母的经历完全不同。人高度复杂，不少人想让孩子继承自己的事业，但都失败了。

传承不是财富继承，更不是精神控制。真正的传承是将个人复杂的思想，分布式地传递给不同的人。这样可以反向激励自己往更好的方向发展。机器人在算力上可以超过人类，但人类与人类构建的庞大思想网络，短期内难以被取代。

十八岁以后需要建立自己的团队，三十岁以后需要有自己的学徒。以我自己为例，我是一个对人类高级智慧毫无抵抗力的人，但时间、心力有限，因此我在不同领域都培养学徒，传承我的思想。学徒不一定是自己公司的同事。"可供性""最小故事""空间先行"，这些优雅的概念如何应用在产品上？我自己公司产品的体量有限，但那些一线互联网公司的用户体量超过我几个等级。产品学徒们在大型互联网公司应用我的方法论又促进了我的思考。

再以写作为例。我的一位学徒与我的一位好友合作，翻译了认知科学家特纳的《古典风格》。[5] 如果由我自己去做，我是没有时间的。他们翻译完成后，能否给我带来正向刺激，激励我抽出时间继续研究与推广"古典风格"呢？

前几天和团队一位同事聊天，她性格内向，不喜欢管理他人。

我和她说，你能否带几个性格和你类似的学徒呢？学徒与手下不是一回事。学徒是你的分布式记忆，帮助你在信息过载的时代进行认知卸载。他们给你反馈，承载你的某些梦想，而你则为学徒提供指引和支持。

### 单一策略与万花筒策略

传统观念追求单一目标，有的创业者拿赚钱作为唯一目标，甚至有VC（Venture Capital，风险投资）鼓励创业者牺牲家庭。"不加班的人没有资格去创业公司"这类文章时不时就会刷屏。这种错误的观念就是单一策略，只追求成就。

任何一个投资人，在让创业者100%投入之前，先问问自己，你投资数百个项目，都是在指望用一个大成功来覆盖若干个小失败，那你凭什么要求创业者All in（全力以赴）？专注与发散仅仅是创业不同时期的不同策略选择而已。人生在世，创业只是生命的一部分，还有比它远远重要十倍、百倍的东西：信用！健康！家庭！以及那灿烂星空、人类高级智慧。

与单一策略相对的是万花筒策略。单一策略是说，只追求一件事情达成的商业目标，而万花筒策略力图在人生中的每一件重要事件上，都获得快乐、成就、意义、传承四个方面的乐趣。一一解释如下：

» 快乐（Happiness）——对生活感到愉快或满足。

» 成就（Achievement）——你取得的成绩超过其他人苦苦追

求的类似目标。

» 意义（Significance）——感觉自己对所关心的人产生了积极影响。
» 传承（Legacy）——建立价值观并取得成就，以帮助他人在未来也获得成功。[6]

追求成功犹如射击一组移动目标，每当你命中一个目标，就会从其他方向又冒出几个目标。因此，在取得一项成就之后，你的喜悦很快又被新的压力和焦虑代替——更多的问题、更多的期许、更高的目标。成功的人生在于能让每个目标都同时具备快乐、成就、意义、传承四个方面的乐趣，并且对目标采取"适可而止"而非"多多益善"的态度。

这种人生策略就好比万花筒，它有四个小隔间，在你的一生中，你可以不断地往每个隔间中放入一些色彩斑斓的玻璃碎片（即你追求并实现的目标），使属于你的万花筒图案越来越丰富多彩。这四个小隔间，体现着人们基本的心理需求：自主、胜任与归属。

## 像人类一样活着

机器人是非分明，黑白鲜明。而人类，既享受独处又害怕孤独，既喜新厌旧又害怕不确定。

像人类一样活着，意味着我们拥抱矛盾。你需要定义矛盾、发现矛盾，如用万花筒策略取代单一策略，用学徒取代手下。你还需要接纳矛盾。拿高意义和高价值举例，能否在工作中，既获得高价值感，又获得高意义感？挺难的。

　　此时，与其否定矛盾的存在，不如开放地接纳它，与矛盾同行。既怯弱又勇敢，既渺小又伟大，这就是活生生的人类。

# 06
# 工作十二问[*]

究竟该如何选择职业？当陷入职业瓶颈期时，如何转变职业生涯？如何成为"世界人"与"高铁人"？如何成为创业者？

## 如何选择职业？

**Q1. 选择职业时应注意哪些事项？**

职业选择可以注意以下三点。

第一，轻度脑力劳动+中度体力劳动。脑力劳动与体力劳动可以分为轻度、中度与重度。人应该尽量避免同时从事重度脑力劳动与重度体力劳动，此类活动容易导致大脑过载，我们的大脑并不是

---
[*] 本文首次发表于2017年1月20日。

为这类模式设计的。我们的大脑最适合进行"轻度脑力劳动+中度体力劳动"类的活动。

人类容易高估自己胜任重度脑力劳动的能力，各类心理疾病由此引发。为了你的身心健康，请尽量选择轻度脑力劳动与中度体力劳动。二十几岁时可以从事重度脑力劳动，到了三四十岁，通过不断锤炼技能，降低工作复杂度，原来的那些重度脑力劳动则成了中、轻度脑力劳动。你不要逞强，三四十岁时还天天从事重度体力劳动或重度脑力劳动，这是反人性的。因此，你的每一次重要职业选择，都应使你的工作强度逐渐降低。

第二，鹰击长空，蛇行草下，各行其道。如果你自认为出生平凡，请尽可能不要装成精英，否则会放大你的性格弱点。

什么样的人适合走精英路线？那些学霸出身的人适合走精英路线。但大多数人，由于父母一代积累不足、年少时努力不够等各种原因，更适合走草根路线。何为草根路线？早早工作，早早进入社会实践，早早观察社会，然后通过行动来改变社会。

精英路线自上而下，先影响少数人，再影响大众。草根路线则自下而上，先影响大众。这两种路线会自然结合，随着年龄增长，成长起来的草根会学习精英的做事方法，真正的精英也在学习如何像草根一样接地气。

第三，基础概率大于个人意志力。凭借个人意志力杀出重围是反人性的。反之，顺其自然会更好。好的职业生涯发展要在一个好环境下，得到高人指点，然后获得大量练手机会。举个例子，如果找科技公司的工作，那么相比于三四线城市，北上广深的机会更多。这就是基础概率不同导致的差异。一般来说,从基础概率出发,选择职业需要注意:地点＞行业＞导师＞职业＞公司＞薪资。

## Q2.如何确定一生的志业?

志业是涌现出来的,而非事先规划的。在你刚毕业开始工作时,尽可能寻找你认为最聪明的团队去工作,这样很多问题会迎刃而解。尽可能在一个智力密集型而非人际关系密集型的团队中工作。在工作时,你可以遵从保罗·格雷厄姆(Paul Graham)在《如何才能去做喜欢的事》中的建议,尽可能创造一个令人不可思议的作品,这样能更好地帮助你找到一生喜欢从事的事业。[1]

人在年轻时受制于生理周期、理性发育周期,多数时候是不稳重的。此时,典型表现是做事情不容易有始有终。为什么容易出现这类行为?因为人容易高估自己的位置,倾向认为上级领导、同事清楚自己在想什么。但是对方可能并不知道你在想什么。所以,在职业生涯早期,即使没有找到志业,也尽可能让自己做事有始有终。怕的是以寻找一生的志业为借口,做事虎头蛇尾,不停地"败坏"自己的口碑。

## Q3.看得见的未来不叫未来

有读者问,我是否会做长期规划并定期调整?还是在大时间周期的某个原则指引下直接向前推进?我不建议精密规划。正如图灵奖得主理查德·汉明(Richard Hamming)所言:"在许多领域,通往卓越的道路不是精确计算时间的结果,而是模糊与含糊不清的。

没有简单的模型成为伟大。"[2]

我更建议，从建立好的学习习惯系统、好的知识创造系统等细节正确的事情入手，保证每天有心流产生。现在社会上很多人希望自己成为厉害的人，但实际上这点并不重要，因为你永远会碰到比你更厉害的人。我的很多好友在不少方面都比我厉害，但我接受自己的不完美。十来年过去之后，很多东西都变得不一样了。我不喜欢做长期规划，如果非要说有的话，那么我的长期规划就是成为一个内在动机驱使的人，其他随意。我早年从事心理测量，现在从事认知科学，跨越两个不同领域，都是内在动机驱使的结果。

看得见的未来不叫未来。未来一定是看不见的，你难以预测自己的未来，但你可以全神贯注，拼搏当下，争取最好的结果。在职业生涯中的大部分时间里，很少有人花费心力来肯定你。因此，人们常常将外在奖赏误解为对自己的肯定。比外在肯定更重要的是，你得成为一个内在动机驱使的人。

## 如何转变职业生涯？

### Q4. 如何成功转行？

有读者问，在体制内工作多年，想进行职业转型，如何提高成功的可能性？先说两个案例。我的一位朋友，原来在武汉一所高校教统计学，三十多岁转行去了上海，现在是业界知名的数据科学家。他转行成功主要在于几点：（1）内在动机驱使——数据科学是他的兴趣；（2）坚持输出——多年坚持写R语言的博客，数据科学圈的人都认识他，请他去做分享，很多工作机会自然而然就来了；（3）给自己设置缓冲期。刚开始转行时，他不介意起点低、收入低，把这段时间看作一个过渡期。

讲完成功的案例，我们再来看一个转行失败的案例。有一位在事业单位工作多年的女性，原来在三线城市工作，生活稳定，但情感不太顺利。三十来岁，跑去深圳工作。因为路径依赖，以前擅长做财务，工作岗位是会计，到了深圳应聘时依然是会计。她发现自己无法跳出以往的循环。这就是大多数人职业转型的状况——用十余年的时间，为高三时做出的错误选择承担后果。因此，在职业转型时要尽可能跳出路径依赖，不要被思维定式束缚，可以选择一个全新的行业与全新的职业，这往往能带来更大的机遇。

总的来说，首先，职业转型时要做到"退一步海阔天空"；其次，要尽可能地跟社群共处，让社群成为自己的缓冲；最后，职业转型必须越来越贴合自己的内在动机，绝不能一味地追求外在声望，否则未来遭遇的困境将会越来越多。

## Q5.什么是可能的自我？

有读者问，能否推荐一些关于转行的思想资源。从来没有哪个世纪像21世纪这样，转行变得司空见惯——创业、跳槽不再新鲜；斜杠青年、间隔年成为时尚。转行有风险，并不是每次都会带来好结果。在职业转型方面，我推崇"可能的自我"理论（详细介绍参考本书第13章）。

埃米尼亚·伊瓦拉（Herminia Ibarra）著有《转行》一书，将可能的自我理论应用到职业之中，向人们揭示了成功转变职业生涯的新方法。[3]这套新方法揭示了太多反鸡汤的科学研究：你需要放弃寻找那并不存在的"真实的自我"，应努力去发现"可能的自我"；痛苦并非成功之母，它只会带来行为瘫痪；成功的转行是先做后想而非先计划后实施。[4]

除了"可能的自我"理论，我还推崇琳达·戈特夫雷德森（Linda Gottfredson）的职业抱负发展理论，这是一位思想犀利的心理学家。我还推荐金树人老师的《生涯咨询与辅导》。[5]虽说它是一本教材，但是因为金树人老师功底太深了，这本书格外值得推荐。你还可以经常读读《哈佛商业评论》的"管理自我"栏目。

### Q6. 如何看待职业平台的选择？

你的个人成长有两条路：一是赶上一条大船启航，获得足够多的实践机会；二是自己走出一条与众不同的路，用时间换取实践，给自己创造足够多的实践机会。多数人只看到第一条路，而忘记了第二条路，约瑟夫·坎贝尔（Joseph Campbell）曾这样问："你是否能忍受十年的默默无闻？"[6]

平台没有你想象中的那么重要。一旦想象只能活一年，你会发现平台一点都不重要。如果在这个假设下，你仍然觉得离不开平台，那么可能你和平台的捆绑过于紧密，这会有一定的风险。如果你在这个平台中始终是较弱的一方,那意味着平台对你而言仍具有价值。如果你已经成为平台的领头者,却并不拥有这一平台的较大权益,那么你不妨考虑离开这个平台,寻求变革。

在整个世界中,核心力量有三种:教育、技术和设计。判断你是否与这个世界的主流趋势一致,就看你是否掌握了教育、技术和设计这三个核心武器。第一个是教育,它的本质是人人交互。第二个是设计,它的本质是人机交互,能否创造一种新的人机交互方式。第三个是技术,它的本质是机机交互,能否创造一个新的协议,使得机器和机器之间更高效通信。掌握这三种武器,让它们相互融合,可以帮助你更深入地理解世界的运作,并使你能用有限的知识撬动无尽的世界。

## 如何成为"世界人"与"高铁人"?

### Q7. 不同职务序列的成长周期是怎样的?

随着越来越多高素质人才的参与,创业已逐步演变为兵团作战格局,一个能坚持到最后的创业团队越来越需要具备七项全能:(1)产品;(2)技术与设计;(3)运营;(4)市场与销售;(5)融资;(6)支持;(7)X。

如果你是一位新手,对不同方向感到迷茫,那么你需要观察不同方向对人生资本的要求。我将个人成长所需的资本理解为:健康资本、心理资本、技能资本、经济资本、社会资本、文化资本、政治资本、婚姻资本、家庭资本这九大类,不同职业要求的资本序列各不相同。

在上述各类资本中,健康资本、心理资本、技能资本是创造价值的基础,没有身体健康、心理健康、专业技能,一切无从谈起。经济资本、社会资本、文化资本、政治资本是获得更大成就的杠杆,有了它们的加成,更易获得令人瞩目的成就。而婚姻资本、家庭资本是在前两者基础之上的衍生物。你需要注意不同职务序列在不同成长周期,对各项资本组合的要求不同。举个例子,产品类职务,一位产品经理在职业生涯早期,除了需要较强的技能资本,掌握产品架构、商业设计、运营等相关技能,还需要较强的心理资本,日常情绪稳定,较好地与团队成员沟通。伴随产品经理步入职业生涯中期,社会资本变得重要,来自平台的机会变得重要,有机会参与一些新兴产品的研发。

### Q8.如何成为一名优秀的产品经理?

产品经理这一行极其特殊。产品经理的培养可以类比飞行员。不要高估自己的产品能力。大多数人可能不适合做产品经理,就如同大多数人可能不适合驾驶飞机。不合适的人要去选择更适合自己的职业。

如何成为优秀的产品经理?天赋很重要,要有很好的逻辑思维与审美能力。但除了天赋,更重要的是要有锻炼机会。看书不重要,建立知识体系也不重要,有搞砸几款产品的机会最重要。就像训练飞行员一样，实战才是最重要的。飞行员有初阶训练，类似产品经理会画原型与排需求，但那只能让你成为三流的产品经理。如果你想成为准一流的产品经理，要尽量寻找那种能搞砸几款产品的机会。从零开始，快速成功快速失败，参与多了，很多事情就自然明白了。

产品经理难培养的原因，跟没那么多飞机给飞行员开的道理是一样的。没有这种机会怎么办？可以去开模拟机。你可以通过翻译来提高写作能力，拿自己的翻译跟张爱玲、余光中的翻译来对比。类推到产品能力培养上，你可以提前预判一些新产品，或者回溯成熟产品的版本记录。一般来说，下面这些要点都是产品经理的基本功。

看过行业中70%以上的竞品，形成了对行业的直觉；至少访问过两家行业前10名的企业，并了解比媒体报道更多的内情；每周至少实际接触一位用户，在不同产品周期与不同数量的用户交朋友；拥有不错的信息架构设计能力，能够将看似个性的需求整合到一个简单清晰的信息架构之下；经常在头脑中推演用户交互或使用的各种可能，提前发现产品逻辑可以再打磨的地方；善于沟通与决策，能确定需求的关键次序；审美不错，文字表达清晰，能够减少设计师、程序员反复修改的时间。

如果说产品团队的核心能力有三，应是商业设计、产品架构、运营。对产品团队来说，最容易提高的是产品架构能力与运营能力；最难提高的是商业设计。商业设计训练，恰巧是绝大多数产品经理训练忽略的部分。这点是要格外提醒大家的。

### Q9. 在三四线城市如何成长？

我在2016年的生日演讲答疑上，提出了"世界人"与"高铁人"的概念。未来精英青年的发展趋势将是"世界人"+"高铁人"。成为"世界人"是向源头走，利用信息差与智力差套利。经常前往世界上最发达的那些城市，拥有国际化视野与未来眼光，将极大地提升竞争力。成为"高铁人"是指每一至两个月去二三线城市，而非五六线城市待一阵。

中国正在形成以高铁为连接纽带的十大超级城市集群。一线城市的人才聚集优势日益明显，对于吸引年轻人才有极大优势。这些青年才俊在一线城市感受到了来自同龄人的巨大压力，这时候就很容易出现自卑、沮丧等情绪。身边的人很优秀，如果短期内赶不上，总觉得自己的努力没成效。但是成为"高铁人"，一两个月跑几趟二三线城市，就能明显感觉到自己的成长速度。同时，这样做还能了解大众生活，接触到社会的更多方面，有助于个人成长。

反之，在三线城市生活，也可以不断往返一线城市。每隔一段时间来北京、上海待两周，多请一些朋友吃饭聊聊。而不是像以前一样，仅仅是为旅游而旅游，现在是为行动而行动。我有一个朋友，他在威海参与创办了一个青年组织，并且不断往返一线城市。并非所有人都需要离开家人，独自前往一线城市工作。因此，生活在三四线城市的朋友们也可以通过高铁等各种方式，开创自己的新天地。如果没有身处信息源头，那就自己创造一个源头。

# 如何成为创业者？

## Q10.我应该加入创业公司吗？

评判创业公司时，首先要考察创始人的初心。创始人不能仅仅依靠随大流和投机取巧创业，市场流行某类项目就跟风做同类项目的创始人不值得被选择。第二是看创始人是否有维护初心的能力。

2016年"黑客新闻"（Hacker news）上有一篇文章引起了轰动。原因很简单，因为这篇文章击中了读者的痛点。作为科技创业者，人人都以为自己能改变世界、从事有趣的事情且能在创业中学到更多经验与更多东西。然而，在这篇文章中，作者使用YC孵化器等公开数据，一一质疑了创业公司的三个假设：到创业公司工作比较容易赚钱，创业公司的工作比较有意思，以及在创业公司中学东西比较快。关于作者的论证过程，你可以直接去看原文。[7]当然，评论更精彩。

创业公司的几乎所有优点都是有问题的。YC孵化器的创业者本身水准已经超过了多数创业者的水准。创业，或是加盟早期的创业公司，注定是高风险低回报的。那么，我们为什么还喜欢走这条路呢？此时，有请诗歌上场。"我们读诗、写诗并不是因为它们好玩，而是因为我们是人类的一分子，而人类是充满激情的。没错，医学、法律、商业、工程，这些都是崇高的追求，足以支撑人的一生。但诗歌、美丽、浪漫、爱情，这些才是我们活着的意义。"[8]同样，我们创业、加盟创业公司并不是因为它们好玩，而是因为"创造"才是人们活着的意义。

未来的趋势一定是创业公司越来越多，这是为什么呢？我们仍然可以用信息量的角度来分析。自从人类社会步入2010年后，信息量日益增长，信息指数级跃迁已经完成。信息透明与信息爆炸会带来一个什么样的问题？原本混日子的人，以及那些评定指标不清晰的人，直接感受到了来自社会大环境的压力。于是，绩效日渐两极分化。未来逐步会有更多优秀的个体成为公司CEO，几乎所有的大公司都会发展出自己的投资基金、内部孵化器、创业生态链。

除了创始人，最适合加入创业公司的有这么几类人。(1) 职场新手：资源少、经验少、人脉少、机会成本低、时间多、体力足、喜欢新东西、学新东西的速度快。(2) 职业转型者：有一定行业积累、年龄略大、机会成本高、时间宝贵、体力下降、学习新东西的速度慢一些。(3) 终身学习者：喜欢冒险与挑战自我，喜欢从事新行业、担任新职务。例如，当人工智能等新行业出现时，加入创业公司，陪着新行业一起成长，是一个上佳选择。

这三类人的本质是什么呢？第一类人用时间换机会，扩大自己的生存空间，博取更大的机会，反正失去成本不高，加盟大公司与加盟创业团队，成本类似；第二类人用金钱买机会，因为对以往的职业生涯不满，希望获得更大提升；第三类人，则希望获得新行业和新岗位带来的机会。

因此，当判断自己是否适合加入创业团队时，应该停下来思考，自己究竟是偏好机会、偏好稳定的工作，还是倾向于在一些炫酷的新行业中尝试呢？不同动机决定了不同人是否适合。从动机到性格,较好的关联是"自我决定论"。如果你的性格较为顺从,内在动机不够强烈,那么加入创业团队不一定是一件好事。在一个稳定的大团队中,这类性格反而会发挥更多优势。如果从小性格偏独立,依赖内在动机,个人有很多想玩的事情,那么这类人更适合加入偏新行业的创业团队。对职场新手来说,问题更为简单,判断自己是否适合加入创业团队的关键就是是否有好的导师指导。

无论如何,对这三类人来说,最重要的是自己能否获得足够多的机会。机会来自哪里?来自与大量的人、大量的机器的交互。它们可以是用户、专家,也可以是机器与数据。在一个只能认识十位高手的团队和一个能认识一百位高手的团队之间,我会选择后者。在一个只能接触一百位用户和一个能接触一百万位用户的团队,我选择后者。甚至机器也是如此,我会选择一个能跟数万台服务器而非几台服务器打交道的公司。

## Q11. 创业者如何与历史趋势共舞?

从人工智能、虚拟现实到大脑科技,近20年的趋势是新行业快速出现。这一现象的驱动力源于三点。(1)专业人士的解放。一夜之间,中层管理人员都可以出来单干了,即使失败了,重新回归职场仍被认可。(2)数字原生代的成长。90后、00后等数字原生代借助微信等社交媒体平台快速融入成人社会,他们备受信息轰炸,个人能力得以快速成长。(3)中国对外的智力输出。中国企业已经来到向国际输出智力的时候,部分企业已经具备国际竞争实力。

无论如何,创业不要违背历史趋势。举个例子,公司证券化是未来十年的趋势之一。将优质公司放到资本市场上去，同时将其证券化，让公募市场能参与。这将是中国未来十年最大的经济事件之一。另一个趋势是能数字化的就数字化，程序员会一直有竞争力。信息化之后是智能化，中国的软件业已经走到智能化这一步，轻工业、重工业即将走到这一步。所以未来跟数字化相关的产业机会依然很大。

假定"真实的自我""理想的职业""顺利的创业"不存在，那么基于"试错机制"，就会浮现出"伟大"。这对个体来说是残酷的，对社会来说则是正常的。进化保留的机制，会让每个人都以为自己会"伟大"，所以创业者容易高估自己的能力，但大的趋势有时比个人努力更重要。

### Q12. 创业者最重要的是什么？

最重要的是与众不同的思维模式。目前风险投资界普遍流行的话语体系是基于战争隐喻，如A轮/B轮/C轮，如赛道，如卡位，如布局。然而，决定早期创业公司成败的从来不是竞争的胜负，而是成长的快慢。谷歌不是因为想与雅虎竞争而诞生的，脸书不是因为想与MySpace竞争而诞生的，iPhone不是因为想与诺基亚手机竞争而诞生的。

你可以采取另一种更容易使创业成功的思维模式：树形隐喻。在树形隐喻视角下，你不再是为了跟谁竞争而诞生，不是为了他人而活，而是为了自己的成长而活。具体而言，创业的树形隐喻包括这样的一个逻辑：最小支点 => 最小产品 => 最小团队。

最小支点就像大树的根。你要告诉我,你的"根"是什么。未来五年或十年,你的创业项目始终在捍卫什么?从语言学角度来说,这个最小支点是名词,它不可再切分。

最小产品就像是树长出地面的部分。围绕这个最小支点,你们搭建了什么样的产品模式?选择了什么样的信息架构与商业模型?

最小团队就像是树的守护者。你们团队有什么资质或者气魄,可以证明自己在未来五年或十年内,能够始终保护这棵树的成长?

对一个早期创业团队而言,最重要的事情或许就是一个与众不同的思维模式。

## 小　结

这是一个变化极快的时代,这是一个人人害怕落后的时代。在这样一个前所未有的大变革时代中,你需要拥抱技术,保持开放的心态,广结善缘,同时还需要有定力。你需要不断地问自己:我将留给世界什么?我与他人最大的不同是什么?我在人生中的每一次重要决策,是增进了个人信用与社会财富,还是有反作用?当然,你可以随波逐流,受名利束缚,终此一生;但你也可以成为一名真正由内在动机驱动的人,那时,你将真正成为自己。

# 02

## 第二部分

# 教育之思

# 07

# 真正的教育<sup>*</sup>

我曾站在千年时间的尺度上，回顾改变世界的三大力量：教育、技术与设计。今天，我想再站在千年时间的尺度上，说说教育的过去、现在与未来。

## 人类社会为什么会诞生教育？

人类社会为什么会诞生教育？教育学家、历史学家、经济学家各有各的看法，今天我要介绍的是认知科学家的看法。

丹尼尔·丹尼特（Daniel Dennett）1996年在他的著作《心灵种种》里提出"四种心智模型"，把人类的大脑分成四种机制。[1] 模

---

\* 本文首次发表于2017年12月26日。

型底层是达尔文心智。这层的我们像动物一样，受本能驱动。比如你看到蛇会害怕，看到红色会兴奋，这是大脑经过千千万万年演化习得的进化模块。丹尼特将大脑的这部分工作机制命名为**达尔文心智**。接着第二层是**斯金纳心智**。按照达尔文心智的理论，老鼠看到猫会本能地感到害怕。但如果在老鼠看到猫的时候给它一些甜头，老鼠会不断地去尝试，这种甜头就是刺激。从刺激到行为的过程，既可以像巴甫洛夫（Ivan Pavlov）一样，给予老鼠与猫之间的经典条件反射；也可以像斯金纳（Burrhus Skinner）一样，用代币等进行强化刺激。

第一层达尔文心智与第二层斯金纳心智是所有动物共有的心智。第三层**波普尔心智**和第四层**格列高利心智**是人类独有的心智。波普尔是科学哲学家，提出了著名的"可证伪"概念——通过可证伪的才叫科学。波普尔心智意味着你在头脑中会对一些事情提前测试。这就是人类最重要的能力——对真实世界予以抽象，并在头脑中进行测试与预演。你的思想可能是对的，也可能是错的。你放弃错的，挑选对的去执行。什么是对错呢？有时你依赖自己的判断，有时你会依赖社会习俗去判断，这就形成了第四层格列高利心智。

格列高利（Richard Gregory）是一位英国认知科学家，丹尼特用他的名字来命名第四种心智。如果将波普尔心智比喻成人类大脑模拟真实世界的那台虚拟机，格列高利心智则是一台不再由人类个人制造的，而是来自群体制造的虚拟机。

教育主要作用于第四层心智，它实际上是帮助我们理解哪些习俗是可以社会传承的，哪些是不可以传承的。按照虚拟机的比喻，你可以将教育理解为虚拟机的电脑管家。我们究竟在这台群体虚拟机上安装什么程序、不安装什么程序，这就是教育之于人类社会的意义。之前人类社会并没有善恶、法律、民主这些观念，有了教育，它慢慢地帮助人类在格列高利心智层面形成约定——当我做一件事情时，或不知不觉，或主动思考，它符合社会约定吗？

## 教育的历史变迁

我曾在《人生模式》一书的第二十四章"人性与暴力"中指出，教育、技术与设计都与信息、信任相关，但重心不同。[2]教育的本质是人人交互。它促成了人类社会从"低信任"区域到"高信任"区域流通。文明社会，就是人与人之间有信任，反之，蛮荒世界，用拳头说话。技术的本质是机机交互。它促进人类社会从"低信息"区域到"高信息"区域流通。当你拥有强大的技术力量，意味着你掌握了不一样的信息或者不一样的信息传播能力。一位原始部落的族长，率先将石头磨得锋利，从此上山打老虎会变得更容易一些。设计的本质则是人机交互。与教育、技术不一样，设计更多地在系统外发生作用，设计无关信息、信任，又同时关联信息与信任。

什么是教育的教育，什么是教育的技术，什么是教育的设计？从驱动世界变革的角度，我们可以更清晰地看到教育在千年时间尺度上的变迁。

改变世界的三大力量

- 教育 人人交互
- 设计 人机交互
- 技术 机机交互

高信任教育 — 设计
低信息 → 高信息技术
低信任

**教育的本质是什么?**

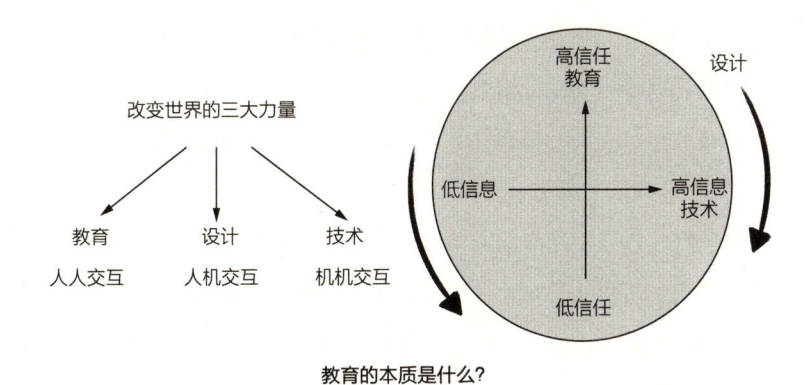

## 孔子

"教育的教育"指的是师训体系。原始社会承担师训体系的是巫师、祭司。到了春秋战国时期,中国历史上第一位教育家孔子登上舞台。他有自己的师训体系:七十二贤,三千弟子。

"教育的技术"指的是工具体系。与墨家相对比,孔子当时并没有掌握什么先进工具,只能言传身教,带着弟子周游列国。在今天,不太可能有哪位老师带着你数年奔波,周游列国。这是一件浪漫但低效率的事情。

"教育的设计"指的是教学评测体系。教育这套人人交互系统,其核心模块可以概括为教学评测。"教"主要是指你的教学目标是什么,"教育"这个系统走向何方?"学"是指你的学生是谁,他(她)如何与你交互?"评"指学生是否掌握了你希望这套系统传递的信息,时常用考试来衡量。"测"指的是经过你的教学体系训练的学员,是不是能得到第三方认可。"评"和"测"表面上是一回事，但是指向不同。"评"侧重学生在你的教学体系中达到什么状态，"测"侧重学生在你的教学体系之外的社会认可。

孔子这位大儒，他在教学评测四个模块上是怎么做的呢？他在"教"上推崇有教无类，只要是学生，就收。在"学"上，他注重因材施教，教导子路和颜回，做法大大不同。那时候纸张贵，大家都是穷人，所以孔子在"评"这个环节，更多地采取辩论对话，看看这些学生们能不能通过考试，孔子与学生们的对话最终成就了今天的《论语》。

再看一下"测"，这是孔子做得较差的，他带着学生们周游列国，尝试将理念和学生们输出给各国君主，但没有得到认可。如果放在今天，我们可能会认为这是一位不合格的教师，甚至要申请退款。

### 宋明

第二次教育的重大变革则发生在宋明时期。在孔子时代，纸张是贵重的东西，老师不得不言传身教。活字印刷术诞生后，催生了一大批书院。在当时的宋明时代，大儒的完美一生是什么样的呢？年轻时，遍览山川，风花雪月，吟诗作乐，认识一帮志同道合的朋友；再顺顺利利地通过科举考试，外放当官；再一级一级跃迁，成为中枢大臣。最后就是退休回到老家，盖一座自己题字的书院。求学，游历，治国，著书，立说，返乡等由幼而长的人生实践，立德立言立功，完美的一生！

王阳明就是一个书院狂人。我们来数数与他有关的书院：复初书院、水西书院、志学书院、赤麓书院、云龙书院、嘉义书院、复真书院、复古书院、复礼书院、义仁书院、仁文书院、太极书院、天真书院、怀玉书院、云兴书院、姚江书院、文湖书院、寿岩书院、五峰书院、混元书院、南厓书院、养正书院……

印刷术为教学设计带来了怎样的变化呢？第一个大变化是在教学对象上。从前的教育讲求有教无类。从魏晋再到宋明，寒门士族，九品中正，社会阶层开始分化，不同阶层的教育体系也大不相同。第二个变化是在学习方法上。与孔子的因材施教不同，宋明开始出现了两个不同的方向："我注六经"与"六经注我"。经典文本的重要性与日俱增。朱熹、王阳明等理学精英，无不借助校订《大学》，争夺话语权。即使是今天被视为圣人的王阳明，也曾经因为胡乱改动《大学》而闹出笑话，甚至将证据送到自己的论敌——大儒罗钦顺的手中。同样，在评测方面，时而强调吟诗作文，时而强调经世致用。依然拿王阳明举例，在他去世后，阳明后学就分化成不同取向，既有王艮创立的泰州学派，门人多半是樵夫、陶匠、田夫等，注重儒学世俗化；又有走精英路线、注重文本诠释的浙中学派。

**今天**

从互联网到人工智能、虚拟现实，今天我们又处在一个类似活字印刷术的新时代。印在纸上的文本不再经典，虚拟世界中的内容却越发重要。会不会阅读电子论文？会不会理解数字信息？这些技能变得日益重要。同时，专业分工变得明显。出现了高等教育、职业教育来负责教育设计；师范教育来负责师训。

| 教育的教育 | 教育的技术 | 教育的设计 |
|---|---|---|
| • 师训体系 | • 工具体系 | • 教学评测体系 |
| • 七十二贤，三千弟子 | • 言传身教 | • 有教无类/因材施教/辩论对话/周游列国 |
| • 书院 | • 印刷术 | • 寒门士族/我注六经/吟诗作文/科举考试 |
| • 师范教育 | • 人工智能与虚拟现实 | • 高等教育/职业教育 |

教育的历史变迁

# 真正的教育

**教育的问题**

站在千年时间尺度上来看，今天的教育出了什么问题？第一个大问题是：教育没有成为学习者的生活方式。在孔子时代，教育与生活、教育与职业融为一体。教育对于学习者来说，具备生活价值。孔子与学生们像丧家狗一样东奔西走，这就是他的生活方式。学徒们一边见证孔子的人格完善，一边完成了自己的人格升华。而现在，教育是教育，生活是生活，职业是职业。美国教育家约翰·杜威（John Dewey）在《民主与教育》中批评过这种现象：

> 唯有在教育中，知识主要指某些远离行事活动的信息储

备，而在农民、水手、商人、医生或实验室的实验员的生活中，情况却从来不是如此。[3]

第二个大问题是：原本应该传承人类美德的教育体系，本身存在着谎言。例如，部分专业，毕业生就业率较低，偏偏高考录取分数高。该专业的相关老师，为了维护自己的专业利益，不断向社会传递一些错误信号，宣称某某专业前途远大，21世纪是属于某某专业的世纪。有时候，这类谎言让不拥有相关信息的学生付出数年甚至一辈子的代价。

### 有生活价值的知识

如何回归真正的教育呢？哈佛大学心理学家大卫·珀金斯（David Perkins）是对当代教育理论与实践影响深远的"哈佛零点计划"的主持人之一。他认为："广义教育下的知识应在学习者未来的生活中更具有生活价值，否则，它就只会裹挟着学习者一同走向灭亡。"[4]

拿他经常举的一个例子来看看教育的谎言。珀金斯本人拥有数学与人工智能博士学位。他发现，自从本科毕业后，他几乎没有再使用过二次元方程。可是，在初、高中时，二次元方程折磨了多少学生。

首先，教授二次元方程的目的是帮助学生建立数学思维。那为什么不教概率论呢？在21世纪，每一天你都会接触到概率论，它同样有着优雅且深刻的数学证明。难道概率论不能帮助学生形成更好的数学思维吗？

其次，未来的某一天，你或许能用上二次元方程。珀金斯将这种只能用于特定场景的知识，称之为"技术知识"，既然99%的人在99%的时间不会用它，只是需要技术支持的时候才偶尔调用。为什么整个教育体系还要花费大量时间去传授这种知识呢？

珀金斯打了一个形象的比喻，将这种现象比作车库，以此讽刺教育的谎言。当你家车库里塞满了旧自行车，即使有更先进的电动车也没办法开到车库里。当教科书中塞满了二次元方程这些旧自行车，各方利益纠缠在一起时，教育体系的惯性难以打破。我们明明知道这样低效，却依然像《皇帝的新装》中的众人，对更高效的方法视而不见。

教育的初衷，源于有生活价值的学习。真正的教育，应该传授那些在学习者未来生活中更具有生活价值的知识。

## 认知的滚雪球隐喻

哪些知识会更具备生活价值？珀金斯提出一种新的教育理念：为未知而教，为未来而学。我将用"认知的滚雪球"这一隐喻来介绍他的思想精髓。

### 从利基理解到全局理解

你可以将知识习得的整个过程想象成滚雪球。人类掌握知识的过程，总是从一个"已知"，进入到"未知"，再到一个"更大的未知"。

碎片时代，我们容易盲目，以为占有知识就代表习得。然而，真正的教育并不是去掌握那些碎片知识，而是在每一个学习阶段，将碎片拼接为你的知识雪球。珀金斯将只适用于特定场景的知识，如二次元方程，称之为"利基理解"，与之相对的则是"全局理解"。"全局理解"具备四个特点：第一，它是跟行动关联的；第二，它提供了深刻见解，能够帮助我们理解物理、艺术、社会等不同世界的运作；第三，它能在不同场景下复用；第四，它追求真善美，传承人类美德。

如何帮助孩子构建"全局理解"呢？你可以直接告诉孩子一个固定的答案，什么是"民主"。但是，你还有另一种教育方法，带着孩子与其他小朋友一起过家家，问孩子在发生冲突的时候，由谁来调解，怎样仲裁？什么时候会调解失败？失败了我们该如何应对？这么一来，小朋友对民主就有了初步概念。不仅教会小朋友直接的答案，而是教会小朋友理解概念的正向思维、逆向思维等多种认知方式——这就是"全局理解"的深刻理解维度。回到家，假设爸妈有争议，让小朋友来做仲裁——这就是"全局理解"的行动与多场景复用维度。

面向未来的教育，最重要的是帮助小朋友构建一个认知雪球。刚开始，小朋友掌握的也许是一个很小很小的雪球，他有了这个小小雪球后，在不同场景下深刻理解、导向行动、不断复用，慢慢地，他关于"民主"的理解，成了他的内隐知识。当他成家立业，和他的伴侣、孩子发生争议时，他会不知不觉地按照之前习得的知识来应对——这就是"全局理解"导向的美德维度。

## 从封闭问题到开放问题

从利基理解到全局理解，相当于把零散知识整合起来，形成一个雪球，刚开始雪球可能很小，那么怎样将它滚动到"未知"呢？答案是好奇心。从小小雪球到小雪球，再到大雪球、更大的雪球，驱动人类进步的总是那永恒的好奇心。那么，怎样保持好奇心呢？从封闭问题转变为开放问题，不断问自己各种各样开放的问题，甚至自问自答、自娱自乐。持续保持开放的心态，你更容易适应未来世界。

继续使用"认知雪球"的隐喻。随着雪球滚动，会出现不同的赛道。常见的教育弊端是只让孩子在一个赛道上练习滚雪球。钱锺书的父亲钱基博是国学大师，他的《韩愈志》为一时佳选。[5] 钱锺书的妈妈是名门闺秀，但同样不擅长数学。钱锺书在成长过程中，始终没有遇到优秀的数学老师，尽管他数学成绩不佳，也考进了清华，但不是所有人都能如此，也不是每个人的父亲都是国学大师，那么你呢？

作为父母，要在孩子小时候尽量地带他滚不同的雪球，让小朋友在不同的赛道上测试。这些赛道有人文的，也有工程的，也有技术的，也有历史的，各种各样。在这种滚雪球的过程中，小朋友的认知灵活性和适应性就会变得越来越强。这也是跨学科真正的优势所在——掌握不同的认知方式（ways of knowing）。

学习不同的学科，更需要掌握的是各学科的认知方式。珀金斯认为，虽然各学科采用的具体论证方法各不相同，但绝大多数学科的认知方式存在共同点：重视争论和证据，强调必须证明某种主张是正确的，证实某种模型能够恰如其分地反映"事物背后的道理"。每个学科的认知方式都兼具描述、论证、解释、应用四种生活价值。具体而言，任何一种认知方式都能够：

» 描述，即依据特定的规则、使用特定的语言来描述事物，强调其特定的性质和表现；
» 论证，即通过其偏好的特定争论、证据和直觉判断来论证一些主张、理论和观点；
» 解释，即以同样独特的方式解释其所面临的问题；
» 应用，即拥有特定的应用范围和形式。

在珀金斯的著作《为未知而教，为未来而学》中，他总结了人类四种常见认知方式。[6]第一种是欧几里得式认知，侧重从定义、公理和已证实的定理出发，进行形式演绎。第二种是牛顿式认知，强调通过数学对真实世界进行建模。第三种是培根式认知，侧重提出假设，再通过实验来进行验证。第四种是修昔底德式认知，这种以古希腊第一位历史学家命名的认知方式，侧重搜集、解读历史上的原始资料，并对历史上已有的他人的解释进行批判，最终将资料、见解、批判拼接为新的历史叙事。

# 人类历史诞生以来的主流认知方式

在《聪明的阅读者》一书中,我在珀金斯等学者的工作基础上,再往前推进一步,站在千年的时间尺度上,看看自人类文明诞生以来,出现了哪些主流的认知方式。[7]

人类九种主流认知方式

| 编号 | 认知方式 | 常见领域 |
| --- | --- | --- |
| 1 | 思想实验 | 像哲学家一样思考 |
| 2 | 符号思考 | 像数学家一样思考;像统计学家一样思考 |
| 3 | 实验科学 | 像心理学家一样思考;像生物学家一样思考;像物理学家一样思考;像化学家一样思考 |
| 4 | 计算模拟 | 像计算机科学家一样思考;像物理学家一样思考 |
| 5 | 田野调查 | 像人类学家一样思考;像社会学家一样思考;像历史学家一样思考 |
| 6 | 幽默叙事 | 像段子手一样思考;像相声演员一样思考 |
| 7 | 故事叙事 | 像小说家一样思考;像散文家一样思考 |
| 8 | 文采美感 | 像诗人一样思考;像散文家一样思考 |
| 9 | 视觉美感 | 像画家一样思考;像书法家一样思考;像摄影师一样思考;像设计师一样思考 |

### 思想实验

思想实验是哲学家常用的认知方式,举个例子,丹尼特的"四种心智模型"就出自思想实验。之后这个实验得到了认知科学家埃文斯、卡尼曼、斯坦诺维奇等人的心理学实证研究支持,形成了关于人类心智加工的双系统理论:快速思考的系统一与缓慢思考的系统二。近些年又发展为"三重心智模型":自主心智、算法心智与反省心智。[8]

像哲学家一样思考，意味着你常常使用"思想实验"的认知方式，它主要包含悖论、抽象、对话与格言四种子类。（1）悖论。苏格拉底式提问多数时候是在营造悖论，放大对方的逻辑漏洞。（2）抽象。哲学家的术语体系和正常人的术语体系非常不同，他们会使用更高级别的抽象。美、道德、自由、意志、知识、真实、理性，每一位伟大的哲学家都构建了不同的边界和抽象级别。（3）对话。东方的《论语》、西方的《柏拉图对话录》都是通过对话揭示普世的真理。（4）格言。尼采、维特根斯坦都喜欢写格言。尼采的《查拉图斯特拉如是说》和维特根斯坦的《逻辑哲学论》在斩钉截铁的坚定中，实则是对人性的嘲讽。[9]

### 符号思考

符号思考是指使用抽象的符号而非自然语言来思考，这是数学家和统计学家常用的认知方式。我将常见的符号思考总结为定义、求解、维度与变形四种类型。

**定义**：它是每一位数学家的基本功，每个数学证明都会清晰地列出涉及的定义，使用的公理与定理等。

**求解**：它指的是解决问题，《怎样解题》是数学教育的经典名作，也是认知科学家研究的"元认知"启蒙之作。[10]

定义与求解相对容易理解，而维度与变形则较难理解，下面我将对这两个概念进行简单解释。

**维度**：什么是维度？维度是数学中独立参数的数量。在几何学中,通常把线(直线、曲线)看作一维,面(平面、曲面)看作二维,立体(立方体、长方体)看作三维。对高维空间进行降维升维操作,在数学上非常频繁。认知科学家约书亚·特南鲍姆(Joshua Tenenbaum)发明的等距映射(Isomap)算法就是在流形计算中高频使用的一种降维算法。[11]同样,为了放大差异,我们需要执行升维操作。举一个升维的例子。曾经有一种流行的机器学习算法支持向量机(SVM),它的数学原理就是将在低维上很难发现的一些差异,放到高维去,从而放大差异。

**变形**:它指的是转换事物的形态,例如从高的转为矮的,从大的转为小的,从三角形转为正方形,诸如此类。数学中的分支学科群论,思考各类代数结构如何在变化中保持不变。另一分支学科拓扑学,则关注各类几何结构如何在变化中依然保持不变。

### 实验科学

实验科学是科学革命产生的认知方式,简单来说,它是指设计各种变量,控制实验条件,求出显著差异,这也是科学家工作中的关键。这种认知方式广泛应用于以人为实验对象的领域(如社会学、心理学、经济学等)、以动物为实验对象的领域(如生物学、神经科学、医学等),以及以自然元素为实验对象的领域(物理学、化学、材料学等)。

### 计算模拟

计算模拟是指对真实世界或虚拟世界进行抽象、建模和其他模拟操作，然后看事物发展趋势。它是计算机科学家、物理学家常用的认知方式。科学诞生早期，物理学家最常用的思维方式是牛顿式认知，建模真实世界。自20世纪计算机诞生后，计算模拟成为人类社会主流的认知方式。与牛顿时期注重建模真实世界不同，在21世纪，受计算机联网影响，计算模拟这种认知方式注重规约与接口。

### 田野调查

田野调查是指实地参与现场的调查研究工作，这是人类学家、社会学家、历史学家和语言学家常用的认知方式。人类学家与社会学家通过田野调查，从族群、文化特例中总结出规律。法国人类学家列维-斯特劳斯（Claude Lévi-Strauss）的《忧郁的热带》，来自他亲访亚马孙河流域和巴西高地森林的经历；我国人类学家与社会学家费孝通的《江村经济》，来自他对江苏吴江开弦弓村的田野调查。[12]

语言学家常常做的事情是什么？寻找语言中的特例，从特例中总结出一套规律。认知语言学的创始人乔治·莱考夫（George Lakoff）著有《女人、火与危险事物》，为何将这三者关联在一起？在汉语、英语中，女人、火、危险事物分属三种不同类别，但在澳大利亚原住民迪尔巴尔人的语言中，它们却被归入一种范畴。这种特例，常常引发语言学家的灵感。[13]

### 幽默叙事

幽默叙事是指通过讲述，令人觉得有趣。它是段子手、相声演员常用的认知方式。笑话、段子和反讽是幽默叙事的三种常见表达形式。笑话是最为完整的幽默叙事；段子相对笑话来说，篇目更短，保留了幽默叙事最核心的意思；反讽是一种正话反说或反话正说，从反面进行讽刺的幽默叙事。在实际生活中，笑话、段子和反讽并没有严格的区分。

### 故事叙事

故事叙事是指通过讲述故事，令人印象深刻。它是小说家、编剧常用的认知方式。"我在吃饭，吃完后给学生讲课"，这是叙事，但不是故事。何时我们才觉得叙事是故事呢？判断标准在于它是否拥有一个故事内核。

### 文采美感

文采美感是指通过排列组合文字，雕琢润色文字来获得美感。它是诗人、散文家常用的认知方式。

### 视觉美感

视觉美感是指通过呈现事物的整体感知来获得美感，涉及传递信息、次序和对称等。它是画家、书法家、摄影师、设计师等常用的认知方式。

# 古典教育与未来教育

## 多元认知

思想实验、符号思考、实验科学、计算模拟、田野调查、幽默叙事、故事叙事、文采美感、视觉美感，它们就是人类历史诞生以来的主流认知方式。主流意味着什么？当你滚很小很小的雪球时，你很容易接触到思想素材——那些纷纷扬扬，在天空中飘扬的雪花。从很小很小的时候，你就可以不断学习它们。当年龄越大，你对它的理解会变得越来越深刻，逐步滚成大雪球、更大的雪球。

多元认知就意味着你需要综合使用多种认知方式，这也是认知科学家常用的认知方式。认知科学有六个母亲，分别是：哲学、心理学、语言学、计算机科学、人类学与神经科学。这六个母亲，涉及思想实验、实验科学、田野调查、计算模拟等多种认知方式。参考认知科学家的常用术语，我将多元认知的要点总结为：问题解决、跨界、模型。对认知科学家来说，他们的使命就是不断求解人类心智之谜，定义一个好的问题，寻找到一个好的模型，发现一个好的解答。

像科学家一样思考，是学习某一学科的认知方式。对多数学科来说，一位非职业学者只需要掌握其中20%的知识，就足以帮助其掌握这个学科的认知方式。剩余80%的知识，由各个学科的职业学者去研究。通过多元认知的方式，可以更理解真实世界运作的规律。

说到多元认知，不得不提及查理·芒格（Charlie Munger）。芒格是一个完全凭借智慧取得成功的人，他用最干净的方法取得了商业的超级成就。芒格将自己的方法论总结为"多元思维模型"。如下所述：

> 你必须知道重要学科的重要理论，并经常使用它们——要全部都用上，而不是只用几种。大多数人只使用学过的一个学科的思维模型，比如说经济学，试图用一种方法来解决所有问题。你知道谚语是怎么说的："在手里拿着铁锤的人看来，世界就像一颗钉子"。这是处理问题的一种笨办法。[14]

芒格反复提及的核心模型出自数学、物理、生物与心理学四个领域，如下图所示。

芒格的多元思维模型：核心模型

| 学科 | 核心模型 | 重要性 |
| --- | --- | --- |
| 数学 | 复利模型、时间价值、概率论、排列组合理论、决策树模型、大数定律、贝叶斯定律、均值回归、现金流折现 | 芒格认为掌握高中的数学知识是必备的技能。数学是抽象度最高、描述最准确的学科 |
| 物理 | 均衡理论、临界理论 | 硬科学更加值得信任 |
| 生物 | 自然选择、差异化生产 | 比均衡理论更加符合现实的世界 |
| 心理学 | 误判心理学 | 只有掌握误判心理学，才知道如何不犯错误，更好地指导生活 |

芒格同样对其他领域也非常关心，他提及的其他重要模型如下图所示。

芒格的多元思维模型：其他重要模型

| 学科 | 核心模型 |
| --- | --- |
| 工程学 | 质量控制模型、后备系统、断裂点理论 |
| 经济学 | 规模经济、供需理论、收入和替代效应、稀缺性、效用、弹性、垄断、寡头 |
| 社会学 | 社会心理学、复杂系统、自组织理论 |
| 哲学 | 三角形理论、叙述的滑坡效应、实用主义 |
| 文学 | 阅读方法、批判性思维 |

芒格一辈子都在研究人类历史上的主流认知方式。拿心理学举例，芒格高度推崇心理学，但他认为心理学系却采取了错误的教学方式：

> 心理学比其他学科认为的还要重要与实用；但又比业内人士的自我评价还要糟糕……总体来说，学术界仍沿袭诸侯割据，容忍着心理学教授用错误的方式教授心理学；非心理学教授对能在他们学科中起重要作用的心理学效应视而不见……[15]

我是心理学系出身，我非常同意芒格的看法。它错在什么地方？现行心理学学术教育是一种以"利基知识"为核心的教学，不以认知方式为核心。更好的心理学系教学方式是，在大学第一年，为学生设计心理学家思维方式的课程：普通心理学、心理测量、心理学历史等少数学科即可；在此基础上，第二年沿着相同主题进一步提高课程难度；第三年、第四年，继续逐步提高难度。这正是珀金斯所提倡的教育实验，他认为教学方式要打破学年制的束缚，教导学生像滚雪球一样扩展自己的认知边界。

通过滚雪球的隐喻，通过掌握不同认知方式，你会更好地适应未来。特定领域的知识总是很快被淘汰掉，但掌握更多认知方式能让你在面对未知时，更加从容不迫。当年我在大学读心理学系时，曾经以自己为对象进行了一个实验——放弃学校的课程，而是以在国家图书馆自学为主要学习方式。如今回头看，结果令人满意。对这段经历感兴趣的读者可以参阅本书"人生的STC算子"一文。

**古典教育与未来教育**

有人问，那我按照芒格给出的模型清单学习一遍如何？有用，但效率不高。芒格的知识体系形成于20世纪50年代到90年代这四十年，而今天，我们面对的时代主题大不一样，可以借力的学科也大为不同。

举个例子，今天我们有了认知科学。在芒格的知识体系形成时，只有心理学，而心理学并不等同于认知科学。现代心理学源自1879年德国的冯特，认知科学源自20世纪五六十年代。心理学源自哲学，认知科学有六个母亲。心理学核心枝干是心理测量与实验、人格与社会、认知与神经、管理与教育、咨询与治疗。认知科学核心枝干是计算认知科学、认知神经科学、认知心理学。

芒格是智者，但仔细审视芒格的知识体系，少了计算机科学、网络科学、认知科学这些21世纪的秘密武器。学习芒格的另一个问题是，芒格是行走的书柜，他穷尽一生，探索思想，与智者交谈，然而大多数人不像芒格那样拥有充裕的时间，更为巧妙的学习芒格的方式是对模型进行约束。这样做一方面，能够囊括人类历史诞生以来的主流认知方式，另一方面，能够传承人类文明，还能通古今之变。依据认知科学家的传统，人类大脑的信息加工瓶颈受制于工作记忆广度，事不过七，三四五六，最为舒适，因此，我将模型约束到最重要的五个学科身上。

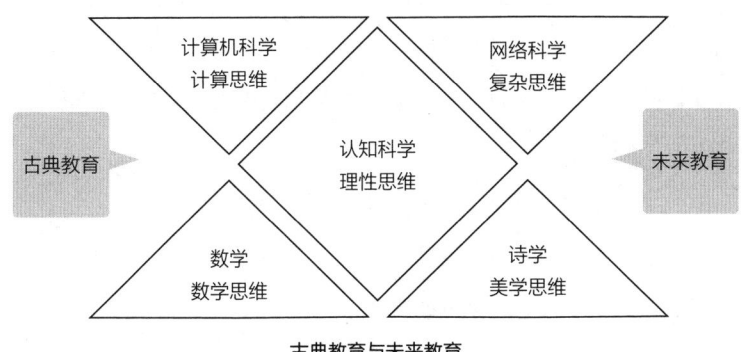

```
         计算机科学         网络科学
         计算思维           复杂思维

古典教育         认知科学         未来教育
                 理性思维

         数学              诗学
         数学思维           美学思维
```

**古典教育与未来教育**

首先看看古典教育。无论是教育诞生原点，还是太空时代的未来，古典教育意味着它代表着人类永恒的追求：真善美。它在格列高利心智层面，传承着人类文明的最大公约数。人之为人，我们关心善、关心真、关心美。理性思维代表着善，人类除了工具理性，还拥有广义理性；数学思维代表着真，它无关政治、国家、社会，只关心是否能更好地反映高维世界。文学、诗歌、绘画、音乐等等侧重的美学思维，既不关心功用，也不关心对错，只关乎审美、品位、秩序、风格。

理性思维、数学思维、美学思维，构成了第一个黄金三角形。

从古希腊雅典学园时代的自由七艺，语法、修辞、逻辑、数学、几何、音乐、天文，到孔子时代的六艺，礼、乐、射、御、书、数，东西方从不同角度涉及三种思维的训练。在"学科"诞生后，今天最能代表这三种思维方式的学科则是：以认知科学为代表的侧重研究人类心智、理性思维、逻辑、道德伦理的学科；以数学为代表的侧重研究表征世界、抽象世界的学科；以诗学为代表的侧重研究美感、秩序、韵动、风格的学科。只不过在柏拉图、孔子的时代并没有认知科学家，那时的哲学家承担了今天认知科学家在人类知识体系中的使命。

如果只学习古典教育，会出现什么问题？你会成为一个智者吗？你会成为当代的国学大师吗？不，你可能只会陷入贫困。这就涉及第二个黄金三角形：未来教育。

**古典教育是传承，未来教育是开拓。**任何一个时代都有自己更为重要的行动主题。如果说21世纪之前的行动主题离不开战争，21世纪的行动主题离不开建设虚拟世界，那么22世纪的行动主题是什么？届时，人类将步入太空时代。从此，22世纪最重要的学科变为宇宙学。

因此，通晓古今之变，你需要回到这个时代最重要的行动主题。网络科学所代表的复杂思维、计算机科学所代表的计算思维，就是理解这个时代最重要的认知方式。绝大多数人的思维方式是渐进的，认为有了A才能有B——实际上A和B只有相关性，却被误以为是因果关系。网络科学讲究涌现、自组织。网络科学的三个经典模型——小世界网络、随机网络、无标度网络，它们大大地拓展了人类的认知边界。同样，计算机科学帮助我们更好地建设虚拟世界。

然而，如果只有计算思维、复杂思维、理性思维，这样的人会成为智者吗？会财源滚滚吗？不，你可能只会得抑郁症。只拥有计算思维、复杂思维、理性思维的人，能被称为人吗？这不过是一台不折不扣的机器人。

成为更好的碳基人类而非硅基机器人，你需要很好地结合古典教育与未来教育。之所以探索世界，之所以阅读诗歌，之所以创作作品，并非它有用，而是它本身就是意义。正如堂吉诃德所言：

> 游侠骑士之所以让自己疯狂，既不是为了别人的嘉奖，也不是为了别人的感谢。游侠骑士的愚蠢行为不需要辩护。[16]

我是人类，我不是机器人，我不需要为自己辩护。

# 08

# 21世纪的通识教育[*]

什么是通识教育（General Education）？它是一种旨在培养学生广博知识和全面发展能力的教育模式。通识教育，或称博雅教育，与专门教育相区别。它的思想可以追溯到孔子的君子教育和古希腊亚里士多德的自由教育理念。那么，传统通识教育形成了哪些共识？在21世纪，这些共识面临了哪些挑战？如何设计一套21世纪的新型通识教育体系？

## 从哈佛大学的通识教育谈起

在21世纪谈及通识教育时，通常会提到哈佛大学。作为现代通

---

[*] 本文首次发表于2018年12月1日。

识教育的风向标，自2019年起，哈佛大学对通识教育体系进行了一次较大的改革。这次改革，最大的变化是哈佛大学的通识教育课程调整为"4+3+1"结构[1]。

> » 4：指的是四类通识教育必修课，分别是"美学与文化""伦理学与公民""历史、社会与个体""社会中的科学与技术"。
> » 3：指的是三类分类课程，分别是"艺术与人文""科学与工程"以及"社会科学"。
> » 1：指的是"实证与数学推理"这一类课程。

这并非哈佛大学通识教育体系的首次改革。实际上，它已经经历了五次重大改革。如果将最初的版本称之为哈佛通识1.0版，那么，2019年这个版本已经迭代到哈佛通识教育6.0版，如下表所示[2]。

哈佛大学通识教育体系的历史演变（1869—2019）

| 版本 | 时间 | 主导者 | 关键成果 |
| --- | --- | --- | --- |
| 1.0 | 1869—1909年 | 查尔斯·艾略特（Charles W. Eliot） | 实行自由选修制度，逐步废除必修课 |
| 2.0 | 1909—1933年 | 阿伯特·洛厄尔（Abbott Lowell） | 推行主修与分类必修制度，科系正式诞生 |
| 3.0 | 1945年 | 詹姆斯·科南特（James Conant） | 发布《自由社会的通识教育》报告，提出通识教育应包括人文学科、自然科学、社会科学三大领域 |
| 4.0 | 1978—1982年 | 亨利·罗索夫斯基（Henry Rosovsky） | 发布《哈佛核心课程报告》，将通识教育转变为核心课程（Core Curriculum），分为六个领域 |

续表

| 版本 | 时间 | 主导者 | 关键成果 |
|---|---|---|---|
| 5.0 | 2009年 | 劳伦斯·萨默斯（Lawrence Summers） | 发布《通识教育特别工作组报告》，重新采用通识教育一词，设立八大领域 |
| 6.0 | 2019年 | 拉凯什·库拉纳（Rakesh Khurana） | 改为4+3+1结构，简化为四类通识必修课、三类分类课程和一类实证与数学推理课程 |

### 1.0版：艾略特与自由选修的兴起

哈佛大学始建于1636年，查尔斯·艾略特于1869年出任哈佛大学校长，并于1909年结束任期。艾略特执掌哈佛大学长达40年，成为哈佛大学校史上任期最长的校长。

在他上任之前，哈佛大学以讲授欧洲古典学为主。然而，当时美国南北战争刚刚结束不久，美国第一条横贯大陆铁路已经修建完成，西部大开发如火如荼。1862年，美国通过《莫里尔法案》，向各州提供联邦土地，资助建立专注于农业、工程和机械艺术的公立大学[3]。哈佛大学的传统教育模式已无法跟上时代的发展。

因此，艾略特在任期间，极力提倡自由选修制度，即学生可以自由选择自己想要修读的课程。1872年，哈佛大学大四废除必修课；1879年，大三废除必修课；1884年，大二废除必修课。

### 2.0版：洛厄尔的主修与分类必修制度

阿伯特·洛厄尔于1909年接替艾略特担任哈佛大学校长，并于

1933年辞任。

他对艾略特时期形成的哈佛大学自由散漫的选修风格颇为不满，因此推行了主修与分类必修制度。学生毕业需要通过至少16门课，其中6门必须集中于某一学门或科系；4门需在文学、自然科学、历史、数学四个分类中各选一门；剩余6门课才可自由选修。从此，科系正式在哈佛诞生。

### 3.0版：科南特与《哈佛通识教育红皮书》

以科系为区分单位的通识教育带来的一个较大缺点是，教师在讲授课程时，难以区分这门课的学生是本系学生，还是为修读通识教育学分而来的外系学生，课程内容并没有体现通识教育的特色。与此同时，当时两次世界大战给人类价值观带来了巨大挑战。

在这个时代背景之下，詹姆斯·科南特于1933年担任哈佛大学校长，组织了十余位杰出知识分子，于1945年形成《自由社会的通识教育》报告，俗称《哈佛通识教育红皮书》[4]。这是通识教育领域最具影响力的经典著作之一，发表后被广泛讨论，并激发了强烈的共鸣。

该报告开宗明义，提倡通识教育应该培养学生的四种能力：有效思考的能力、沟通的能力、能做适切判断的能力、价值认知的能力，突出"一个完全由专家控制的社会不是一个明智而有序的社会"以及"社会对专业训练需求的强劲势头，更需要通识教育提供一种协调、平衡的力量"，并认为通识教育应该包括三个领域：人文学科、自然科学、社会科学。

与洛厄尔时期相比，主修课仍然是6门，通识课则由4门增加为6门，选修课由6门减少为4门。其中，6门通识课必须在人文学科、自然科学、社会科学三大领域中至少各选一科，人文学科必选"文学经典名著"一科；社会科学必选"西方思想与制度"一科。这些通识教育课程由各科系推选的杰出教授讲授。

### 4.0版：博克与核心课程的确立

二十世纪六七十年代，美国的颓废主义思潮也波及了高等教育。哈佛大学的通识教育体系面临着严重的挑战。1973年，时任哈佛大学校长的德里克·博克（Derek Bok）聘请亨利·罗索夫斯基担任哈佛大学文理学院院长，主持通识教育改革。

经过多年探索，罗索夫斯基于1978年正式发布《哈佛核心课程报告》[5]，并于1982年全面推行，形成哈佛大学新的通识教育体系。自1985年起，哈佛大学用核心课程取代通识教育，核心课程共分为六个领域：外国文化、历史研究、文学与艺术、道德推理、科学、社会分析。学生需要选修六个领域中的相关科目。

这次改革影响深远，各大名校及社会机构纷纷效仿，奠定了影响至今的全球通识教育模式。然而，究竟哪门课归入哪类核心课程颇有争议，核心课程是否真正等同于通识教育也引发了广泛讨论。

### 5.0版：萨默斯的八大领域改革

劳伦斯·萨默斯在担任哈佛大学校长期间主导改革，于2007年发布《通识教育特别工作组报告》[6]，重新以通识教育取代之前的核心课程一词,并形成新的通识教育八大领域:美学与阐释的理解、文学与信仰、经验与数学的推理、伦理推理、生命系统科学、物理宇宙科学、世界各社会、世界中的美国,要求学生从八大领域中各选修一门科目。

但是这又带来什么新问题呢?首先,它似乎换汤不换药,师生们普遍认为改革力度有限。其次,通识教育的领域从六个增加到八个,虽然看起来更为全面,但增加了学生的负担。心理学研究表明,我们的大脑在短时间内只能处理有限的信息,通常不超过四个项目。最后,生命系统科学与物理宇宙科学放在通识教育课程体系中显得较为勉强。既然已经包含了生物学和物理学,为何不加入化学和计算机科学?这使得课程设置格外混乱。

### 6.0版:库拉纳的"4+3+1"新结构

因此,便有了2019年的这次改革。由哈佛大学文理学院院长拉凯什·库拉纳主导,将通识教育从八大领域调整为"4+3+1"的结构,新版更符合人类认知习惯。

## 传统通识教育课程体系的共识

除哈佛大学的通识教育体系外,耶鲁大学、芝加哥大学等在全球通识教育演化史上扮演了重要角色。

1828年,耶鲁大学的教授们感到实用主义与功利主义泛滥成灾，联合发表《1828年耶鲁报告》[7]，为古典教育辩护，提倡大学教育的目的是提供"心智的训练与教养"。报告认为：

> 大学的目的，不是教导单一的技能，而是提供广博的通识基础；不是造就某一行业的专家，而是培养领导群伦的通才……

1929年至1945年，罗伯特·哈钦斯（Robert Hutchins）担任芝加哥大学校长，力推通识教育改革。本科生必修三年共同的通识核心课程，涉及人文学科、自然科学与社会科学三大领域。

芝加哥大学的通识核心课程强调阅读与思辨，以经典名著为起点。阅读哪些经典名著呢？1952年，哈钦斯与莫提默·艾德勒（Mortimer Adler）两人主编《西方世界的伟大著作》丛书，1952年首版共有54卷，之后1990年的二版扩增为60卷，涵盖了从古希腊到20世纪的130位作者的517部经典作品[8]。

其中第一卷"伟大的对话"正由哈钦斯撰写，强调经典作品是人类文化和知识传承的核心，它们包含了智者们关于人性、社会、世界、历史与哲学等诸多方面的深刻见解，通过与经典作品对话，我们才得以参与到一个跨越时代与文化的伟大对话之中。

二战后，美国崛起。当各国反思美国的成功之路时，纷纷注意到美国教育的崛起，越是一流的美国研究型大学越重视通识教育。根据学者黄坤锦在2020年的调研，美国202所最佳大学均要求通识教育学分，其中79%的大学（合计160校）通识学分占毕业总学分数的百分比从31%到40%，如芝加哥大学为50%、耶鲁大学为44%、斯坦福大学为46%[9]。因此，通识教育作为一种思潮，亦传播到全球，被各大名校推崇备至。

中国高等教育创设以来，亦深受西方通识教育课程体系设计影响。北京大学将其称之为"通识教育核心课程"，分为人类文明及其传统、现代社会及其问题、艺术与人文、数学、自然与技术四大类[10]。香港中文大学则分为基础通识、主题通识、书院通识三种不同层级，基础通识包括两门精读课程："与人文对话"和"与自然对话"，强调阅读经典；主题通识则分为四个范围：中华文化传承、自然、科学与科技、社会与文化、自我与人文四大类；书院通识结合不同书院的旨趣，各有不同[11]。

除大学外，许多社会机构也提供通识教育课程，包括企业、博物馆、图书馆、文化和教育基金会等，例如在线教育平台（如Coursera、edX），提供了大量优质课程。大学的通识教育课程体系是获得学位证书的重要环节，而社会机构提供的通识教育课程则通常缺乏整体设计，对学生的要求也较低，且对精英大学的通识教育课程体系亦步亦趋，常常聘请名校教授讲授"经济学常识""心理学常识"等学科基础知识，以此作为通识教育。

种种通识教育课程体系在具体做法上大有差异，然而，它们通常具备以下共识。

**作为一种教学目标的通识教育，它不是专门教育，而是侧重培养一个健全的人**。罗索夫斯基写下了关于通识教育的经典名句：

我们当然期望专业技术高超的专家：一个医生对医学和疾病要有高深的知识，一个律师对重大案件和法律程序要有深入的了解，一个学者对其专攻的学问要有深刻的研究。然而，专业的理想不应该只是才能优秀的科技主义者，理想的目标是，除成为专业知识的权威外，还要具备谦虚、仁慈和幽默。我希望我的律师和医师能了解和懂得痛苦、情爱、欢笑、死亡、宗教、正义和科学的有限性，这些远比了解最新的药品和上诉法庭最新的规则更加重要[12]。

虽然不同通识教育课程体系对"健全的人"的定义不同，但是它们都会指向"独立思考，自主灵魂"。以香港中文大学的通识教育目标为例："通识教育是香港中文大学本科生教育不可或缺的一环，为全体本科生提供均衡教育，促进学生智性的全面发展。课程旨在引导学生认识人类和现代社会的重要议题、理念和价值；培养他们成为怀抱全球，关心社会的公民，有能力在瞬息万变的世界面对不同的挑战，作出有识见的判断。"[13]

**作为一种教学内容的通识教育，它不局限于某一学科或专业的知识，而是跨学科的、综合性的知识体系。**早期通识教育的课程体系侧重人文古典学教育，而今天各大通识教育课程体系都包括人文学科、自然科学与社会科学三方面的知识，试图给学生提供一个对人类知识更为整体的认识。在实际课程设计中，至少会让学生选择三门所在院系之外的课程。以清华大学的通识教育课程设计为例，2023年发布的清华大学通识荣誉课程名单涵盖了艺术课组、科学课组、社科课组与人文课组。每个课组下有不同的开课单位和课程，例如，艺术课组下的"建筑与城市文化"、科学课组下的"生命科学简史"、社科课组下的"管理学的思与行"、人文课组下的"英语文学中的中国形象"等[14]。

**作为一种教学方法的通识教育，它不是填鸭式、说教式的教学，而是强调启发性、讨论式的学习方式。**多数通识教育的课程体系设计都包括两方面：独立完成的论文或实践作品；师生之间、学生之间的互动交流。以清华大学的通识荣誉课程为例，"讲好知识的故事"课程通过课堂教授、案例讨论和实践操作等教学环节提升学习者讲好知识故事的能力，最终成绩中的100分由60分的演讲加上平时讨论构成。这类课程设计在众多名校或社会机构发起的通识教育课程体系中比比皆是[15]。

**作为一种教学结果的通识教育，它不强调对既有知识的掌握，而是强调培养学生的理性思维与社会担当。**如何评价一个通识教育课程体系的好坏？多数通识教育课程的共识是，具体知识的掌握没那么重要，重点是学生是否具备反省能力，能从错误中成长；学生是否勇于承担责任，敢为天下先。以香港中文大学通识教育课程体系为例，"与人文对话"三个部分依次是"寻找自我：我的潜能，我的价值""人类力量的极限：我的怀疑，我的恐惧"与"社会机构中的自我：我的理想社会"；"与自然对话"三个部分依次是"人类对物理宇宙的探索""人类对生命世界的探索"与"我们对人类的理解"[16]。也许多年后，学生已经忘记了通识教育课程上的具体知识点，从课堂上老师的讲述中获得的启发与勇气，却依然在激励自己前行，这就是最好的结果。

通识教育的教学目标是"独立思考，自主灵魂"，教学内容是自己所学专业之外的课程，教学方法以启发性、讨论式为主，教学结果以学生的综合素质提升为标准。这些共识在过去的百年中较为适用。然而，随着时代的发展，社会结构的变化、技术进步以及全球化的加剧，21世纪的教育环境发生了巨大变化。传统的通识教育模式，虽然在过去行之有效，但在21世纪遇到了来自现代社会的复杂挑战。

## 来自时代的挑战

### 挑战一：理念迷宫

在教学目标上，通识教育追求"独立思考，自主灵魂"，然而实际操作并不乐观。各个通识教育课程体系的设计理念深受负责人的影响。以芝加哥大学校长哈钦斯为例，他列举的经典读物几乎全部集中在西方文明，并且大多为男性作者。而哈佛大学校长萨默斯任职期间的哈佛通识教育体系，格外强调培养学生成为领导者，因此设有一门"世界中的美国"课程。类似地，台湾大学和香港中文大学的通识教育课程体系都会强调"中国文化"相关课程。是否应该将这些内容纳入通识教育体系呢？假设一位外国留学生在北京大学，或者一位中国留学生在哈佛大学，他们是否还会觉得这些本地化的通识课程有意义呢？

　　从目前流行的通识教育课程体系诞生过程来看，它们通常由核心发起者负责，组织资深教授自上而下制定框架。虽然这些框架通常强调"独立思考，自主灵魂"，但实际操作时往往受到负责人的价值观影响，导致不同学校或同一学校的不同版本之间存在显著差异。例如，哈佛大学的通识教育体系在不同校长的领导下，经历了多次变革，每次都带有明显的个人色彩。

　　最终，通识教育的设计者在各自的文化和价值观中迷失，像在一个复杂的迷宫中寻找出口，我将其戏称为"理念迷宫"。甚至某种意义上，因为这些迷宫的存在，反而阻碍了学习者的"独立思考，自主灵魂"。

**挑战二：填鸭竞速**

　　在教学内容上，通识教育以自己所修专业之外的课程为主，然而跨专业难度在变大。目前多数通识教育课程体系都会涉及10多门课，涉及人文学科、自然科学与社会科学三大领域，并且不是自己所修专业以内的课程。从学习难度上来说并不低，且较为挤占学生时间。

　　然而，实际大学院系的组织，仍是围绕专业出发的。按照专业招生、按照专业就业、按照专业进一步深造，却有那么一段时间，需要学习自己专业之外的课程。甚至有的大学默认低年级不分科，集中学习通识类课程，然后高年级才分科，研读专业类课程。这种组织逻辑颇为荒谬，在实际调研中，学生们普遍表示不满。2015

年，克拉丽莎·汤普森（Clarissa Thompson）等人对1100名学生的调研结果发现，71.6%的大学生宁愿修读更多自己专业的课程，而非通识教育课程。50%的大学生认为，如果通识教育类课程不是必修课，那么可能不会选择[17]。

通识教育本应强调跨学科、综合性的知识体系，但在实际操作中，许多大学依然按照学科组织课程。这种矛盾导致一些课程难以真正实现跨学科的目标，甚至需要其他院系的教师来协助讲授。这就是传统通识教育课程体系的一个默认假设：**通识教育依然以学科为单位**。对于走出校门的成年人来说，所谓的"通识教育"就是学习所学专业之外的学科基础知识，类似"经济学常识""心理学常识"等课程。

设想两类人，一类人较少接受专业之外的学科基础知识，然而在自己的专业深耕多年，拥有众多成果；另一类人疲于奔命，接受一个又一个学科的基础知识，却没有自己的作品。究竟哪类人的发展会更好？显然，前者发展得更好，而后者，更像摇摇摆摆、笨拙前行的鸭子，输入多，输出少，天天忙于各类课程的学习，却没有自己的智识根据地。

### 挑战三：工具陷阱

在教学方式上，通识教育强调启发性和讨论式的学习，旨在培养学生的理性思维和创造力等。然而，伴随教育技术的发展与社会竞争压力的加剧，通识教育同样受到社会不良思潮的影响，难以摆脱"工具化"的倾向。

一方面，伴随教育技术的完善，尤其是在线会议成为重要的教学工具，师生之间的互动质量急剧下降。另一方面，在校内举办的通识教育课程，逐渐沦为学分工具或就业工具。美国大学董事和校友协会（ACTA）在2020年对全美上千所大学院校的通识教育进行评估考察，发现许多学校开设简易且奇怪的科目，快餐式的通识教育日趋流行[18]。在校外举办的通识教育课程，则强调"职场沟通""团队合作"等实用性技能课程，进一步模糊了通识教育的独特性。

**挑战四：身份危机**

在教学效果上，通识教育致力于提升学生综合素质，尤其侧重理性思维与社会担当。然而，这里带来一个复杂的问题：学习专业知识不能提高学生素质吗？在21世纪，各个专业都变得日益精深与庞杂。以心理学为例，美国心理学会（APA）在1892年刚成立时没有一个分支学会，而如今已经拥有54个分会[19]。学习本专业已经精疲力竭，还有多大心力去学习所谓的通识教育类课程呢？学习心理学类课程难道不能提高素质吗？这一部分内容，从未在过往的通识教育课程体系设计中得到详细讨论。

通识教育传统上被认为有助于提高学生的综合素质，但这一假设在21世纪不再成立。如今，专门教育课程也逐渐融入了综合素质的培养，例如，工程学中的设计思维、商学院中的伦理学培训等。

通识教育就像陷入身份危机的角色，曾经以培养创造力、同理心、沟通能力、审美能力与理性思维等"软技能"为傲。然而，如果专业教育也能做到这些，那么通识教育的独特之处究竟是什么？

我们还有必要去坚持它吗？通识教育是一场源自名校精英教育的造神运动吗？还是它的确有自身独特之处？

## 人类智识的层次：意义、知识与身份

那么，我们应该如何设计一套21世纪的通识教育课程体系？假设我们要创办一所新型的通识学院，如何才能更好地规避传统通识教育课程体系的缺点，保留其优点，达成我们所希冀的目标——帮助更多的人"独立思考，自主灵魂"呢？

不妨思考，包括通识教育在内的教育，究竟要解决的是什么问题？从不同时间尺度来看，我将人类一生面对的大问题总结为三个层次，如下图所示。

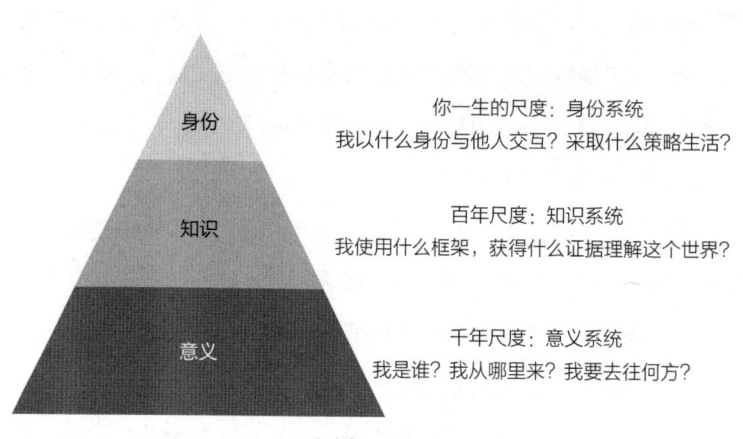

身份　　你一生的尺度：身份系统
　　　　我以什么身份与他人交互？采取什么策略生活？

知识　　百年尺度：知识系统
　　　　我使用什么框架，获得什么证据理解这个世界？

意义　　千年尺度：意义系统
　　　　我是谁？我从哪里来？我要去往何方？

人类智识的层次

**意义：** 第一类问题关乎存在与意义——我是谁？我从哪里来？我要去往何方？千年前的孔子，几百年前的康德、黑格尔、维特根斯坦、叔本华，与我们并无不同，依然在追问这些终极问题。这是一个跨越千年的命题，涉及每个人如何构建自己的人生意义系统。

历史长河中的思想家们虽然解答精妙，影响深远，却难以直接改变他人的行为，需要通过第三方作为中介来传递自己的思想。而在21世纪，信息世界高度发达，今日人类构建的人生意义系统能够更直接地影响行动，带来实际改变。互联网上的关键人物正在深刻塑造我们的思维方式。于是，"我是谁，我从哪里来，我要去往何方"逐渐演变为"我们是谁，我们从哪里来，我们要去往何方"。在与他人的连接中，我们共同建构人生的意义系统。

**知识：** 第二类问题关乎知识与信念——我使用什么框架，获取什么证据理解世界？科学家、工程师、设计师面对同样的证据，理解方式各不相同。科学家注重求真，依赖严谨的验证方法；工程师讲究实用，信奉"车到山前必有路"；设计师则重视审美，从素材中汲取灵感。因此，知识系统因人而异。

在百年时间尺度内，科学、工程、设计的核心框架相对稳定。今天，科学界共享大致相同的假设检验、实验设计等流程；工程界依赖系统论和控制论，设计界则有通用的设计思维与风格流派。然而，若将时间尺度拉长至千年，它们的核心框架将与今天大相径庭。

**身份：** 第三类问题关乎角色与关系——我以什么身份与他人交

互？采取什么策略生活？这类问题以你一生的尺度为准绳，核心在于构建身份系统。身份系统既包含职业身份，也涵盖家庭身份。美国人的平均寿命是77岁，中国人是78岁[20]。在你的一生中，你如何以不同身份与他人互动，又采取了什么策略生活？

你可能在学校是教授，在家里是父亲，每个身份背后都有一些社会规范。你可能顺从这些社会规范，也可能反叛这些社会规范，例如，教授应该传道授业解惑；父亲应该照顾未成年的子女。这就是教授与父亲角色背后承载的社会规范。当你违背了这些规范，就可能会受到社会谴责。

## 重新认识通识教育

通识教育与专门教育的真正区别是什么？通识教育应该坚守的是什么？通识教育的独特价值是什么？通过上文的梳理，你会发现，答案渐渐变得明朗：专门教育擅长解决具体问题，通识教育则更擅长提供整体认知。专门教育注重"我们"，通识教育则更倾向于"我"。

### 从具体到整体

专门教育擅长解决**具体问题**，如哲学、宗教探讨意义，科学、工程、设计处理知识，心理学、社会学研究身份。然而，它们不擅长提供**整体认知**。具体问题是为学科内专家准备的，以哲学为例，哲学家在探讨意义问题时,提出越来越深入的专业术语,代代相传,形成复杂的知识体系,往往超过九层。

例如,在形而上学中,哲学家讨论存在的本质,这个领域可以进一步细分为"本体论"(研究存在的基本结构和特性)和"存在论"(研究存在的意义)。在存在论中,进一步可以进入"现象学"(研究主观经验和意识)和"解释学"(研究理解和解释的过程)。现象学又可以继续细分为以胡塞尔为代表的"狭义现象学",以及"广义现象学",而胡塞尔的现象学又可以细分为"悬置""直观""意向性"等术语[21]。每一层引入新的概念和讨论,形成一个逐步深入的术语网络。

但通识教育需要关心这些吗?陷入学科术语的丛林,和学习具体学科有何区别?这正是当前多数通识课程的根本缺陷。通识的核心不在**分而治之**,而在于**合而御之**。传统通识课程设计者误以为,只有掌握了人文、自然、社会科学的基础知识,才能建立整体性认知。然而,在21世纪,这种观念已不合时宜。因为越来越多的学科已经足够膨胀,仅仅掌握某个领域的基础知识,都足以消耗我们大量时光,最终成为本书第7章《真正的教育》所言的"利基理解",与之相对的则是"全局理解"。

通识教育的关键在于帮助学生**从具体问题转向整体认知**。它不在于你掌握了多少学科的知识点,而在于你能否整合这些知识,形成自己的独特认知体系。这才是通识教育与专门教育最重要的区别!

## 从我们到我

专门教育注重人类集体知识的积累,也就是更关心你所在的群体在意义、知识、身份三大类问题上的最新共识。

» 千年尺度:"我们"是谁,"我们"从哪里来,"我们"要去往何方?

» 百年尺度:"我们"采取什么框架,取信什么证据理解这个世界?

» 你一生的尺度:"我们"以什么身份与他人交互?采取什么策略生活?

然而,真正的通识教育不关心"我们",而更关心"我"。继续使用"认知雪球"的隐喻,从利基理解到全局理解,相当于把零散知识整合起来,形成一个认知雪球。"我们"的雪球是大还是小,丝毫不重要,更重要的是,你自己滚起来的雪球是大还是小。

同样,随着雪球滚动,会出现不同的赛道。我在本书第7章《真正的教育》中将其细分为9个赛道:思想实验、符号思考、实验科学、计算模拟、田野调查、幽默叙事、故事叙事、文采美感、视觉美感。那么,"我们"是擅长思想实验还是田野调查丝毫不重要,重要的是——你自己擅长什么?如何借助你擅长的,形成你独一无二的意义系统、知识系统与身份系统?

以培根为例,他的《新工具》这本书同时代表着人类智慧的三大高峰：思想实验、实验科学和文采美感[22]。培根的《新工具》是对亚里士多德的《工具论》的挑战，也是西方现代实验科学的起源，还是西方散文随笔的代表作。培根的个人独特性在于以下方面。

> » 意义：我是培根，我从人类文明的源头来，我将继续推动人类文明；
> » 知识：一流的思想实验能力，一流的实验科学能力，一流的文采美感能力；
> » 身份：是官员，是作家，更是学者。

这就是通识教育与专门教育的另一个关键区别：**专门教育强调"我们"，通识教育强调"我"**。专门教育注重集体知识的积累和群体共识，强调你在群体中的角色；而通识教育更关注你的独特性，帮助你构建独属于自己的意义、知识和身份三大系统。

如果说教育是为了使下一代能够继承并发扬上一代的文化积累，那么，这种积累对应两类，一类偏知识、学科建制的传承，一类偏思维、认知方式的传承。前者是专门教育的重心，追求对学科知识点的抽样代表性；后者是通识教育的重心，侧重个人在面对复杂世界时的独立思考能力、价值判断能力和全局视野。

打个比方，专门教育是帮我们推开认识世界的一扇又一扇大门，然后获取大门之后的知识宝藏；通识教育是帮助我们决策，推开哪扇大门，如何推开大门、如何获取宝藏，拿到宝藏后是通过专利等形式出售,还是无偿捐赠。两者不断相互循环、相互促进,最终,文明得以一代又一代传承。

## 21世纪的通识教育体系设计

接下来,我们看看如何具体设计一套全新的通识教育课程体系,帮助我们更清晰地回答人之为人的三类根本性问题:意义、知识与身份。

### 教学目标:从接受到生成

传统通识教育课程常常假设人类的知识体系存在一个已经准备好的知识框架。因此,传统通识教育的教学目标是让学生接受这些人类知识体系中的"共识"。然而,这个观点大错特错。通识教育更讲究尊重人的个性。假设一个通识教育项目有10万名学生,这10万名学生接受的知识点完全一致。这怎么算是好的通识教育?"独立思考,自主灵魂"从何谈起?

一个好的通识教育项目,理应不再假设人类存在一个人人都需要掌握的统一知识框架,而是关心你如何生成自己的知识框架。

### 教学内容:从学科到认知

传统通识教育课程以学科为单位。所谓通识教育,似乎等同于追求学科的数量。学生掌握自己专业以外的学科基础知识似乎越多越好。因此，传统通识教育的教学内容涵盖人文学科、自然科学与社会科学的学科基础知识。不少通识教育课程设计者将教育理解成两种。

» 专门教育：只讲授单个专业以内的知识。例如心理学系按照实验心理学、认知心理学、人格心理学等开设课程。
» 通识教育：不仅教授本专业的相关课程，比如心理学系的学生还需要学习文史哲。通识教育大致等于"学习专业之外的重要学科"。

然而，这个观点同样错得离谱。"学科"是在18世纪工业革命开始后，在德国才开始诞生的，大学和学科的概念也是在那时逐渐形成的。中国直到民国时期，才开始有学门、学系、学科等的划分[23]。那么，在民国之前，古希腊以及古中国的众多通识教育案例与通识教育传统都到哪里去了？

通识教育的重心不应该是单纯的知识点，而是**认知方式**。什么是认知方式呢？它是指大脑的思维、知觉、记忆以及解决问题的方式，相关概念包括认知结构、认知框架、认知模式、认知偏好、认识方式、思维模式等。

有的人喜欢哲学思辨，有的人偏好动手实验。我在本书第7章中将人类的主流认知方式总结为九种：思想实验、符号思考、实验科学、计算模拟、田野调查、幽默叙事、故事叙事、文采美感、视觉美感。倘若九选四，九种认知方式组合在一起，就可以组成126种不同的认知类型；如果考虑顺序，那么就变为3024种不同的认知类型。

随着人类历史的漫长演化，我们成为学科的囚徒，忘记了不同学科背后共享的认知方式。认知方式不同于学科，但有的学科会是某一类认知方式的代表。认知方式与学科相互成就，互为原型。例如，哲学家常用思想实验，科学家喜欢实验科学，诗人注重文采美感。

传统通识教育直接给学生一堆经典作品，让他们去读。然而，比经典更重要的是作者的认知方式。你是否找到并在自己擅长的认知方式上做到极致呢？以幽默叙事为例，鲁迅、王尔德的写作常常具有一种黑色幽默的叙事风格。了解两者不同的文本呈现，将大大扩展你对幽默叙事这种认知方式的理解。

**教学方法：从传授到实践**

传统通识教育课程侧重知识传授。如果教给学生越多的学科基础知识，那么就意味着通识教育越成功。然而，在21世纪，每个学科的基础知识都在膨胀，学科数量也在增加。这种教学方式越来越低效。更好的做法是采用"高阶模型+实践策略"的方法。

什么是**高阶模型**呢？简单来说，它是一种帮助我们更好地思考和解决问题的思维方式。这些模式可以是某个学科内的，也可以跨越多个学科。例如，心理学中的一些理论帮助我们理解大脑如何处理信息，经济学中的理论帮助我们应对有限资源的决策。此外，还有一些通用的思维方式，比如"全局认识"和"交叉验证"，它们可以应用于任何领域[24]。

通识教育的一个关键在于，它帮助学生掌握一些可以应用于多个领域的"高阶模型"。这些工具不仅适用于某个学科，还可以帮助我们解决各种问题。例如，"全局认识"强调我们要从全局来看待问题，而不是只关注局部；"交叉验证"则鼓励我们从不同的信息来源验证某个结论的正确性。

什么是**实践策略**呢？就是求解问题速度更快、质量更高的人普遍掌握的技巧。仅仅依赖高阶模型还不够，还得模仿高手的实际操作。作家、诗人、编剧掌握了更多写作的技巧；情报官员、商业间谍、图书管理员掌握了更多信息分析的技巧[25]。

"实践策略"数量无穷无尽，而且过于零散，难以被你完全消化吸收。因此，你需要用"高阶模型"来约束"实践策略"。例如，你可以问，某个"实践策略"是否有助于提升"全局认识"和"交叉验证"？

### 教学结果：从考试到作品

传统通识教育课程通常通过考试来评估教学成果。即使涉及作品，也往往是一些较为表面的作业。什么才算是真正的作品呢？对于一名知识工作者来说，作品是你独立或与人协作完成的创造性成果[26]。

许多人工作一辈子，只有工作经历，却没有作品。工作经历的本质是什么？就是我在某家公司担任了什么职务，做了什么事。在这个视角下，你是被动的，你从属公司，被事驱动。当你离开公司，这段经历的效用开始递减。那么，作品的本质是什么？我在某年某月，一个人或者与人合作，创作了什么。在这个视角下，你是主动的，即使你离开公司，作品还在给你的人生发展带来源源不断的效用。

作品有大小之分。以文字类作品为例，最简单直接的划分标准可以分为千字文、万字文、四万字文、十万字文、三十万字文、百万字文。你写再多的千字文，也不意味着你具备写十万字文、三十万字文的能力，也就是写出一本书的能力。大作品才真正决定你的成就高度。取法于上得其中，如果有机会，不妨集中精力冲刺你的大作品。需要注意的是，越早将作品放在市场中检验越好，因为这意味着获得真实的反馈。

## 小　结

《论语·为政》篇有言："君子不器。"何谓君子？虽处陋室，能自得其乐；虽居高位，亦能心怀四海。何谓不器？君子虽善假于物，但不囿于一技之长，亦不追逐外在名利。

这正是自古传承的通识教育要义。而在21世纪，我们得以在前人基础之上，重新思考和构建通识教育的核心价值。通识教育的真正价值不在于掌握各个学科的基础知识、解决具体问题，而在于为你的人生发展提供整体性视角，从而构建独属于你的意义、知识与身份系统。

因此，我们不再以学科为中心，而是侧重认知方式；不再单纯追求无止境的知识输入，而是用作品说话；不再注重集体共识，而是重视内在动机驱动。人人如龙，人人皆可成贤，优质的通识教育能够帮助更多人成为真正的君子——面对世事动荡，不惑、不忧、不惧。

# 09

# 给自己的教育<sup>*</sup>

## 1

我曾公开招募一位助理。周一早上7点42分发出招募公告，11点18分收到了第一封邮件。直觉告诉我，这位应聘者就是我要找的。不过早早地答应这位应聘者，对其他还在辛苦准备邮件的同学不公平，于是一直拖到周三早上7点42分，我才做出最终决定。

为什么会决定招募第一位来信的应聘者呢？当我抛出这个话题时，你的第一反应可能是"聪明/勤奋"。答案并非如此。我认识的众多师友，都聪明且勤奋。然而，聪明也好，勤奋也好，仅是一个维度，所谓"单向度的人"。

一个人最迷人的地方却是其矛盾之处。**理解一个人，要看其矛盾之处**。人的心智层次，并不在于他/她读了多少书，认识多少名

---

\* 本文首次发表于2017年7月13日。

人,有多少财富或声望,而是在于他/她如何看待自身的矛盾。

不少来信的应聘者,迫切地在展示自己的"单向度"——雄心勃勃,目标明晰,计划严密,前程远大。

第一位来信的应聘者,身上充满了许多矛盾点。举个例子,她做了多年后台程序开发与技术管理,却一直对绘画、写作兴趣满满。

在每个矛盾点上,我看到的是可能性。

# 2

这位助理入职时,我给了她一些建议——成年人毕业离校后,如何设计给自己的终身教育?我的建议如下。

**首先,按照一个两年制硕士学位设计**。每两年,必须能从一个硕士学位毕业。你可以将自己每两年的职业经历视为攻读一个硕士学位。入职三个月想好自己的开题报告,两年内完成硕士毕业论文。社会大学与纯粹学院派不一样的是,这里不强调我要学什么,而强调我要创作什么。

**其次,不拿学校发的学位证,而是自己给自己发证**。将工作看成这个学位的一部分,甚至挑选最合适自己学习的工作单位,而非反之——像绝大多数人一样,工作与学习是两套分割的系统。生活由兴趣驱动,工作则由名利驱动。

**最后,自己设计自修科目**。首选结构为 $4 \times 5$ 的表格。第一列的四个一级科目代表大领域,构成某个学位的四门必修课。如果你希望自己掌握心理学，那么，学习心理学的四个必修科目是：实验心理学、心理统计与测量、普通心理学、心理学历史。这四个科目构成心理学的必修课。第二列则在每个一级科目下，再继续深入发展出二级科目，最终构成一个4×5的表格。以心理学举例，如下所示。

**心理学自修计划**

| 一级科目 | 二级科目 | 类型 | 学习途径 |
| --- | --- | --- | --- |
| 实验心理学 | 科目1 | 必修课 | 旁听 |
|  | 科目2 | 选修课 | 在线教育 |
|  | 科目3 | 选修课 | 商业实践 |
|  | 科目4 | 选修课 | 导师创作 |
|  | 科目5 | 选修课 | 导师创作 |
| 心理统计与测量 | 科目6 | 必修课 | 旁听 |
|  | 科目7 | 选修课 | 在线教育 |
|  | 科目8 | 选修课 | 商业实践 |
|  | 科目9 | 选修课 | 导师创作 |
|  | 科目10 | 选修课 | 导师创作 |
| 普通心理学 | 科目11 | 必修课 | 旁听 |
|  | 科目12 | 选修课 | 在线教育 |
|  | 科目13 | 选修课 | 商业实践 |
|  | 科目14 | 选修课 | 导师创作 |
|  | 科目15 | 选修课 | 导师创作 |
| 心理学历史 | 科目16 | 必修课 | 旁听 |
|  | 科目17 | 选修课 | 在线教育 |
|  | 科目18 | 选修课 | 商业实践 |
|  | 科目19 | 选修课 | 导师创作 |
|  | 科目20 | 选修课 | 导师创作 |

一级科目为必修，二级科目为选修。挑选一级科目，更多的是遵循学术体系，搞明白心理学何以成为心理学，它的历史、核心研究者与核心术语、研究方法论、主要成果是什么。挑选二级科目，更多的是遵循兴趣导向、未来导向。它不太在意已有的知识体系，在意的是知识与你的联结。因此，在设计二级科目的时候，你可以放弃传统的学术分类，自行设计。

举个例子，认知科学的四个一级科目是：认知心理学、认知语言学、认知神经科学与计算认知科学。在认知心理学下的二级科目中，你可以挑选四个感兴趣的专题来自修，例如：记忆与学习、决策与判断、社会认知和问题解决。你也可以换一换，改为：认知偏差、心智程序、具身认知、记忆模型。

## 3

找到学习科目后，下一步是挑选适合自己的自修路径。有四种途径可以选择。

**旁听（线下教育）**。假设距离你较近的地方有一所高校，该高校的某位老师讲授的是认知心理学这门课，那么，就用一个学期时间去旁听。这样比自行摸索更节省时间。再举个例子，计量史学作为一个新兴学科，在中国从事这个领域的不到百人。经济学家陈志武每年组织暑期班推广计量史学，并提供了不少免费进修名额。越早进入这些前沿领域，面对面跟学界大家沟通，你就越容易占据不一样的信息源头。

**参加在线教育**。以计算认知科学为例,世界上最好的专家是约书亚·特南鲍姆(Joshua Tenenbaum)。世界上绝大多数人没有机会成为他的学生,但是你有机会参加他的在线教育课程。他讲授的《认知科学入门》《机器学习与认知科学》系列课程都有免费视频在网上公开。[1]同样,他也会开设暑期班,多年下来,这个暑期班沉淀了大量课件与教程,直接阅读就可以。

同样,网络科学,世界上最好的专家是艾伯特-拉斯洛·巴拉巴西(Albert-László Barabási),他每年会发起网络科学大会暨暑期班,参加就好了。如果没条件参加,就将历年来的暑期班教学材料看明白。

**撰写或翻译相关领域的专业著作**。多年来,我进入一个新领域的秘诀是:撰写图书或翻译这个领域的经典读物。以认知科学为例,该领域众多经典读物都由我引入,例如基思·斯坦诺维奇的《超越智商》《机器人叛乱》《决策与理性》与《理性与反省心智》;安德斯·艾利克森的《刻意练习》;埃米尼亚·伊瓦拉的《转行》;史蒂芬·平克的《风格感觉》;詹姆斯·弗林的《智力是什么?》;诺曼·道伊奇的《重塑大脑,重塑人生》以及平克博士期间的导师斯蒂芬·科斯林的《上脑下脑》、TED演讲者史蒂文·约翰逊的《日常生活的神经科学》等等。同样,我自己也在很多新兴领域撰写了相关专业著作。[2]

**开展商业实践**。人们容易将工作与学习看作两个独立的系统。学习只在工作之前进行;工作之后就只学工作相关的内容即可。但是，为什么要这样呢？其实可以反过来，将工作看作学习的一部分。

我的另一位同事设计她的两年自修计划时，她的方向是教学设计，其中有个必修科目是"在线教育公司的商业模型"，显然传统教育与在线教育都无法满足她对这个科目的学习需求。那么，她可以如此设计：（1）撰写访谈录。拜访10家中国上市教育公司的教研总监以及10家创业公司的教研总监。（2）搭建师友网络。拜访我的朋友圈中懂教育的老师，并组建个人的学习网络。（3）分析上市公司数据。分析新三板、A股、美股上市教育公司的财报。（4）定期阅读国外行业进展。订阅Edsurge等国外教育创投媒体的推送，定期了解欧美教育科技行业的最新进展。

如此设计自己的自修计划，通过两年时间，就可以掌握一个领域，或者增加一个技能。如果你能持之以恒，数十年如一日，循环往复，最终就能掌握多个领域。德鲁克是一个绝佳的榜样，他每隔三四年就会选择一个新的领域，六十年如一日持续学习，一生丰盈而有趣。与其说德鲁克以管理为职业，不如说管理大师是他终身学习自然诞生的结果。正如德鲁克所言：

> 供职的那家报社下午出版。我们早上6点开始工作，下午2:15出版，于是我迫使自己在下午和晚上学习，学习的内容包括国际关系和国际法、社会和法律机构的历史、普通史、金融，等等。就这样，我慢慢构建起自己的知识体系。我现在仍然坚持这个习惯，每隔三四年我就会选择一个新的领域，例如统计学、中世纪史、日本艺术、经济学，等等。三年的学习当

然不足以让我掌握一个领域，但足以让我对它有所了解。因此，在60多年的时间里，我不断地学习，每次学习一个领域。这不仅让我掌握了丰富的知识，而且迫使我去了解新的学科、新的途径和新的方法——我研究的每一个领域，它们的假设不同，采用的方法也不同。[3]

# 4

那么，在设计自己的自修计划时，有什么注意事项呢？

**首先，以输出为导向**。高阶学习者掌握的是模式，并且善于借助两个不同领域的连接来创新。举个例子，假设心理学和计算机科学各有两万个知识点，那么初阶学习者的设计方法通常是穷尽这两万个知识点。这是非常低效的学习方法。

目前，全世界的心理学本科教育正是如此设计的。芒格毫不客气地讽刺这种心理学教育："首先，心理学虽然做过一系列巧妙而重要的实验，让人感受到它的魅力和实用性，但它缺乏学科内的综合应用，特别缺少对心理学倾向综合作用的关注；其次，将心理学和其他学科联合论述，少得可怜。"[4]

简而言之，在芒格眼中，心理学比其他学科更重要和实用，但又比业内人士的自我评价要差。芒格继续批评心理学：

> 总体来说，学术界仍沿袭诸侯割据，容忍着心理学教授用

错误的方式教授心理学；非心理学教授对能在他们学科中起重要作用的心理学效应视而不见，而专业学校在每一届新生上都小心地保持着对心理学无知的传统，并对不足引以为豪。[5]

那么，高阶学习者的习惯是什么呢？拿认知科学、人工智能奠基者赫伯特·西蒙（Herbert Simon）举例。

西蒙并不在意心理学的两万个知识点，毕竟，他是政治学博士。他在意的是他从这两万个知识点中发现的模式。基于他的独特视角，他找出了不一样的模式，而构成这个不一样的模式的知识点，可能200个足矣。

如果仅仅是发现心理学的新模式，意义不大。更巧妙的是，西蒙同样找到了计算机科学中由200个知识点构成的一个新模式。心理学的两万个知识点，对计算机科学有启发的可能仅需200个知识点；而计算机科学对心理学有启发的知识点，同样仅需200个。

基于上述考量，西蒙得以快速地从一位心理学外行成长为美国心理学会终身成就奖得主。这就是第一个注意事项，输入不如输出重要，穷举不如演绎重要，守旧不如创新重要。

接下来，我们来讨论第二个注意事项。在大学期间，我们的学习效率通常是最高的。在你18岁到22岁的四年时间，你可以初步掌握一个专业领域，研读数十个科目。当你毕业后，却自然地放弃了继续学习。多数人一辈子掌握的专业领域，难以超过两个。更多的专业领域别说精通了，连入门都达不到。

那么，**对于你的必修科目，你应该尽量达到能通过本科考试的**

**水准**。就像芒格所说的一样："不管你喜不喜欢，必须掌握到能通过测试的水平，能常规应用其最基本的内容，尤其是那些比自己所处专业更为基础的学科。"[6]

在认知科学中，这被称为测试效应。人类记忆存在广泛且普遍的元认知错觉，会误将"记住了"当成"学会了"。认知科学家普遍发现，测试不仅是评估，更是记忆本身！就好比你在大学期间记忆最深刻的是如何与室友熬夜通过的那场考试，而非漫长而无聊的聆听老师照本宣科的课堂。

对于选修科目，你无须达到如此高的标准。你只需达到这样的标准：你"认识"这个领域的真正专家，并且当你遇到难题时，你知道如何向他们寻求帮助。需要提醒的是，通过阅读熟悉某位专家，也算是一种"认识"。

# 5

**最后一个注意事项是，要善于利用导师帮助自己厘清学习的重点**。用我的一位朋友的话来说，"跟着比自己大10岁的人，做一个学徒。单纯读他们的文章和书籍，为什么不够呢？因为你不容易看出其中的重点，其中的内容构造太复杂，你会被各个要点牵扯注意力，误以为每句话都很重要。其实并非如此。"[7]

在年轻时，你容易对世界上的精妙思想"视而不见"，正是因为你无法剖析层次、厘清重点，导师的意义正在于此。詹姆斯·马奇（James March）如是写道：

> 这种现象的一个特例涉及小概率极端事件。小概率事件的出现次数分布是严重倾斜的，例如重大科学突破。这样的事件，结果极其正面，但是发生机会非常之小。大多数研究者一辈子都不会经历这样的事件。实际上（或者，可能实际上），大多数学习者会低估极其稀有、极其正面事件的发生可能性，进而无意识地规避风险，不能像本来可能的那样复制与重大科学发现相连的行为，例如，高度敬业、积极投入。[8]

一个时代的杰出人物的数量极少。智力分布呈正态曲线，顶尖人才的数量无论过去还是未来，始终有限。然而，信息的聚集遵循幂律分布或二八原则——在波士顿、纽约、北京等地，几乎汇集了一个时代80%的高质量信息。利用这些信息的不对称性，会比利用智力的不对称性更容易。当你离这些极端值越近，你跃迁至更高层次的机会越大。

如果说教育的本质是寻找阶层跃迁的有效杠杆，是否有比设计一个杠杆来改变自己的命运更有趣的事情呢？有，那就是与良师益友共同前行。

# 10

# 构建优雅的知识创造系统[*]

## 从知识管理到知识创造

当人们谈及知识管理时,常常将其与工具混为一谈,如Zotero、Endnote等文献管理软件,又如印象笔记、为知笔记等笔记软件,再如Wiki、Dropbox等企业文件协同软件。将知识管理与效率工具混在一起,这是知识管理最大的误区。

你可以管理现有知识,进行"组合""整合"与"集成"等操作;除此之外,你还有一个更重要的任务:生成新的知识,这些知识通常与"灵感""创意"和"想象力"相关。一个优秀的知识管理系统与一个优秀的知识创造系统并不相同。这就是世界知识管理运动之父野中郁次郎(Ikujiro Nonaka)的"知识创造论"。在野中

---

[*] 本文首次发表于2017年1月2日。

## 10·构建优雅的知识创造系统

郁次郎看来:

> 人类的知识分为两大类,一类是形式知识,可以用正式的语言表述,包括语法陈述、数学表达式、技术规范、手册等。这类知识可以在个体之间正式地且方便地进行传播。另一类则是难以用正式语言表述的知识——暗默知识——它更为重要。它属于植根于个体经验的个人知识,涉及像个人信念、视角及价值体系之类的无形要素。[1]

在认知科学中,暗默知识(Tacit Knowledge)通常被翻译为内隐知识。该概念来自英国哲学家迈克尔·波兰尼(Michael Polanyi)1958年的著作《个人知识》。[2]之后,美国心理学家阿瑟·雷伯(Arthur Reber)在此基础上做了大量研究,于1967年在其著作《人工语法的内隐学习》中正式提出了内隐学习理论。[3]如今,从内隐知识到内隐学习再到内隐认知,构成了当今认知科学的热门研究议题。形式知识可以管理,但暗默知识难以管理,它更多地依赖创造者所处的"场"来生成。就像野中郁次郎所说:

> 知识是一种创造力量,它不仅存在于一个人的身上,也存在于通过各种相互作用与他人共享情境的、动态的"场"之中。不能创造"场"的组织也就不能创造新的知识。[4]

因此,我在教授学徒们时格外注重苏格拉底式的提问,并坚持在我的书房授课,试图创造一个特殊的学习环境,让学徒们领悟更多的内隐知识,从而拥有自发生成自己的知识体系的能力。同样,在设计在线教育课程模式时,我也会引导所有学生去使用那些积累了大量优秀内隐模式的学习系统,在他们看到高阶学习者如何提问、如何发起议题与关闭议题后,他们就会逐渐创造出更多的知识。

## 知识创造的三个层次

如何构建一套有效的知识创造系统?按照野中郁次郎的研究,生成新知识的过程中,暗默知识与形式知识的相互转换有四种模式:从暗默知识到暗默知识的"共同化"过程、从暗默知识到形式知识的"表出化"过程、从形式知识到暗默知识的"内在化"过程,以及从形式知识到形式知识的"联结化"过程,如下图所示。[5]

|  | 暗默知识 | 形式知识 |
|---|---|---|
| 暗默知识 | 共同化 | 表出化 |
| 形式知识 | 内在化 | 联结化 |

知识转换的四种模式

# 10・构建优雅的知识创造系统

结合野中郁次郎等人的研究以及个人实践，我将知识创造分成三个层级，如下图所示。

知识创造的三个层级

| 层级 | 目的 |
| --- | --- |
| 卡片层级 | 知识的最小单位，输入如原文摘抄，输出如读书卡片 |
| 文件层级 | 可用于交流的完整输出，如文章、论文、绘画文件或产品原型图 |
| 项目层级 | 涉及多人或更长时间的系统输出，如图书或App开发 |

在卡片层级，只需要一个人就能完成。卡片作为知识的最小单位，既是输入的最小单位，也是输出的最小单位。创造一张卡片的时间从几分钟到数小时不等。

在文件层级，需要更多的心力，完成这一层次的工作通常需要数小时到数周不等，此时输出的作品侧重于与他人交流。

在项目层级，这个阶段通常涉及更多的人，完成这一层级的工作可能需要从数周到数年不等的时间。项目成果常常被用来交易，是在社会上立足的基础。

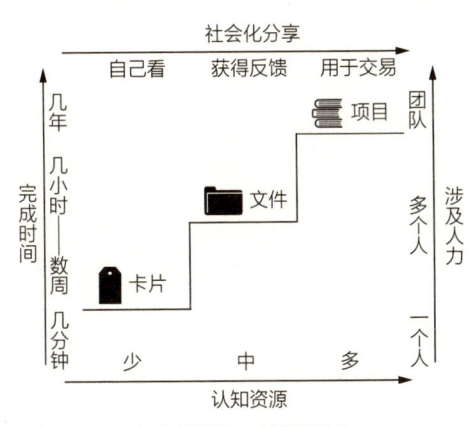

知识创造的三个层级区别

以我自己为例，2016年，我总共创造了1000+张卡片，日均三张；全年发表76篇原创文章、18篇专栏文章，总计40余万字，另外全年还撰写了600+个工作文档；参与了10余个各类项目，其中某个教学项目两期持续了六个月，某个社群项目持续了三个月，参与了若干个产品研发项目，全年发布了一个硬件、三个App和一个WebApp，还担任若干个内容策划项目的顾问。

## 卡片：少分享多积累

接下来，我将详细介绍知识创造的三个层级及其具体实施方法，首先从卡片层级开始。

在卡片层级，人们最大的误区是：过度分享。不少人误将卡片、文件和项目三个层级混为一谈，喜欢在卡片层级搞分享。这样每次撰写卡片时就增加了一个选择项：这张卡片我是该分享还是该存着自己看？增加的认知操作加大了认知负荷，从简单反应时变为选择反应时。因此，在卡片层级上，我们应尽可能减少分享。

那么，我们应该在卡片上写些什么呢？你可以坚持每天写三张卡片，首选这三类：新知卡、人物卡、术语卡。新知卡旨在拓宽你的认知视野，而人物卡与术语卡则让你学会尊重那些知识的创造者（具体卡片示范及更多介绍可以参考我的著作《聪明的阅读者》一书第八章"卡片大法"）。

相比参加讲座、订阅专栏、读书听书等输入导向的学习行为，写作卡片更像一种输出导向的学习行为。无论是一周、一月、一年、十年，甚至数十年，你都可以去践行。你无须得到他人的肯定，自己写自己的卡片即可。一旦你习惯了这套方法论，你就会慢慢地建立起自己良好的学习习惯系统。

给大家看一个例子。这是我的一位学生写的一张卡片：

> 前几周读过的基思·斯坦诺维奇、赫伯特·西蒙乃至丹尼尔·卡尼曼，分别从认知心理、组织行为、决策角度，提出人类在理性决策上的局限性。而吉仁泽，还有本书的作者加里·克莱因，则将目光集中到人所处的真实世界中、集中到自然主义决策视角上。[6]

如果这位学生不认真撰写卡片，那么这些决策科学的要义可能只被少数人所知。市面上多数读者的注意力可能停留在卡尼曼的《思考，快与慢》之上，没有意识到吉仁泽、加里·克莱因这些不同于卡尼曼观点的决策学者。[7]

最后，每天应该写多少张卡片呢？建议每天至少写三张卡片，最多不要超过42张，一般来说，写9张就合适。贪多必失，如果写得太多，第二天可能依然记不住。相反，如果你注重每天的持续行动并避免过分透支，那么终有一天，你的知识体系将会包罗万象。

## 文件：像域名一样管理

接着是文件层级。先说说如何将卡片拼接为文件。卡片是素材，我不建议初阶学习者直接用自己的话改写原作者的术语。因为此时你一知半解，急着用自己的知识体系去套另一个知识体系，急着用刚刚学会的术语去解决自己面临的现实问题，很可能遭遇"知识的诅咒"。

一旦发现自己不再误解作者意愿，你就可以用更多自己的话解读，尝试将每张卡片都表述为自己的话，未来可以直接使用在自己的作品中。举个例子，你可以像我一样，将詹姆斯·马奇（James March）的一段金句，改写成可以直接在自己的作品中引用的格式：

> 正如马奇在《激情与纪律》中所言："我们生活的世界重视现实的期望和清晰的成功，堂吉诃德两者皆无。但是尽管一个失败接着一个失败，他坚守愿景和使命。他坚韧不拔，因为他知道自己是谁。"[8] 人，才是最好的作品。成为自己，才是最好的奖赏。即使你在后人眼中，是向着风车冲刺的堂吉诃德。

接着，我再给大家示范一下如何将卡片拼接为文件。这里拿书评举例。阅读任意一本书，写九张卡片足矣。

## 10·构建优雅的知识创造系统

» 新知卡：这本书的核心主题讨论的是什么？撰写一张新知卡。
» 术语卡：与这个核心主题相关的最重要的三个概念是什么？撰写三张术语卡。
» 人物卡：这些概念的最初提出者与当代继承者是谁？撰写三张人物卡。
» 金句卡：阅读这本书，与作者核心思想最相关的金句是什么？撰写一张金句卡。
» 行动卡：如何指导人们的实际行动？撰写一张行动卡。[9]

如果一本书的核心思想不复杂，你可以将其概括为一个核心新知、三个关键概念，也就是说，一张新知卡+三张术语卡+三张人物卡+一张金句卡+一张行动卡，九张卡片即可概括一本书的核心内容。假设一张卡片平均为150字，那么一篇千字文就出来了。

接下来，我们来谈谈文件的命名。这里有个高阶技巧：**用域名来命名文件夹**。人类大脑是个先天的社会脑。当你意识到，自己的文章未来会分享出去，那么，你的记忆会更牢固。即使这篇文章你已经保存到本地了，但是你记忆更深刻的是——当初你是如何通过浏览器，使用哪个关键词，找到哪个网站，然后再从该网站通过哪个关键词，找到的某条资讯。

这是人类的一个有趣的特点，就是你的大脑善于记忆搜索路径。因此，我鼓励大家都用域名来命名自己的个人文件夹。下面是我部分私人文件夹的例子：

- » yangzhiping.com——代表我的私人文件，同时用 iCloud 自动同步。
- » anrenmind.com——代表我管理的安人心智公司的相关文件。
- » ibrainbaby.com——代表我管理的爱贝睿公司的相关文件。
- » openmindclub.com——代表我管理的开智公司的相关文件。

……

用域名命名文件夹的好处非常多，例如，可以同步互联网上很多第三方服务，如 Zotero、Github 与 GitBook 等。同时可以将自己映射为一个服务——如何才能更自动、批量地给第三方提供接口呢？

最后，我们来讨论如何管理文件的增量更新。这里的注意事项是减少文件夹嵌套，多平铺再利用搜索功能检索。一旦你为某个目录创建了一个子文件夹，你可能会想创建更多的子文件夹，这可能导致信息混乱。

随着你打开的子文件夹越来越多，你可能会感到困惑，不知道应该将文件放在哪个子目录下。大脑是个吝啬鬼，它最舒适的工作记忆广度大约是四，同样，它最舒适的搜索深度大约是五。一旦你的子文件夹层级过深，就会难以提取。因此，建议将文件夹层级控制在五层以内。

例如，有同事将文件夹命名为以下结构：

安人心智集团—开智公司—课程事业部—开智写作系列—认知写作学—认知写作学二期—认知写作学二期讲义

天哪！谁能记住这个？为什么不精简为：course@openmind@writer002 呢？

其中，course 对应到组织架构，如开智公司下的"课程团队"；openmind 对应到"开智公司"；writer002 对应到"认知写作学二期"。在实践中，一般 openmind 还可以省略掉，最后，这个目录命名为：course@writer002。

对应到电脑中的文件夹结构则是：openmindclub.com=>course@writer002。这样一来，大多数文件夹的层级可以控制在四到五层以内。子文件夹的层级尽量短，少做分类多利用搜索。在 Mac 中，你可以使用 EasyFind 等搜索软件，或者使用 Mac 自带的 Spotlight 功能。一旦减少了文件夹层级，你查找文件的速度不会太慢。

这是关于文件夹层级的讨论，接下来我们谈谈单个文件的层级。单个文件的命名，建议尽量用名词而非动词。还有个注意事项是日期在前。举个例子，我的博客系统收录的第一篇文章命名是：2000-04-01-dance-dance-dance.md，十几年加起来，也不过是一千篇文章而已。如果你创建了无数个子文件夹，十年后可能就会面临一场混乱。

## 项目：README文件驱动协同

到了项目层级，重心才开始转移。第一，考量点不再是个人战斗力，而是团队协同。团队协同也要以人为出发点，使流程符合人类记忆规律，这样才能更好地推行下去，最终构成团队集体记忆库。

什么样的知识结构才能更好地被人记忆？树形知识结构。为什么是树形结构？麻省理工学院计算认知科学教授约书亚·特南鲍姆（Joshua Tenenbaum）在一篇论文中探讨了人类表征抽象知识的最佳结构。[10]他比较了循环结构、星形结构、方块结构和链条结构等不同形式，最终证明人类表征抽象知识的最佳形式是树形结构。只有树形结构，才最符合人类的认知特点。

从树的上一层到下一层，有唯一通道，便于大脑将知识从记忆底层快速提取出来，符合人类大脑是个认知吝啬鬼的特点。树形结构又是最优雅的形式，兼具横向扩展与纵向扩展的能力。它有唯一通道，从一个概念通往另一个概念，每一个通道又可以无限展开。因此，它成了人类存储抽象知识的最佳结构。

在孩子们学习词汇的早期阶段，他们首先会将物体简单且互不重叠地分类，并将它们与不同的名称相对应。随着他们逐渐按照树形结构进行学习，他们的认知能力便开始迅速发展。这种树形结构不仅影响儿童早期的认知发展，在科学界也随处可以见其身影，例如，门捷列夫（Dmitri Mendeleev）的元素周期表奠定了近代化学的基础，卡尔·冯·林奈（Carl Linnaeus）则利用树形结构建立了自然世界的基本分类法。

因此，在项目层级，我推荐采取树形知识结构组织项目文档。这是一些支持树形结构的常见项目协同文档软件：Wiki、GitBook等。在我们团队内部，所有项目都有一个Wiki，这个Wiki是借助Gollum来管理的。而我所有个人图书，都统一采用GitBook格式撰写。无论Wiki还是GitBook，都可以被不断复用，同时支持方便地导入和导出。当然，你可以挑选自己更习惯的支持树形结构的项目协同软件。

任何一个完善的团队知识创造系统应该包括以下组件：

» 新人使用指南（README文件）——对任何一个新系统的简单介绍；
» 元项目——关于项目的项目，在此，申请、发起与修改团队内部知识管理的共识或者心理契约；
» 团队组织架构——团队的组织架构及每个人的职责分工，指派一人兼任知识管理大使，此人最好细心且负责；
» 命名规则——团队共享的一套命名规则，建议简单明了，方便协同人员记忆；
» 文档创建约定——团队共享的一套文档约定；
» 可复用模板示范——基于Wiki或者其他树形结构组织。

在上述组件中，README文件最容易被大家忽视。我要求所有参与该项目的同事，在开始工作之前先完成面向最终用户的

README文件，并将所有与项目相关的重要数据都放在该文件中。同样，我自己在撰写每一本新书之前，都先撰写图书简介，也就是README文件。

这就是Github的创始人汤姆·普雷斯顿-沃纳（Tom Preston-Werner）发明的README文件驱动协同方法论。该套方法论不仅可用在软件开发领域，同样可以应用到一切侧重知识创造的项目管理中。正如他所言：

> 我最近听到很多关于测试驱动开发、行为驱动开发、极限编程和SCRUM、站立会议以及其他一切如何开发出更好的软件的各种方法论及技术，然而除非开发出来的软件满足使用者的需求，否则都是一纸空谈。我换种说法吧，对于错误规格的完美实现毫无价值可言。基于同样的原则，一座没有书卷而华丽修缮的图书馆也近乎无用。如果你的软件没有解决正确的问题或者根本没人知道它到底是干什么的，那可就不好玩了。
>
> 很好，那我们怎么解决这个问题呢？实际上比你想的要来得简单，并且其重要性都足以单独列出一段。
>
> 先写README。[11]

以README文件驱动协同有什么好处？因为README文件是面向最终用户的，这样迫使团队从一开始就要基于实际的用户需求进行协同。同时，日后的协同有了一个参照，可以随时阅读这个文件来检查工作是否偏离了方向。需要提醒的是，README文件不能太长，同时需要利用README文件记录最终信息的闭环，保证从该文件出发，能找到所有重要数据。

## 小　结

知识管理不仅包括管理既有的知识，更侧重生成新知识。你需要从知识管理到知识创造，在卡片层级上，应少分享，多进行大时间周期的积累；在文件层级上，应多分享，并可以像管理域名一样管理自己的知识创造，少用子文件夹，多用搜索；在项目层级上，你需要注重与人协同，采用树形结构创造知识，并为每个项目创造一个优雅的README说明文件。

# 11

# 建立好的学习习惯系统[*]

也许你已经不知不觉地养成了一些坏的学习习惯,喜欢转发而非创作,习惯收藏而非输出,推崇名人而非证据,受外在奖赏驱动而非内在动机驱动。这些坏的学习习惯,在不知不觉中吞噬着你的心力与未来。

人们在思考,我们不妨思考人们是怎么思考的;科学家创造概念,我们不妨探索概念之间的联结;智者创造智慧,我们不妨思考智慧背后的智慧。同样,人们喜欢探讨学习技巧,我们不妨运用系统论与批量原则来思考——具体的学习技巧没那么重要,重要的是能够十年如一日自如运转的学习习惯系统。那么,一个好的学习习惯系统是什么样的呢?在它背后又有哪些深层次的特征?

---

[*] 本文首次发表于2016年12月30日。

# 好的学习习惯系统

好的学习习惯系统通常满足三个条件：符合人脑工作规律、在不同时空有效、成本最低。

**符合人脑工作规律**

好的学习习惯系统要符合人脑的工作规律。如今到了人工智能崛起时代，"电脑"这个翻译变得别有一番意趣。"电脑"与"人脑"有共同之处，都表达了智能的产生是一个"输入—处理—输出"的过程。

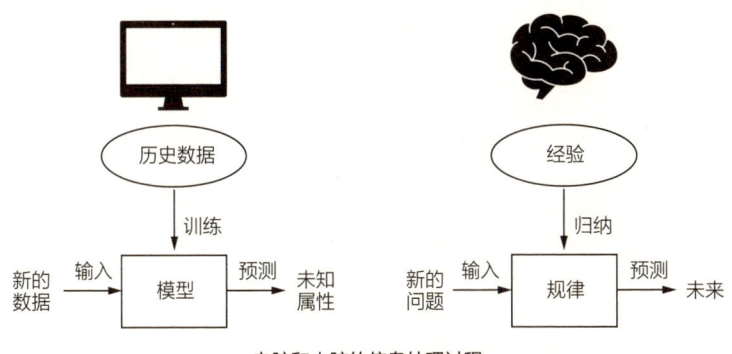

电脑和人脑的信息处理过程

先来看上面这张图。这是我的一位学生做的人工智能中的"机器学习"和人类学习的类比图。从原理上来说，"机器学习"是在模拟人类——它通过从外界获取历史数据，形成自己的计算模型，再利用该模型判断和预测未知数据；而人类的学习过程，通常是根据外部经验和学习的知识构建，形成自己的思维决策模型，再去预判未来。

从两者的共同过程，我们知道，要形成一个好的学习习惯系统，可以从哪几个方面入手。下面是这位学生根据机器和人类在"学习"的三个不同阶段总结的表格，切换到"输入—模型—输出"的视角，好习惯和坏习惯一目了然。

机器学习与人类学习对比

|  | 机器学习 | 人类学习 |
| --- | --- | --- |
| 输入 | 真实丰富的数据、减少垃圾碎片信息 | 多学科的"源头知识"、更多的"反常识数据" |
| 模型 | 不断训练，产生更优化的模型 | "高阶模型"，如芒格的心智栅格模型，不断演化和创建新模型 |
| 输出 | 通过模型验证数据 | 通过预测验证，在生活和工作中测试模型，尤其是压力测试 |

从输入端来看，好的学习习惯系统是输入来自多个学科的"源头知识"和"反常识数据"。因为这样才能降低接收信息的噪声，同时更好地拓展认知边界。相反，坏的学习习惯系统是什么呢？输入太多的垃圾碎片信息，输入了带有强烈领域局限的信息。这样从一开始你就增大了认知负荷，并且受限于领域知识。

再看一下模型部分，这是人类头脑中的不同心智模式和思维模型。举个例子，有不少人关心职业生涯转型，但很多传统职业生涯转型模型是错误的。这就是为什么基于"可能的自我"这种不寻常的模型，能够帮助更多的人更好地实现职业生涯转型。

这种能够帮助你度过幸福一生的模型非常多。芒格曾在他的书和演讲中提到过各种"多元思维模型"，他认为人一辈子掌握一百个思维模型就足以过好这一生。[1]芒格的知识体系主要形成于二战后，从1960年到2000年这40年时间。然而，今天的科学发展过于迅速，与芒格所处时代的情况大相径庭，因此既需要对他的模型更新迭代，亦需要掌握一些新的模型。

再来看一下输出端。这里有个很重要的但绝大多数人容易忽略的概念——"压力测试"。光懂模型还不够，还得反复给模型创造足够多的练习机会。样样通不如一样精。不断浅尝辄止式地接触多个模型，接触了大量模型却未能精通其中任一，这是一个常见的错误。好比你制图时，同时使用三四个制图软件，这样制图效率能高吗？

### 不同时空都有效

好的学习习惯系统在不同的时空条件下都是有效的。回到学习这件事本身，"时空"很容易被忽略，因为它不仅仅指物理上的时空，还包含文化上的时空。

有种说法，叫吃透一本书，才算好好读过。然而比吃透境界更高的，是通透。吃透仅限于书中内容，通透则是将书中内容与正反上下、古今中外的背景知识相互关联。当你做到读书通透，收获将远远大于手头那一本书。那么，怎样将书读得通透？试看读书八字诀："正反上下，古今中外"。

"古今中外"说的就是物理时空。你在日常生活中会接触到大量的，所谓可以帮助你养成习惯的一些方法论，但是几乎99%的方法论的有效性仅局限于一周，甚至仅局限于某一个产品。举个例子，很多人推崇GTD类工具或理念，但是我很反对它，因为它只是在网络时代稍微有一点作用，如果在孔子那个时代，GTD类工具或理念并不会起到作用。这意味着成为GTD信徒，用它来指挥自己的行为，并不是一个好习惯。

"正反上下"侧重的是文化时空。如果一个学习习惯，它只会让你找支持它的证据，那麻烦就大了，你会形成所谓"确认性偏差"，会不自觉忽视很多能让自己改进的"反常识"证据——一味地读书而没有实践，或一味只注重实践而不学习前人。好的学习习惯系统要像科学方法论那样保持开放，或者至少你应该了解它的优势和边界。

怎么去评价一个学习习惯系统呢？用"正反上下，古今中外"的视角去想象，你所接触的学习方法论或自己的学习习惯，能不能保持开放或至少边界清晰，能不能推及古代、外国，孰优孰劣一目了然。

### 成本最低

如果说前两条在单数层面能产生更大的作用，它们针对的是"好习惯"，那么这条定律则在复数层面产生更大的作用，它针对的是"好习惯们"，当一个学习习惯与另一个学习习惯发生冲突时，应该如何选择？换句话说，在一个系统内，时间、空间与行动成本三者之间的关系是怎样的？

你常常说，回顾过去，展望未来。"回顾""展望"与空间相关，你是往"后"回头与向"前"展望；而"过去""未来"则是时间名词。人类以思考空间的方式来思考时间,这就是语言学中著名的时空隐喻。

从时空隐喻出发,我们发现,人类大脑对空间类认知比时间类认知具有更高优先级别。继续拓展一下,任意一个系统至少由三个要素构成:时间、空间与成本。那么,它们之间究竟是什么关系呢?假设你要从a点到b点,中间隔了一座山,你有以下三种策略。

- » 时间优先策略:第一种是采取时间最快的策略,例如坐飞机飞过这座山;
- » 空间优先策略:第二种是采取空间距离最短的策略,例如把这一座山打一个洞穿过去;
- » 成本优先策略:第三种是采取成本最低的策略,例如沿着从这座山的已有小路走过去。

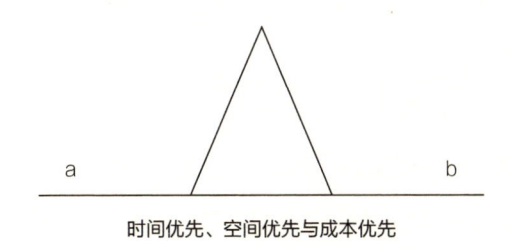

**时间优先、空间优先与成本优先**

在大时间周期和不同场景下,也就是叠加时间、空间变量之后,更易胜出的策略是"成本优先策略"。为什么会这样呢?因为"时间优先策略"和"空间优先策略"将消耗较大的成本,在多数情况下,我们今天可能支付得起这个成本,但下一次却不一定能支付得起。同样，换一个时间与地点，我们也不一定能支付得起。因此，从长远来看，对于任意一个人类行为系统来说，容易在大时间周期以及不同场景中都胜出的策略，它一定遵循"成本最低"的原则。这正是美国学者乔治·齐夫（George Kingsley Zipf）提出的"最省力原则"。[2]

同样，学习习惯系统作为人类行为系统中的一种，也受到"最省力原则"制约。从"成本最低"这一原则出发，我们再来审视人们在学习习惯上的常见误区。如果过度追求"时间优先策略"与"空间优先策略"，以快与短作为自己行为的出发点，那么在学习上容易出现虎头蛇尾、临阵磨枪以及欲速不达等现象，最终难以形成持续复利效应。反之，"成本优先策略"更易在大时间周期胜出。

## 从原则正确到细节正确

有一句经典的话："听了很多好道理，依然过不好这一生"。这是为什么呢？一个原因是这些好道理在当前时代听上去正确，却不一定在人类历史的不同周期都正确。另一个原因是，虽然你听了很多好道理，但是你并未掌握相应的行动细节。这些行动细节受限于人类的有限理性，且是情境导向的。

因此，你不仅需要原则上的正确，更需要在细节上做到准确无误。这意味着，在建立学习习惯系统时，你需要遵循以下四个重要的原则并注意其细节。

### 原则1：批量处理

所谓的批量处理，是指尽可能地从"剥削"人类转变为"剥削"机器人——既注重人类的可读性，又注重机器的可读性，这样才能提高学习效率。

很多时候我们都过于注重人类可读，但是不太注重如何让机器更好地阅读自己的输入输出。反映在细节正确上，很多人还是不习惯给各类文档赋予一个唯一的编码。这将导致未来机器在处理过程中，需要进行大量重复的数据清理工作。以论文为例，它的唯一编码叫DOI编码。基于文献的DOI编码，可以很容易获得它的社会评价（谷歌被引指数、Altmetric分数等）和相关信息。我们在录入、管理数据的时候，就有意识地给每一份原始数据都设置一个唯一编码，方便未来进一步的数据加工。

### 原则2：区分原始数据和派生数据

什么是原始数据？它指的是直接从数据源收集的数据，未经任何加工或修改，包括但不限于问卷答案、实验结果、观察记录和采访录音等。而派生数据是指通过对原始数据进行分析和处理之后得到的数据，例如，对原始数据进行的统计、计算和推理等操作。如果不重视保存原始数据，那么容易给自己带来一些额外的工作量。举个例子，在我讲授的某门课程结束之时，我的一位同事不得不花费三天时间来完成一项原本一小时即可完成的任务——统计优秀学生的排名。她当时错误地将原始数据与派生数据混淆，仅记录了每位学生每次作业的最终得分，而这个最终得分是基于客观与主观两种指标加权得出的。课程结束时，她发现需要重新计算最初的主观指标。然而，由于这位同事并未保存主观指标评分的原始数据，她不得不花费三天时间重新进行统计。

### 原则3：容易复用

如果你组织过直播活动，也许对这个原则会有所感触。有一类人的工作风格是以同步沟通为主。他会单独加嘉宾的微信，两个人一对一讨论，讨论完直播方案之后，还来回修改半天，最后上线直播。另一类人的工作风格是以异步沟通为主。虽然他也加嘉宾的微信，但会给嘉宾发一个详细步骤的文档，并且提醒嘉宾一些容易出错的地方。显然，前者不易复用，后者更易复用。

在任何一个需要与他人协同的项目中，都应遵循信息闭环原则——在项目结束之后，能够从中提炼出模板。这样做在将来会极大地节省我们的工作量。

### 原则4：大时间周期

许多人都有一个不良习惯，只考虑短期效果而忽视了大时间周期。举个例子，曾经有几位同事在领到新电脑之后，第一个工作就是给它装大量新软件和小插件。拿谷歌浏览器举例，它能装的各种小插件实在太多了，如看电影的、截图的，数不胜数。反之，我买了一台新电脑后，很少修改各类参数设置。因为这样做其实是把时间浪费在了不值得的事情上。这些工具的时间保真度比较差，它只是在一周/一个月/一年以内起作用,但是一旦以十年、一百年为思考单位,重要的不是你装的各种插件,而是你的学习习惯系统。

举个例子,经常有人把注意力放在使用什么卡片软件上。只要有一个新的软件出来,他可能马上迁移到新的软件平台上。然而,隔了多年,你问他积累了多少卡片,结果很少。

## 小　结

这个社会总是流行用一年的时间掌握他人十年才能学会的东西。然而,这些短期得来的知识难以抵御大时间周期的侵蚀,它们常常显得肤浅且短暂。反之,如果你拥有一个好的学习习惯系统,并且真正地用上十年、二十年的时间,深入地掌握多种技能。慢慢地,你发现自己的发展越来越好。

# 12

# 教育十二问[*]

## 成为终身学习者

### Q1. 终身学习的意义

走出校门后,为什么还要继续学习?

查理·芒格曾经这么说过,我不断地看到有些人的生活越过越好,他们不是最聪明的,甚至不是最勤奋的,但他们是学习机器,他们每天夜里睡觉时都比那天早晨聪明一点点。[1]

在这句话里,芒格强调的正是终身学习。最聪明的、最勤奋的人,他的生活不一定越过越好,能够理性且愉快地度过这一生的人,总是那些学习机器。就像芒格所言:

---

[*] 本文首次发表于2017年1月14日。

我非常幸运。我读法学院之前就已经学会了学习的方法。在我这漫长的一生中，没有什么比持续学习对我的帮助更大。再拿沃伦·巴菲特（Warren Buffett）来说，如果你们拿着计时器观察他，会发现他醒着的时候有一半时间是在看书。他把剩下的时间大部分用来跟一些非常有才干的人进行一对一的交谈，有时候是打电话，有时候是当面，那些都是他信任且信任他的人。仔细观察的话，沃伦很像个学究，虽然他在世俗生活中非常成功。[2]

巴菲特、芒格这些学习机器，学的是什么呢？学的是各类学科中最重要的洞见。他们不断地进行跨学科学习，将所学不断复用到其他领域，因此处理事情会越来越轻松，越来越好，并逐渐从年轻时的重度脑力劳动者变为轻度脑力劳动者。

为什么成功的人普遍喜欢读书？因为读书能够训练自己的理性思维能力。小朋友最初只能处理"1+1=2"这样的简单问题，但你教他更多的变式后，他就能进行更复杂的数学运算。成年人同样要学习很多复杂概念，一个公司的CEO最重要的才能是处理复杂度和不确定性。

以我为例，我所处理的复杂度可以说是5的5次方。因为我有不同的公司，每家公司有不同的产品线。如果一个人不擅长管理复杂事务，在高复杂度的环境下容易备感负担，就可能出现抑郁或焦虑等心理健康问题。训练心智能力的最佳方法，就是从小开始坚持阅读难度较大的书籍。

未来对真正成功的人来说，学历并不重要，硅谷创业教父保罗·格雷厄姆（Paul Graham）曾经说过："为创业公司招募员工的人不会在意你是否从大学毕业，更不用说从哪一所了。他们只关注你能做什么。"[3]同样，以往的工作经历也不重要，以前没有产品经理和新媒体运营这类职位，未来也将出现更多目前尚不存在的工作和职业。越来越重要的，是你的学习能力，因为学习能力可以复用到其他工作领域。

### Q2.花多少时间在通识教育上？

对于专业工作者（如医药领域），应花多少时间比例在通识教育上，以及如何保持节奏，以实现通识学习与专业领域的优化互动？

我一直调侃的一个道理是，许多人没有意识到：只讲学习方法的人很难成为高手。真正的高手，一定是领域导向的，他们有一个跟学习方法论没有丝毫关系的领域，如芒格在投资领域、翁贝托·艾柯（Umberto Eco）在文学领域，再如理查德·费曼（Richard Feynman）在物理学领域，他们有各自的专攻领域。绝大多数高阶知识，是领域导向的，是捆绑在具体行业、具体领域上的。假如芒格是一个纯粹研究学习方法的人，他永远达不到今天的高度。

建议你尽可能深耕自己所在的领域，借助跨学科习得的新知识，解决领域内的大问题。假如你是一个领域中的新手，分配时间可以按照721原则。70%的时间放在跟所在领域知识相关；20%的时间放在自己感兴趣的相关领域，例如认知科学或其他通识教育；还有10%用于随机搜索，就是那些你学习时完全不知道有何用，纯粹好奇的领域。

### Q3.如何提高思维能力？

为何您强调写作提升思维能力？除此之外，还有哪些训练思维的方法？

头脑清晰，写作未必清晰；写作清晰，必然需要一个清晰的头脑。写作是一件困难的事，它是在用符号表征事物。绝大多数人学习写作是追求写作的功利之用，他们写作是为了说服他人，但事实上，写作还是美感与艺术的训练。

在自然界中，生物占据的空间越小，越容易处理复杂事物，像蜘蛛在狭小的空间里织出的网，蜜蜂筑就的蜂巢，都是非常复杂的结构。写作也是如此，它能让你用简单的纸和笔处理复杂世界，创造美学作品。学习写作，你需要同时学习逻辑、故事与文采。

想要提高心智能力，就一定要读经典和偏难的书。如果你的写作只是清单式的写作，总是尝试给他人讲一个道理，或者IT评论式写作，那并不会提高心智能力。理性思维不在于说服他人，而是避免自我证明偏差。写作训练更重要的是提高自己观察世界的敏感度，训练美学品味。

在21世纪，除了读书与写作，能训练理性思维的还有编程。编程也是一种语言，你需要掌握各种各样的关键词，你用这种关键词去描述各种各样的现象，这跟小时候学习语言没有区别。

但是编程语言不是用来和身边的人进行交流的，而是用于和计算机进行交流的，因此，你要掌握大量逻辑知识。人类大脑并未内置"人—机交互"模块，在大脑演化早期，人类在狩猎—采集时代只获得了"人—人交互"模块，大脑中的内隐学习模块写入了"人—人交互"的相关进化模块。

这么一来，我们的大脑不得不同时处理语言与逻辑两件事情。而人的大脑不擅长同时处理两件事情。受限于前额叶皮层发育特性，大脑存在明显的瓶颈，我们在短时间内能记住的电话号码通常不超过9个数字。金庸小说里边的周伯通左手画圆，右手画方，这是非常困难的操作。

最后，还有游戏。各种策略游戏也能提高你的认知复杂度。认知复杂度较高的人，通常拥有较好的领导力、决策与判断能力，用通俗的话来说，更"智慧"。以往，人工智能只能在认知复杂度相对较低的棋类游戏上取得胜利，然而，AlphaGo战胜了世界围棋冠军，首次实现了在高认知复杂度的情境下机器人的胜利。围棋高手需要的全局判断与瞬时决策能力，与真实世界中一位CEO管理集团公司所需要的"认知复杂度"不相上下。在科幻小说《安德的游戏》中，一位小朋友通过游戏习得管理技能，最终指挥全人类战胜异族，这一天已经并不遥远。[4]

# 关于学习的方法

### Q4.如何处理新的知识点？

遇到新知识点时，是否应该克制自己，专注完成最初的任务？

在学习过程中，延伸出更多知识点，这太正常了。这是因为人类大脑的工作规律就是喜新厌旧，经常会被新事物吸引。但是你要养成一个习惯，把大脑这种喜新厌旧的模式加以约束，约束在4个范围内。

为什么是4？人的工作记忆广度最舒适的是4。当你发现这一年、这一季、这一月，你同时学习的主题超过4个，你的大脑就会超出认知负荷。

以职业身份为例，曾经有一位读者列举了丁健老师的9个职业身份，但我更建议把这9种职业总结为4种身份，这样能更好地理解他。你可以每隔十年更新自己的4个职业身份。我刚毕业时，身份是从事战略与人力资源咨询的管理咨询师和心理测量专家，但现在我从事的工作跟这两种职业身份都没有太大关系了。

### Q5.读难书时，先精读一章是有效的学习方法？

这种阅读模式对自己的理解能力是否有帮助呢？我们会不会走马观花呢？

学习者可以分为两类，第一类是初阶和中阶学习者，第二类是高阶学习者。对初阶学习者来讲，先精读一章反而是更好的学习方法，因为初阶学习者没有好的学习习惯，也没有好的知识积累。假如此时只读一本书而不是进行主题阅读，尤其是阅读比较难的书，那么你一年可能只能读懂5到10本书，这可能是你的心力极限。但是在这5本、10本书中，绝大多数你可能仍然无法理解。

我提倡的方法则是，每年、每个季度、每个月进行主题学习，每年挑选一个大主题，每个季度挑选一个小主题，每个月则精读这个小主题下一个流派的著作。假如这个时候，每周只精读一章，一年下来极有可能能阅读40本难书。通过这40本难书的训练，你的学习效率可能会得到极大提升。并且你可能已经发现知识源头更易相通。以文论类书籍为例，如果你先读完艾柯的作品，你会发现艾柯引用了卡尔维诺；而当你读卡尔维诺的作品，又会发现卡尔维诺引用了狄金森。[5]

人类大脑的抽象与自动"脑补"能力比你想象的要强很多，所以不用担心书读不完。伟大的作家普遍会采取跳读的方法，我将这种读书的方法称为抽样阅读，具体介绍可以参见我的个人专著《聪明的阅读者》。[6]大家会发现一个奇怪的现象，像《适应性思维》《形式综合论》这样的书难度不小，你可能在读的过程中就睡着了。[7]这是正常的现象，尤其对那些不习惯阅读难度较大书籍的读者来说。

但是只读一章时大脑的认知负荷很小。一章通常由7～20张卡片构成，40张卡片能够覆盖一章80%以上知识点，这样的话，认知负荷就变得很小。因此这里给大家的建议是，一天写3张卡片，一周写15~20张卡片，任意一本难书，通过这种方法永远能够上手，并且在读的时候不容易睡着。

以上是针对初阶和中阶学习者。但是对于高阶学习者来说，学习方法就有所不同。假设你已经养成了非常好的学习习惯，并且也是一位高阶学习者，以我自己为例，读一章和读完整本书的区别就没那么大了，有时我会一口气读完整本书，有时只会读几章。抽样阅读和文本细读两种方式相互交错，我在《聪明的阅读者》一书中将其称为"系统阅读法"。

总的来说，拿到一本难书，先精读一章错不了，它是一种性价比极高，并且容易坚持10年以上的方法。

### Q6. 如何更高效地检索科学文献？

> 尝试搜索"运营"方面的信息，但发现必应学术、维基百科、哈佛商业评论等平台重合信息少。我得到的结果不满意，疑惑为何高被引学者在HBR上报道少，以及主题词搜索重合信息少的原因。

这是一个很好的习惯，这位学生已经掌握了很多高阶学习者的技巧，但是她使用的关键词可能过于琐碎。这种现象在初阶学习时容易发生。

那么如何改善这个关键词呢？第一个方法，要对人类的知识谱系图心中有数。美国高等教育的学科分类大概有3600多个。掌握这类学科分类会有一定帮助。尽可能以学科为单位来检索，能得出更多更好的知识体系。

拿几个相关的学科给大家举例，第一个是"人类工效学"，第二个是"市场营销学"，第三个是"社会心理学"。你顺着这几个学科去检索，会发现很多内容实际上与"运营"相关。例如，罗伯特·西奥迪尼（Robert Cialdini）撰写的《影响力》一书，表面上跟运营似乎没有直接关系，但实际上是运营人员应该掌握的内容，因为整本书都是社会心理学家在谈怎样影响他人。[8]

必应学术和维基百科的重合学者较少，这个很正常，请以谷歌学术为准，维基百科并非信息的原始出处，它比较合适跨界学习。但学界不鼓励直接引用维基百科，更有价值的是维基百科词条下面的参考文献，顺着它可以找到更多、更源头的知识。

这里有一个适合初阶学习者的技巧：融合学习。你可以把维基百科、谷歌学术、YouTube交错使用。YouTube是视频，在理解一些困难知识点，例如人工智能中的某一种算法时，你检索一个视频比自己看文字学习效果要好。同样，类似于"工作记忆"，看一下YouTube上艾伦·巴德利（Alan Baddeley）的讲座比你自己闷头学的效果好。

你还可以在谷歌图片中用一些英文单词进行搜索。如果你尝试理解"元认知""必要难度理论""适应性思维"等较为复杂的概念，那么你在谷歌图片中用对应的英文单词搜索，就能找到一些直观的图片，一图胜千言。

## 跨越知识的疆界

### Q7. 如何跨界寻找知识源头？

在 Zotero 领域，您是国内的引领者。六篇教程，面面俱到，十年后依然是经典。我注意到阳老师在 Markdown 和 GitHub 领域也是引领者，请问您为何总是能接触到这些新知识？[9]

跨界寻找知识源头，侧重的是内隐知识。这也是为什么让大家一定要上 GitHub，有的学生刚开始使用 GitHub 时想用国内的云笔记去取代。但是，你一定要明白，世界上存在一些"知识黑洞"，例如柏拉图等人加入的雅典学院，瓦特和达尔文等人加入的月光社，近代中国的张之洞学圈，维特根斯坦拒绝加入的维也纳小组，二战期间爱因斯坦等加入的物理学家圈，一个时代最聪明的那一批人都在里面了，这些都会构成知识黑洞。[10] 21 世纪的计算机科学，也是一个知识黑洞，聪明的程序员都在 GitHub 上。你要尽量进入这种"知识黑洞"，天天浸泡在其中——在不知不觉中习得大量的内隐知识，自然而然地了解到更多新事物。

### Q8. 如何学习诗学？

请问您提倡诗学，那么有什么经典的教材或者知识要点？

现如今，人类的知识体系已经变得极其复杂，不得不借助越来越多的科学术语来阐述事实。今天使用的很多术语，百年后将可能不复存在。但百年后我们依然会背诵"床前明月光"。因此，艾柯曾感叹，作家比学者更有可能名垂后世。诗歌的可供性和保真度极强，它是非常特殊的人类知识体系，它以简洁的形式，表达了无穷无尽的复杂和不确定。其实，管理就是处理复杂与不确定，因此历史上的伟大领袖，多少都有些许诗人气质。

那么，我们应该如何去学习诗学呢？你可以从中国古典诗歌入手。宇文所安，这位因唐诗而对中国文化产生浓厚兴趣的美国人，将中国古典诗歌的优美表达得淋漓尽致。我推荐学习的三本书是宇文所安（Stephen Owen）的《追忆》《迷楼》和《盛唐诗》。[11]我非常喜欢这三本书。很多读者读完后也非常震撼，后悔读晚了。

### Q9. 网络科学为何重要

您能否简单介绍一下网络科学以及它如此重要的原因？

网络科学之所以重要，是因为它极大地扩展了人类的认知边界。人类思维习惯是线性因果思维，但是网络科学让你意识到幂律、多层、尺度、分形、自组织等观念。网络科学入门最好的两本书是马克·纽曼（Mark Newman）的《网络科学引论》与美国院士乔恩·克莱因伯格（Jon Kleinberg）的《网络、群体与市场》。[12]我组织翻译的《社会网络分析：方法与实践》也是一本理想的技术入门著作。[13]

# 三人行必有我师

## Q10.初阶学习者如何修炼成高阶学习者?

请教一下,如何从初阶学习者成为高阶学习者?学习的不同境界及其特征是怎样的?是否类似新手—专家—智者的划分?

低阶、中阶以及高阶学习者的修炼路径,我们可以参考"德雷福斯模型"(Dreyfus Model)。这个模型是美国哲学学会会长休伯特·德雷福斯(Hubert Dreyfus)与弟弟斯图尔特·德雷福斯(Stuart Dreyfus)1980年在迈克尔·波兰尼(Michael Polanyi)的研究基础上提出来的。波兰尼在《个人的知识》一书中率先提出人类的知识可分为两种:一种是显性知识,另一种是隐性知识。[14]

在波兰尼的基础上,兄弟二人把专家学习划分成不同的阶段和不同的步骤。最早,该模型被分成五个阶段。斯图尔特·德雷福斯晚年在一篇论文中对模型进行了修正,扩展为六个阶段:初学者、高级初学者、胜任者、熟练者、专家、大师。[15]

## Q11.导师为什么在今天依然重要?

请问导师为什么在今天依然重要?

学习始终分为两种类型,一是个体学习,二是社会化学习。在社会化学习阶段,导师的角色是不可替代的。导师更多是通过言传身教来影响人。导师的整个生活方式,他如何权衡和解决问题,这些内隐知识是无法通过书本学习来感知的。生成新知识涉及内隐知识与外显知识的四种转化形式,它们都发生在学习者活动的"场"之中,导师的重要作用就是不断创造一个有利于生发内隐知识的"场"。正如《情景学习:合法的边缘性参与》的前言中写道:师傅对于促使学习发生的有效作用,不是依赖于他将自己的概念反复灌输给学生的能力,而是依赖于他有效的管理,能为学徒成长提供给养并参与分配的能力。[16]

## Q12.为什么尽量寻找身边的导师?

关于导师的选择,您有什么要提醒的?

这里我要提醒大家避免一个思维误区,许多人喜欢在网上寻找导师。一旦他们在网上看到阳老师的文章,若是认同了阳老师的观点,就会把阳老师视为自己的导师。这并不是认知学徒制,阳老师也并不是你的导师,这是一个常见的思维误区。无论你在网上认可谁,你都一定要与他见面。跟他见面之后,你会推翻自己错误的假设,对方没有你想象中的那么厉害,当然也有可能比你想象的还要厉害。即使如此,对方依然不是你的导师。什么才算是真正的导师呢?你与他共事,缔结心理契约,共享心智模型,形成利益联盟。很多人把网络社群看得比身边的人际关系更重要,这无疑是南辕北辙。

举几个例子,来看看学徒与导师是如何互动的。第一个例子是我的某位赵姓朋友，他在2002年来北京工作，在《追时间的人》一书中介绍了他成为顶级新闻人的经历。[17]他并非在网上找导师并跟随他们学习，而是选择了身边的导师作为学习的对象。他全力以赴地模仿他，这使得他在短短半年时间里，从一名学徒成长为一名优秀的国际新闻工作者。第二个例子是我自己，我在大三、大四时，一直跟着一位论文引用率位居中国前列的心理学家工作，那几年成长很快。

　　网上导师传递的信息可能会失真，身边的导师更为重要。当然，有的读者由于各种原因，身边找不到导师。那么网上的导师也能起到一定的作用，但你和他之间最好还是形成紧密的一对一关系，而非松散的一对多关系。只有这样，才能称其为真正的导师，也只有这样，他才能深刻地影响你的技能提升。

# 03

## 第三部分

# 心灵之思

# 13

# 可能的自我[*]

## 自我图式：自我背后的秘密

如果你熟悉心理学，或许玩过一个小游戏。给你许多卡片，上面标着爱情、金钱、事业等价值观词汇，或善良、勇敢、亲和等人格词汇，然后让你对它们进行排序，或逐步划去它们。通过这种方式探讨你的价值观或人格特质。

1977年，心理学家哈泽尔·马库斯（Hazel Markus）在研究中注意到了一个特殊现象。她将这些词汇呈现在参与者的电脑屏幕上，如果你认同它们，就按"是"；如果你不认同它们，就按"否"。她发现，如果你认为自己是"慷慨的"人，那么当电脑屏幕上呈现"慷慨"这样的词汇时，你的反应时间会比对其他词汇的反

---

[*] 本文首次发表于2013年1月9日。

应时间短得多[1]。

这个实验验证了自我图式（Self-schema）的存在，并且揭示了它的核心功能。什么是自我图式？它是指你对自己形成的一种相对稳定的认知结构，你可以理解为关于你自己的自我概念组成的网络。自我图式具备两大核心功能，进行信息筛选和提高认知效率。自我图式不仅能帮助你快速区分信息与自己是否相关，还能在区分之后，快速处理与自我相关的信息。举个例子，如果你认为自己是个"慷慨的人"，"慷慨"作为你的自我图式，使得你更容易注意到买单、求助这类行为，你会觉得在集体聚餐时是否买单、是否回应路人的乞讨与你相关；同时，你更容易主动买单，面对他人求助时，你可能更大方一些。

自我图式具备"领域性"，即我们在多个不同领域中拥有不同的自我图式。以我为例，我是多家公司的"管理者"，同时也是一名"作家"，出版了多本著作，并且是一位不断在人性领域探索的"学者"。在不同领域的个人经验，形成了我的多个自我图式。以"管理者"为例，人们可能对"管理者"有一些刻板印象，就是整天开会，忙于社交。"作家"则被认为较为文艺、感性，"学者"常被视为在高校任教的人，经常发表论文或申请科研基金。

这些图式中有些是我认同的，有些则是不认同的。英国心理学家亨利·泰费尔（Henri Tajfel）的社会认同理论揭示，一旦人们将自己放入自己认同的某个类别，就会模糊群内差异、扩大组间差异[2]。仍以我为例，如果我将自己归入"管理者"类别，那么就会不由自主地强调与其他"管理者"的相似性，比如重视组织、员工；同时可能会扩大自己与"作家""学者"等其他群体的差异。

事实上，"管理者""作家"与"学者"之间真的没有交集吗？这些"领域经验"在帮助我们简化世界的同时，也限制了个人发展。我将其称为"知识的诅咒"。鲜为人知的是，人类在遭受"知识的诅咒"的同时，也获得了"抽象之福"——能够超越既有知识的层次，对各种知识进行更高层次的抽象。各种"自我图式"正是"抽象之福"的具体体现。

## 可能的自我：结构与平衡

自我图式包含着我们人类关于自我的各种知识，它还具有时间维度，也就是过去的我、现在的我与未来的我。仍以我为例，过去的我是一位害羞、不爱说话的年轻人，现在的我是一位自信且喜欢逗女儿的父亲，未来的我是一位学术成果越来越多的学者。

马库斯和宝拉·努里厄斯（Paula Nurius）将自我图式系统中那些侧重未来的部分称为"可能的自我"（Possible Selves）[3]。"可能的自我"是指你对未来的自己会是什么样的想象，或者是你希望自己未来达到的某种状态。人们在想象未来的时候，会碰到三类常见情况：希望自己达到的、害怕自己达到的以及较大概率会达到的。因此，"可能的自我"被分为三类：希望我、恐惧我与预期我，如下图所示。

希望我　　预期我　　恐惧我
我愿意成为　我能够成为　我害怕成为

可能的自我

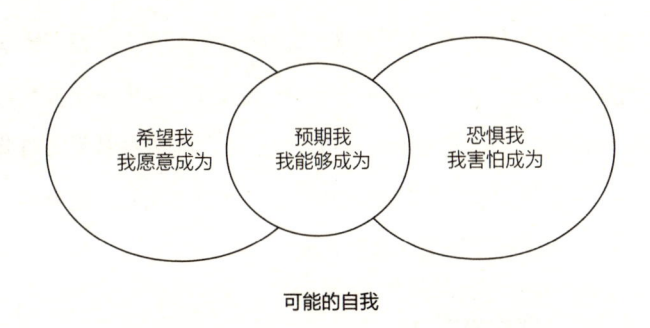

### 希望我：我愿意成为

希望我是指希望自己未来能够达到的状态，代表理想与梦想。例如：一位高中生希望自己考上顶尖名校；一位大学毕业生希望自己入职名企；一位创业者希望自己的公司上市；一位副教授希望自己申请到国家自然科学基金。

不同年龄段的人的"希望我"各有不同。年轻人主要集中在家庭（如"结婚""成为母亲"）和职业（如"成功""从事自己喜欢的工作"）上。中年人更多集中在个人成长（如"变得更有爱心、更有同情心"）和职业发展（如"成为专业人士""在工作中表现优秀"）上。老年人主要集中在个人（如"变得更好的人"）、身体健康（如"减轻体重""保持健康"）和家庭领域[4]。

### 恐惧我：我害怕成为

希望我类似于一个流行概念："理想自我"。然而，不同于"理想自我"只考虑到积极的未来，我们还需要考虑消极的未来。这就是**恐惧我**，它是指害怕自己未来可能变成的样子，代表担忧与不安。例如，一位高中生在高考当天高烧住院，一位大学毕业生没有拿到学位证书，一位创业者的公司倒闭，一位副教授被学校解除聘用合同。所有年龄段的人最担心的都是身体健康问题。随着年龄增长，人们对亲人离世的恐惧也越来越强。

### 预期我：我能够成为

如果说"希望我"和"恐惧我"较为不确定，可能发生也可能不发生，那么**预期我**相对较为确定，它是指预期自己能够达到的状态，代表现实的自我期望。例如，一位实习经验丰富的大学毕业生预期自己会找到工作，一位成功的创业者预期自己下一个项目依然会成功，一位连续发表多篇高被引论文的副教授预期自己将晋升为教授。

### 可能我的平衡

有趣的是，可能的自我之间存在一个平衡问题。什么是平衡？你在某个领域拥有"预期我"的同时，也存在一个相应的"恐惧我"。例如，在职业领域，预期自己能找到工作，但也害怕失业；在学习领域，预期自己能考上大学，但也害怕考砸；在健康领域，预期自己能减轻体重，但也害怕生病。

如果一个人只一味积极或一味消极，那么反而容易出现各类适应不良。心理学家达芙娜·奥伊瑟曼（Daphna Oyserman）和马库斯研究了可能的自我与青少年违法行为的关系，研究对象涉及238

名13至16岁的青少年。研究发现，虽然"希望我"在各群体中相似，但"预期我"和"恐惧我"之间的平衡能够很好地预测违法行为。那些没有违法行为的青少年更容易在"预期我"和"恐惧我"之间找到平衡，而有严重违法行为的青少年则较少表现出这种平衡。相比之下，传统的自尊测量并不能有效预测违法行为[5]。

不仅平衡的青少年不易产生违法行为，另一项对老年人的研究同样发现了类似的结论：平衡的老年人比不平衡的老年人更健康，并且拥有更高的生活质量[6]。

为什么会这样？当"恐惧我"和"预期我"达到平衡时，那个令人害怕的"恐惧我"会给人很大的动力，帮助我们明确应该做什么来避免那些令人害怕的情况发生[7]。

## 从"真实的自我"到"可能的自我"

有一种流行的社会观念叫作追寻"真实的自我"（True Self）。这种观念如此深入人心，以至于多位歌手都写过相关的歌。周传雄在《暖风》中唱道："像镜子那般清楚照出真实的自我／最好最坏的结果你都愿张开双手／完完全全地接受不完美的我"。蔡依林则在《Dr. Jolin》中唱道："面对真实的自我／不强求 不保留／未来在我的手中"。打开图书网站，这类书就更多了：《面对真实的自我》《接纳真实的自我》《与真实的自己和解》……

这些观念默认一个人在成年初期，就已经形成了相对稳定的自我结构，通过内在反省或借助一些所谓的心理测验，一个人就能更好地发现"真实的自我"。

然而，这种观念存在重大瑕疵。首先，如果"真实的自我"找不到呢？是不是就永远在追寻自我的路上？其次，如果找到的"真实的自我"不够好怎么办？是坚持还是放弃？最后，即使找到了一个你非常认同且足够好的"真实的自我"，但环境发生变化，时过境迁，你又该如何应对？

马库斯的研究告诉我们，你是由许多个自我组成的。这些自我不仅像传统观念认为的那样，由你的过去决定，它在很大程度上也取决于你目前的环境，以及你对未来的希望和恐惧。"真实的自我"更多植根于过去，而"可能的自我"则立足于现在与未来。一部分"可能的自我"可以由你当前所做的事情和现在所在的环境确定，另一些"可能的自我"却仍然模糊不清，只存在于你的个人梦想中。

通过转向"可能的自我"的观念，你会有以下发现。

**实践胜于反省**。你无法通过反省来发现"可能的自我"。只有通过实际行动，才能带来情境的改变，而情境的变化又会反过来激发你的潜力。反省过多，反而容易陷入停滞。

**甜头比痛苦更有效**。传统观念认为痛苦是变化的唯一动力，但在现实生活中，痛苦往往会导致行动瘫痪。当我们有了可以感知、触摸和品尝到的甜头时，才更容易改变。

**拥抱多样性，抓住机会**。执着于寻找"真实的自我"可能会限制你的选择，导致错失机会。相反，灵活应对变化，探索不同的"可能的自我"，才能让你抓住更多机会，迈向新的领域。

软件开发界有个术语叫"过度设计"——过早设计、过多设计，试图追求完美的设计，最终导致项目失败。"真实的自我"就像开发者过于追求基础架构的强大，从而思考过度，导致认知资源的衰竭，最终反而阻碍了行动，导致行动瘫痪，停滞不前，难以迈入新领域——也就是"可能的自我"所辐射的范畴。

## 发现可能的自我

如何发现你的"可能的自我"？一个简单易行的方法是使用开放式问卷。基于马库斯、奥伊瑟曼等人的研究[8]，我编写了一个简明版问卷，供你参考和使用。

---

**可能的自我：我的探索**

**指导语**

这份问卷旨在帮助你探索未来的多种可能性。你将从三个角度（**希望我、恐惧我、预期我**）来思考未来的自己，涵盖职业、个人、家庭、健康等方面。请根据自己的实际情况，尽量具体地回答。

**希望我**：如果一切顺利，我希望未来的自己成为什么样的人？ **恐惧我**：我最担心未来的自己会成为什么样的人？ **预期我**：根据目前的状态，我最有可能成为什么样的人？

**希望我**

请描述，如果一切顺利，未来的你会是什么样子？

- » **职业**：我希望成为一个_____的人。
- » **个人**：我希望成为一个_____的人。
- » **家庭**：我希望成为一个_____的人。
- » **健康**：我希望成为一个_____的人。

**恐惧我**

请描述，你最担心未来自己变成什么样子？

- » **职业**：我害怕成为一个_____的人。
- » **个人**：我害怕成为一个_____的人。
- » **家庭**：我害怕成为一个_____的人。
- » **健康**：我害怕成为一个_____的人。

**预期我**

根据目前的状态，你认为未来的自己最有可能是什么样子？

- » **职业**：我预计自己会成为一个_____的人。
- » **个人**：我预计自己会成为一个_____的人。
- » **家庭**：我预计自己会成为一个_____的人。
- » **健康**：我预计自己会成为一个_____的人。

假设你是一位32岁的已婚已育程序员。你渴望在技术领域不断提升，成为能够带领团队解决复杂问题的专家（希望我—职业）。与此同时，你也希望能在工作与家庭之间找到平衡，既陪伴孩子成长，又为家庭的幸福贡献更多时间和精力（希望我—家庭）。

然而，你心里的担忧从未消失：你害怕职业停滞不前，陷入焦虑和迷茫（恐惧我—职业）；你也担心工作压力会让你忽略家人，无法给予他们应有的关爱（恐惧我—家庭）。现实是，你预期自己未来可能会在技术和管理上取得进展，但你也清楚，忙碌的工作很可能让你难以同时兼顾家庭和健康（预期我—家庭/健康）。

## 与未来的自己对话

### 进一步的自我反思

在完成了对"希望我""恐惧我"和"预期我"的思考之后，你可以进行更深入的自我反思。这不仅有助于你理解过去、现在和未来的自己，还能为未来的行动提供指导。以下是三个问题供你参考。

» 过去的我：哪些"希望我"（我希望成为的样子）或"恐惧我"（我害怕成为的样子）已经实现或避免？

» 现在的我：目前的我在多大程度上接近过去的"希望我"？哪些方面已实现，哪些方面还需努力？

» 未来的我：我可以采取哪些行动来更接近"希望我"并远离"恐惧我"？

首先，回顾过去的你。哪些"希望我"已经实现，哪些"恐惧我"被成功避免？例如，你可能曾希望在职业上取得突破，如今你已经达成了；或者你曾担心健康状况会恶化，但通过坚持锻炼避免了这个问题。

接着，反思现在的你。你目前的状态和过去的"希望我"有多接近？哪些目标已实现，哪些方面仍需努力？可能在事业上你已取得进展，但个人成长方面仍需投入更多精力。

最后，展望未来的你。为了更接近理想的"希望我"，并远离"恐惧我"，你可以采取哪些具体的行动？例如，设定明确的学习目标或制定更健康的生活方式，这将帮助你一步步向理想中的自己靠近。

通过这三步反思，你将更清晰地看到自己在时间中的变化，明确已取得的进展和未来的努力方向，并为未来的行动提供指导。

### 成为更好的自己

为了将你的反思转化为实际行动，你可以结合**"可能的自我"**这一概念[9]，使用**WOOP方法**（详情参考《人生模式》第九章）来制定行动计划[10]。这个方法不仅帮助你设定目标，还能激发内在动力，让你更坚定地朝着目标前进。以下是WOOP方法的四个步骤。

**W：代表Wish**（愿望），明确你最渴望实现的目标，并思考

"我希望成为怎样的自己？"这个愿望可以是职业突破、健康改善或个人成长。与自我认同相关的愿望更能激发你内心的动力。

**O：代表Outcome（结果）**，想象实现愿望后的最佳结果。你会感受到什么变化？不仅是成功的外在表现，更是你内在自我认同的实现。例如，成为一个健康的人不仅意味着体重变化，还意味着你真正认同自己是一个注重健康的人。

**O：代表Obstacle（障碍）**，识别可能遇到的障碍，外部的如时间不足，或内在的如拖延、焦虑等心理因素。问自己：我"害怕成为怎样的自己？"这些障碍往往代表你不希望成为的那个"恐惧我"。

**P：代表Plan（计划）**，制定具体的行动计划。使用执行意图的格式："**如果**遇到某个障碍或者发现某个机会，**那么**我将采取什么行动？"例如，"如果现在下班了，那么我就去跑步"。

以下是一个可以参考的模板，我们先来看一个具体的WOOP示例。

- » **愿望**：我希望在未来100天内改善我的健康状况。
- » **结果**：我会感到精力充沛，身体更加健康。
- » **障碍**：工作繁忙可能会导致我忽视锻炼。
- » **计划**：如果我在工作日的下午6点下班时感到疲惫，那么我
- » 会在回家后直接去家附近的公园进行30分钟的快走或慢跑。

**我的行动计划模版（WOOP版）**

请使用WOOP方法（愿望、结果、障碍、计划）为你的某个重要目标制定行动计划。

» **愿望**（我最渴望实现的目标是什么？我希望成为怎样的自己？）
_____
_____

» **结果**（当我实现愿望时，我会有哪些收获？会有什么样的感受？）
_____
_____

» **障碍**（在实现愿望的过程中，可能遇到的内在或外在障碍有哪些？）
_____
_____

» **计划**（如何应对这些障碍？）
如果_____
那么_____

# 13·可能的自我

相较于传统的制定行动计划方法，我设计的这个模板结合了"可能的自我"与"WOOP方法"，更突出自我认同带来的行动力提升[11]。你可以每隔一阵回顾一次行动计划，评估进展，调整目标，并根据新的情况进行必要的更新。如此一来，你不仅是在完成某个任务，更是在塑造未来的自我。

## 小　结

人生最大的幻觉，莫过于执着寻找所谓的"真实的自我"。"真实的自我"难以寻觅，从未固定存在。正如你无法通过时间理解时间，你也无法通过现有的自我发现所谓的"真实的自我"。

与其追寻"真实的自我"，不如聚焦于"可能的自我"。"可能的自我"并非过去的延续，而是立足当下，探索未来的无限可能。如此一来，你将在生活中发现更多潜在的方向与机会。

# 14
# 成为内在动机驱动的人[*]

## 1

无数人，终其一生，始终未能明白一个道理：声望会一点点地改变人们的爱好，你需要绕开那些表面上名利双收的事情，因为它们需要加上那么多名和那么多钱，才能与你喜欢的事情打成平手。

成年后，我最自豪的事情是我始终坚持内在动机和自我决定，保持好奇心，热情且独立地做自己喜欢的事。我出生在一个小镇，初中毕业后，因为在数学竞赛中获奖，以及在国家级刊物发表诗歌，得以保送省重点高中。大学虽然常逃课，但通过自修，拿了首届北京市挑战杯科研竞赛特等奖。毕业后，我放弃走学术路线，直接工作，工作第一年即注册公司，先兼职，后全职创业至今。

---

[*] 本文首次发表于2016年7月31日。

以我在大学逃课自修的经历为例。从大一开始，我习惯了像一位古代隐者一样在北京图书馆读书。我每天都会准时来到北京图书馆，花开花落，北京图书馆也改名为国家图书馆，四年的时间就这样悄然流逝。我凭着兴趣，在图书馆的不同书架中穿梭，习得一套受益至今的跨学科学习方法论。大一、大二时，我的科研能力与同学差不多；两年后，我已经超过同龄人，拿到首届北京市挑战杯科研竞赛特等奖，以本科生身份发表了十来篇论文。

之后，我放弃了学术的康庄大道，走上了创业这条林荫小路。20年来，我一直在心理学这个领域工作，看着全国高校心理学系的数量从我就读时的20个增长到现在的数百个；看着心理学从鲜为人知到如今成为热门学科。20年来，我的经验是，越是凭兴趣去做的事，越容易取得超出预期的成就，如果一开始就精打细算，只奔着名利去，那么它的结果往往也就那么回事。

坚持内在动机和自我决定，成了我的人生底线。多年来，总会碰到不少路人用名利来诱惑我做事，碰到这类气味不对的人与事，我会躲得远远的。

# 2

2001年，在荣获首届北京市"挑战杯"科研竞赛特等奖的一篇论文中，我曾借助社会网络分析，探讨互联网如何改变人们的信任。该研究是我的校级课题"网络心理学研究初探"中的一部分，当时指导教授是动机与情绪心理学家郭德俊先生。正是从她那里，我第一次知道了"自我决定论"。

心理学学科众多，将人"肢解"得七零八落。认知心理学家研究你的大脑如何工作、人格心理学家研究你的性格、动机心理学家研究你从事一件事情的动力。动机好比人的食物。激发一个人做事的动机可以分为不同类型。不同的动机心理学家对动机的分类各不相同。动机心理学有三大经典理论：马斯洛需求层次论、赫茨伯格的双因素理论与麦克利兰的成就动机理论。[1]马斯洛需求层次论认为人类的动机由不同需求构成，由低到高依次为生理、安全、归属与爱、尊重、自我实现；赫茨伯格的双因素理论将人类的动机分为保健和激励；麦克利兰的成就动机理论将人类的动机分为成就、权力和亲和。

这些理论有什么问题吗？它们都过时了！马斯洛的理论诞生于1954年，赫茨伯格的理论诞生于1959年，麦克利兰的理论诞生于1953年。那是什么时代？二战刚刚结束，工业革命余波未歇。新一代信息革命尚在萌芽。

以流传甚广的马斯洛需求层次论为例，它认为人类的行为是由一系列层次化的需求所驱动的。马斯洛将人类的需求分成五个基本层次，这些层次从低到高依次是：生理需求（例如食物、水、衣服等）、安全需求（例如身体健康、财产保障等）、社交需求（例如友情、亲情、爱情等）、尊重需求（例如自我尊重、自信、成就感等）、自我实现需求（例如实现自己的潜能、才华等）。这种观点容易误导人们将工作与兴趣当作对立的两端，白天工作，养家糊口；

先要温饱，再求兴趣。然而，以自我决定论为代表的研究发现，追逐内在动机，更易带来成功。心理学家艾米·瑞斯尼斯基（Amy Wrzesniewski）和巴瑞·斯瓦兹（Barry Schwartz）等人2014年发表在名刊PNAS上的论文是在1997—2006年对11320名西点军校学员进行跟踪调查后完成的。他们发现内在动机驱动组从西点军校顺利毕业的概率比其他学员平均高20%；与内在动机驱动组相比，混合动机驱动组的毕业概率低10%。[2]

马斯洛需求层次论的最重要观点——底层需求制约高层需求，也是错误的。埃德·迪纳（Ed Diener）等人借助盖洛普调查，做了一项大型研究。2005—2010年，对123个国家十多万人的调查发现，底层需求制约高层需求，没有得到证据支持。[3]研究者们在采访时发现，生活在加尔各答贫民窟的一部分人虽然不满意贫困的现状，但非常快乐，因为在家庭和朋友方面，他们是富足的。迪纳发现，即使在危险的环境下，人们也不是不能得到快乐。相反，迪纳等人的大型调查在很多方面都支持自我决定论的需求观。缺失自主性将伴随消极情绪，归属感则会带来积极情绪。

# 3

为什么内在动机这么重要？因为过度依赖奖赏会伤人。美国心理学家罗伯特·怀特（Robert White）是心理学史上率先质疑奖励作用的人，他在1959年的经典论文中，令人信服地论证道：

在发展能力中，与仅通过满足基本生理需求进行奖励相比，任何动物都更多地受到好奇心和兴趣的驱使。[4]

而爱德华·德西（Edward Deci）与理查德·瑞安（Richard Ryan）通过严谨的实验证明了怀特的断言是正确的：奖赏会伤人，有时金钱等外部奖励反而会削弱人类的行为动机。[5]人生并不像马斯洛所说的那样，是在玩一个爬梯子的游戏，先解决温饱问题，再谈情说爱。如果一个人追求真爱，却常常被女孩拒绝，他可能就会认为世界上不存在真爱，转而寻欢作乐。当真有女孩喜欢他时，他已经不再相信爱情。然而，除了这类人，还有一类人是在恋爱中烧晕了脑子，快乐到忘记吃饭；身处泥潭却仰望星空，怀念佳人，怡然自乐。这才是有血有肉的人类。

做自己喜欢的事也是一样的。人一天的时间极其有限，如果你常常为外在动机做事，那么多年以后，你不敢相信自己有内在动机，即使碰到了自己真正喜欢的事你也会怀疑——我真的是喜欢它，还是因为名利驱动而喜欢？你渐渐无法区分出来。

成为自己，才是对自己的奖赏。正是内在动机帮助你成为一个独立的人，而不仅仅是流水线上的一颗螺丝钉。在今天这个时代，成为一个内在动机驱动的人，正在变得越来越重要。你越是坚持以好奇、独立和热情的态度活在世界上，你就越能找到更多自己喜欢做的事；同时，你也会越来越善于做自己喜欢的事。

## 4

内在动机令人神往，但仍然有许多人追逐外在动机，内在动机和外在动机的区别是什么？动机是一个连续体，如你所见，在下图中，越往左边的动机越受到外界控制，越往右边的动机越受到内在影响。

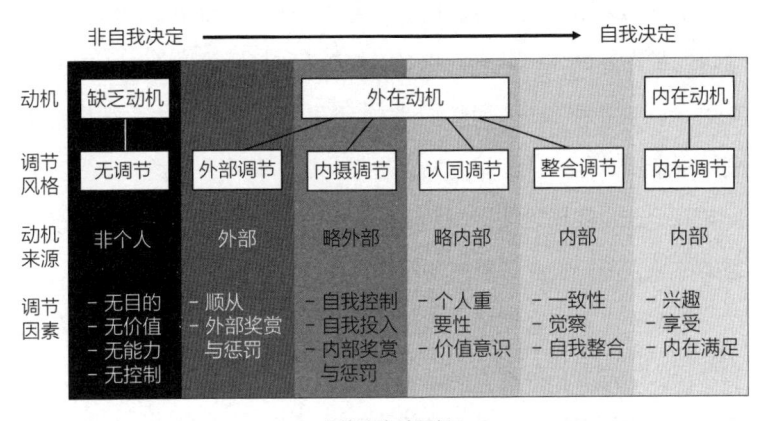

| | 非自我决定 ――――――――――――→ 自我决定 | | | | | |
|---|---|---|---|---|---|---|
| 动机 | 缺乏动机 | 外在动机 | | | | 内在动机 |
| 调节风格 | 无调节 | 外部调节 | 内摄调节 | 认同调节 | 整合调节 | 内在调节 |
| 动机来源 | 非个人 | 外部 | 略外部 | 略内部 | 内部 | 内部 |
| 调节因素 | - 无目的<br>- 无价值<br>- 无能力<br>- 无控制 | - 顺从<br>- 外部奖赏与惩罚 | - 自我控制<br>- 自我投入<br>- 内部奖赏与惩罚 | - 个人重要性<br>- 价值意识 | - 一致性<br>- 觉察<br>- 自我整合 | - 兴趣<br>- 享受<br>- 内在满足 |

**自我决定论图解**

最左边的"缺乏动机"很好理解，类似机器人。有一些人类因为特殊原因会近似机器人；最右边的"内在动机"也好理解，指依靠兴趣、内在满足而活的人。较难理解的是外在动机，人们常常不觉得自己是为外在动机而活的，事实上却是如此。受到外在动机控制的有四类人。

第一类人是外部调节。这类人受外部奖赏和惩罚的影响较大，工资多发一点，他们就会多做一点工作；哪个事情带来的声望大，就会做哪件事情。在他们眼中，工作就应该和薪资、名望捆绑在一起，钱和名，越多越好。却不知，当你习惯了这种外部奖赏，一旦失去，你从此也会失去做事的动力。

第二类人是内摄调节。这类人吸收了很多外在规则，但没有完全接纳并将其整合成自我的一部分。这类人经常面对外在规则与内在自我不匹配导致的冲突，常常纠结究竟是为钱工作还是为兴趣工作。

第三类人是认同调节。这类人受某个规则或价值观影响，能够给自己带来好处就接纳它。相对第二类人来说，第三类人面对的冲突更少，自我决定成分更高。举个例子，一位大臣故意给皇帝挑刺，皇帝要杀他，他还很高兴，这就是认同调节。这类人依然不为内在兴趣或自我满足而活，而是因为"忠于君主"的声名能给自己带来好处，因此将此条价值观作为自我的一部分。

第四类人是整合调节。这种调节相对前三种来说，最为隐蔽。如果说外部调节是奔着名利做事；内摄调节是社会多数人的生活常态，多数时候奔着名利做事，偶尔兴趣来了，才感到内心冲突；认同调节是精致的利己主义者，很少感到内心冲突；那么，整合调节的人则是成功欺骗自己的政治家。这类人已经将外在动机完全整合到自我中。虽然自我决定成分高，但其行为依然指向那些与兴趣、热情等内在动机分离的外在。

第三类人和第四类人的区别，是"党棍"和政治家的区别。"党棍"一边吃着所在党的好处，一边骂所在党，如果其他党派给的好处多，可以随时叛党；政治家则完全认同所在党的一切。政治家接近于内在动机驱使的人，但他的动机是从外在结果出发的，而不是从自己的兴趣与内在满足出发的，依然受外在动机驱使。

如何判断一个人的动机类型呢？从他/她的言谈举止可以窥见一二。纯粹的"内在动机"与纯粹的"外在动机"（如外部调节）好区分，反而是介于"内在动机"和"外在动机"之间的"认同调节"和"整合调节"这两种，很难区分。我教大家一个思维小技巧，先假设最坏的情况：自己是偏外在动机驱使的人。人类通常不喜欢承认自己的不足。然而，如果你首先将自己置于最不利的情况下，认为自己完全是被外在动机驱动的人，那么当你再次观察自己的行为模式时，可能更容易发现那些你之前未曾注意到，但实际上是由外在动机驱动的行为模式。

根据我的观察以及相关心理学研究，真正由内在动机驱动的人在整个人口中所占的比例是较小的。在这个世界上，遵循内在动机而活的人非常少。许多以为自己是内在动机驱使的人，都属于内摄调节、认同调节与整合调节这三类人。前不久，我提醒了一位设计师朋友。她认为自己是内在动机驱动的，但在我看来，情况并非如此。因为她总是强调"大师""地位"这样的字眼。真正内在动机驱使的设计师不是因为目前跟随大师学习，才喜欢设计，而是因为从事设计，能满足自己的兴趣与好奇心。

# 5

那么，如何寻找内在动机呢？就像我的一位朋友"安猪"所说的那样：

> 我们习惯把人生分成不同的部分：商业的、公益的、朋友的、家庭的、感情的……然后我们在不同的部分采取不同的价值观和做法，甚至这些价值观和做法是相互冲突的，例如我们在工作中防备却在友谊中放松，在感情中讨好却在家庭中索取。
> 这些分裂的处理方法为我们的人生带来了无尽的烦恼。我的方法是整合生活的所有面向，只用一套价值观和行为方式来对待。当这样整合后，依然会有问题。但那不是分裂的问题，而是完整的问题。

这种流传甚广的观念，强迫你接受一套蹩脚的逻辑："在工作中防备却在友谊中放松，在感情中讨好却在家庭中索取"。如果你不接受这套逻辑，你就可能被视为社会的异类。如果你接受这套分裂的逻辑，又会给你的人生带来无穷无尽的烦恼。于是，心理学日益受到欢迎，抑郁、焦虑、躁狂成了时代病。

因此，你需要用一套简单的价值观和行为方式来对待生活。例如，始终坚持内在动机驱使，好奇、热情且独立地做自己喜欢的事。最不建议的是你在工作上坚持名利驱动，在生活上又坚持兴趣驱动；更不建议你总是白天工作，为饭碗而活，夜晚创作，为兴趣而活。越是这样，你越有可能竹篮打水一场空。

你可以每天统计一个指标——"自我决定指数"。计算你一天中完全受兴趣驱动，即没有任何外在动机驱使的时间所占的比例。

如果你一天24小时中，总有大半时间是结果导向与名利导向，那么就尝试减少这些事情在一天中所占的时间比例吧！扔掉那些无聊的应酬，长期坚持去做一些跟利益无关的兴趣爱好，例如读书或写作。读书与写作本身就是享受，你并不需要额外得到什么，多年后，你会有意想不到的收获。

在我三十岁时，经过十来年的坚持，我的"自我决定指数"竟然不知不觉达到了100%。由于早早地解决了财务问题，每一天都可以睡到自然醒，不需要应酬任何人，读自己喜欢的书，写自己的书。生活总是厚待那些自我决定的人！

这份来自命运的回馈弥足珍贵：拥有数万册藏书，有一位相守二十余年的爱人，有一家前景不错的公司。也许，我向往的是我的偶像——认知科学鼻祖休谟那样平淡中和的一生。就像休谟在生命的最后一年，曾经如此回顾：

> 我的研读仍如以往那样热烈，我的谈笑仍如以往那样快活……虽然我看到，有许多迹象预示，我的文名终将显耀，可是我没有几年来享受它了……我的为人，和平而自制，坦白而和蔼，愉快而善与人亲昵，最不易发生仇恨，而且一切感情都是十分中和的。我虽最爱文名，可是这种得势的情感也并不曾使我辛酸，虽然我也遭遇过几度挫折。[6]

# 6

成为内在动机驱动的人，碰到的最大难点是：虽然发现了自己喜欢的事，但无法坚持下去。核心问题出在：缺乏反馈。

绝大多数人没有掌握一套方法，能够不依赖他人的反馈对自己的作品好坏做出评价。伟大的诗人、伟大的作家、伟大的创业者，他们普遍掌握了这一套方法论。以写作为例，在你刚开始练习写作时，不清楚自己的写作质量，这时你要去找张爱玲、余光中这些公认的伟大作家翻译的文本。举个例子，张爱玲、余光中都翻译过《老人与海》，拿你自己的翻译和他们一对比，马上就能明白自己写作差在什么地方。

能够不依赖任何人就对自己的作品进行反馈，这一点极其重要，它能更好地保护你的内在动机。假如你始终依赖他人给你指导和反馈来评判自己的作品质量，很难保持真正的内在动机。人都有依赖心理，总觉得他人给你反馈，更能帮助你，其实不然。在很多领域求解很多难题时，你需要从依赖他人主观反馈，转而根据客观的数据独立决策。

除此之外，还有一些额外的建议。

**善用意义镀金术**。人类大脑善于自我欺骗，同样，你可以反过来欺骗大脑——尽管你从事的是枯燥的工作，你可以给自己一个有趣好玩的头衔，仿佛人生从此变得大不一样。甚至，你可能是世界上第一个发明这个头衔的人。

人生意义无法寻找，人生意义是建构出来的。你可以赋予人生以意义，也会为意义负起责任。所谓建构，即用作品说话。作品会帮助你与第三方沟通，尤其是一些你在意却不理解你的人。

**降低人生复杂度**。年轻时，人们常常难以坚持做自己喜欢的事，因为你需要同时处理许多事情，例如摆脱童年阴影、抵抗家庭与社会的负面影响、寻找终身伴侣、提升专业技能、寻找事业伙伴等等。为了降低人生复杂度，你要学会速战速决，把一些事情果断处理掉，不要把它们堆积在同一时间段，你的精力可能会跟不上。

如果你想在同一时间既发展事业又寻找伴侣，最后很可能两方面都受影响。同样，如果上班养家糊口、下班追求兴趣，这样你的工作和生活会越来越复杂。你会非常分裂，因为你要用两套不同的逻辑来处理一天的时间。

**设置时限**。做事要一鼓作气，不要三天打鱼两天晒网。别老想着隔三差五搞个新项目，结果往往是热情过后就坚持不下去了，到头来只是给自己添堵。有始有终地做完一件事，胜过半途而废做几件事。同样，拒绝他人的速度要快，这样能节省心力。人是最会给自己找借口的动物，一旦你习惯不参加某些无聊的应酬后，对方会聪明地找出许多借口来安慰自己。

**忘掉真实的自我**。很多人总在寻找真实的自我，但是真实的自我是找不到的，你非要去找，就容易原地踏步，行为瘫痪。你需要行动，跑起来再说。成功催生更多的成功。不要总是在内心纠结，很多人浪费了太多时间去思考：这件事我到底该不该做、那个技能我到底该不该学。

所有的内心纠结都是在浪费认知资源，你要学会用文字把它们写下来。多年以后，那么多怨恨哀伤，那么多艰难抉择，早已云淡风轻。不要轻易将自己的内心纠结暴露给第三方，越多的人知道，越是给你自己找事。成熟的职业人士是靠作品说话。你的作品越多，你就能排除掉越多的杂事，你的"自我决定指数"就会逐渐提高，最后成为一个内在动机驱动的人。

## 小　结

　　一旦成为内在动机驱动的人，每天做自己喜欢的事，你会上瘾。你将会频繁地沉浸在心流的体验中，让你无法自拔。

　　众多伟大的作家都知道一个写作技巧，那就是在写得愉快、状态好的时候停笔，第二天接着写。状态好时停笔，状态差时则不能停笔，因为在状态差时停笔，可能会变成几个月的停笔。

　　在机器学习领域，有一个经典模型叫作隐马尔科夫模型，它的核心思想是上一个状态会影响下一个状态。同理，今天的状态会影响明天的状态。在自己感觉胜任的时候结束一天，第二天便可以从这种胜任的感觉接着开始，这样更容易诞生心流。

　　自我决定论的研究者认为人们存在三种基本心理需求，从人类动机层面解释了幸福的来源，也就是自主、胜任和归属。当你每天的事情都是自己决定的，当你和社群一起努力并最终取得成功，你自然会获得真实的幸福。

# 15

## 理想女孩[*]

### 1

亲爱的小闺女,上次给你写信还是你六个月时。如今,你从一个在妈妈怀抱里的小宝宝变成了一个活蹦乱跳、两岁八个月的小朋友啦。

爸爸叫你"小闺女",你总是说:"我是大闺女。"妈妈说:"要减肥啦,馋嘴小猫,今天少吃一点。"你说:"今天不减肥,要吃肉肉,还要吃海苔卷。"爸爸问你:"今晚只能看几集《小猪佩奇》?"你伸出胖乎乎的两根小手指,说:"两集。"看完两集,你却又打滚儿,闹着说:"再看一集"。

就像每个可爱的小女孩一样,你给爸爸妈妈带来了无穷的乐趣,也带来了一些小小的麻烦。这是爸爸写给你的第二封信,在这

[*] 本文首次发表于2022年3月11日。

封信里，我想跟你聊聊理想的女孩。也许，当你知道女孩的理想模样，那么，未来的你也会更容易分辨，哪些是你人生旅途中的大乐趣，哪些是小麻烦。

# 2

**理想女孩是美丽的**。女孩的美，有沉鱼落雁，也有闭月羞花，这是来自容貌的美。女孩的美，有知性优雅，也有内心丰盈，这是来自心灵的美。在爸爸眼中，你当然是最美的。

随着你一天天长大，你会接触到各种社会评价。某个时代风行的审美标准不一定与你的容貌相符。唐朝以丰肥浓丽、热烈放姿为美；清朝以三寸金莲、娇弱无力为美。

然而，你不会突然变胖，也不会突然变瘦。那些潮流又与你何干？爸爸希望未来的你，健康最美，心灵最美。

**理想女孩是有趣的**。心明眼亮，仍温柔对待世事。什么都明白，但是仍给人留余地，不刻薄对待他人。梁启超称自己为趣味主义者，爸爸与他一样，推崇人生的有趣。无趣的人生常常追求符合社会规范，这往往意味着丧失了很多自我。在这个过程中，你的长期基本心理需求会得不到满足[1]。

人生在世，总会有两种基本心理需求：能动与共生。**能动**，追求自主、成就、权力、超越别人；**共生**，融入与他人的关系之中，享受爱与关系。无趣的女孩，一味追逐权力与成就，便成了工作狂；为爱而不断牺牲，便成了恋爱脑[2]。

你来到世间，实属不易。大龄的妈妈冒着生命危险，在ICU（重症监护室）生下了你。而你出生之后，就在NICU（新生儿重症监护室）住了整整46天[3]。来之不易的人生，何必让自己成为一个无趣之人？

# 3

**理想女孩活得精彩**。即使是与伟人结婚，依然可以保持个性，活出自己的模样。她们是纳博科夫的妻子薇拉，德鲁克的妻子多丽丝西蒙的妻子多萝西娅，马奇的妻子杰恩。

23岁的薇拉与26岁的纳博科夫结婚，相守51年；23岁的多丽丝与25岁的德鲁克结婚，相守68年；24岁的多萝西娅与21岁的西蒙结婚，相守63年；20岁的杰恩与20岁的马奇结婚，相守70年。

在漫长的婚姻中，与伟人同行，她们丢失自我了吗？**并没有。反而活得更精彩，各有各的酷**。持枪的薇拉，一向比纳博科夫更酷。多丽丝在德鲁克去世后、自己82岁时开始创办公司，发明了各种电子设备，98岁时仍自己开车、爬山，享年103岁。

多萝西娅大西蒙三岁，却让他浪子回头，从一个花花公子型的高帅富变身为人类历史上杰出的天才，斩获诺贝尔经济学奖、图灵奖、美国心理学会终身成就奖等荣誉。杰恩与马奇的生活相对平淡、温和，但在杰恩去世不到一个月，马奇追随而去。

爸爸当然希望你未来婚姻顺利，能遇到一个理想男孩，在你最好的年龄，陪你看云数星星，之后厮守一生。这是来自爸爸的祝福。

即使独居一隅，你依然可以活得优雅。张爱玲成名甚早，但在晚年，漂泊不定，衣食有忧。爱人离世，知交半零落。能书信往来的，不多，夏志清、宋淇寥寥数人而已。离世时，在美国一个寓所中，隔了好几天，才被世人发现。

然而，张爱玲的生活姿态是优雅的。这份优雅，是身处乱世，风雨如晦，依然优雅；是知交零落，一生孤独，依然优雅。

## 4

理想女孩是美丽的，理想女孩是有趣的，理想女孩活得精彩。这是女孩种种理想的模样。那么，你该如何成为理想的女孩呢？

爸爸没有答案。**每个女孩都用自己的方式，活出自己的理想模样。**看得见的未来不叫未来。爸爸无法穿越时光，从那遥远的未来回到今天，告诉你不要做这，不要做那；应该做这，应该做那。

如果你拥有一个这样的爸爸，相信你一定会讨厌我。爸爸越是用力地干扰你的生活，你就越不会拥有自己的生活。也许，父女最好的相处之道是成为道友。**人生如梦，路上相逢，遇见道友，助你一臂之力。**

未来的某一天，你能够耐心地阅读爸爸多年前写给你的信，明白那些爸爸想让你明白的道理，也许，这就是来自爸爸的帮助。

## 5

只是,身为学者的爸爸,多少还想用自己的理论啰唆几句[4]。

**成为理想女孩,你可以脾气没那么大**。虽然受基因遗传影响,你从小也是一个急脾气,但爸爸的心理学训练告诉我,用12年时间可以与自己的性格达成和解。

你可以将来自遗传的"神经质"理解为一座火山,每个人都可以选择是否让这座火山爆发。在你一哭二闹三打滚的时候,爸爸都录下来了。当给你看回放时,你是不是会不好意思呢?相信等你长大成人后,回想自己发脾气时,是不是也会觉得这不是一个理想女孩应有的模样呢?

**成为理想女孩,你可以相信自己的认知能力**。爸爸妈妈智商都很高,小小的你,继承了爸爸妈妈智商高的优点,从小思维敏捷,反应快速,举一反三。这是来自命运的回馈。

但请记住,认知能力不仅仅包括智商,还有理商与感商。理商,你不仅要把事情做好,还要把事情做对,符合社会规范,增进人类福祉;感商,你需要享受日常生活,觉察那些不可形容的美。

正在给你写信的爸爸,望着窗外,天上不可形容的云,不可形容的风,即将滴滴滴答,陆续抵达地面的雨;再望着床头四肢朝天,"呼噜呼噜"午睡的你,一种莫名的感动油然而生。

**成为理想女孩,你还需要形成稳定的动机偏好**。爸爸的研究表明,历史上名垂青史的高手们常常具备"自主—竞争—亲和"的动机偏好组合特点。

自主的你，意味着未来的你，有一定的生活能力，不怎么依赖他人，喜欢自己解决问题。竞争的你，意味着未来的你，有一定的竞争意识，能超越他人，取得成就与胜利。亲和的你，意味着未来的你，能与亲密之人，比如你的爱人、孩子保持亲密关系。

# 6

自主的你、亲和的你，爸爸也许没那么担心。竞争的你，却最令爸爸担心，因为这与社会规范背道而驰。

这是一个雄性裸猿占据上风的星球。经过数千年的洗脑，身为女性的你，从小就被无孔不入的信息教育，如何顺从男性，不与男性竞争；即使与男性竞争，也不可能胜出。

你很聪明，这是来自爸爸妈妈基因的礼物。但是在你六岁时，你将接受人生的第一次挑战，开始觉得自己不如男孩聪明。

这就是爸爸的一位朋友边琳和同事们在科学杂志 Science 上发表的一篇论文[5]。在这篇论文中，她们研究发现，男女差异的刻板印象在孩子6岁时开始形成。具体来说，6岁的女孩比起男孩更不容易相信自己的性别是非常聪明的，而且从6岁开始，女孩开始避免参与一些看似需要高智商的活动。边琳阿姨的研究之所以能够发表在顶尖期刊上，正是因为她披露了女孩觉得自己不如男孩的具体时间节点。

## 15・理想女孩

随着你一天天长大成人，你将接受更多女孩不如男孩的挑战。有时候，"他们"会告诉你，你没必要学习好，学习好的女孩没朋友；有时候，"他们"会告诉你，女孩应该好好打扮自己，取悦男人；有时候，"他们"会告诉你，女孩只适合学文科，不适合学习理工科或搞计算机。

很多时候，"他们"甚至"她们"，会用更多的实际行动来阻碍你。当你在学校表现优秀时，你会发现，朋友没那么多了。当你在职场上表现突出，你可能会受到非议，甚至各种涉及男女关系的谣言。当你渴望爱情时，有不少男生因为你的优秀表现退缩不前。即使结婚了，你的爱人也许会变成"他们"的一分子，你的婆婆也许是来自"她们"那个群体，你的爱人与婆婆会不断地劝你，放弃事业，生娃就好。

社会学家布迪厄将其称为"性别暴力"，他在《男性统治》一书中写道[6]：

> 男性统治将女人变成象征客体，其存在（esse）是一种被感知的存在（percipi），所以男性统治的作用是将女人置于一种永久的身体不安全状态，或更确切地说，一种永久的象征性依赖状态：她们首先是通过他人并为了他人而存在，也就是说，作为殷勤的、诱人的、可用的客体而存在。人们期待她们是富有"女人味的"，也就是说，微笑的、亲切的、殷勤的、服从的、谨慎的、克制的，甚至是平凡的。而所谓的"女性特征"通常不过是一种迎合男性真实或假想期待的形式，特别是

在增强自我方面。因此，对别人（不仅仅是对男性）的依赖关系渐渐成为她们存在的一部分。

面临无处不在的阻碍与封锁，竞争的你，从何谈起？一种性别统治另一种性别，偏偏另一种性别的人习以为常，甚至将那些出走者拉回自己的猪圈。

这是爸爸对未来的你，最大的担心。而爸爸能做的事，除了给你一个物质上的好起点，还希望你从小注意培养自己的竞争意识。

女孩凭什么不能有竞争意识？让那些劝你"温柔如水"的言论滚开吧。

**胜负心是成就一番事业的必需品，而非奢侈品。** 爸爸会从小带你参加棋类比赛等活动来激发你的胜负心。希望长大成年后的你，理解那些参加竞赛，力争第一的日子。

# 7

无论是爸爸的朋友边琳老师，还是社会学家布迪厄，你看，成为理想的女孩，一下子，你就多了两个秘密武器，从而得以反抗性别暴力。

在爸爸妈妈陪你长大的路上，你会自然而然地收到很多爸爸妈妈为你准备的秘密武器。

但是，终究有一天，爸爸妈妈会老去。你得学会寻找自己的秘密武器，讲述你自己的人生故事，也就是——**我是谁，我从哪里来，我将去往何方**。

也许，你的人生叙事会受到爸爸妈妈的影响。爸爸是学者，是作家，同时还是管理者，管理着几家专业服务公司；妈妈是心理学专家，是儿童教育工作者。

也许，你的人生叙事会受到同学朋友甚至敌人的影响。有的同学朋友与你志同道合，情趣相投，彼此分享成长的快乐。但你也会遇到那些与你捣乱，甚至对你抱有敌意的人。被冤枉、被辜负、被背叛，**与被肯定、被感谢、被信任一样，都是你未来人生的一部分**。

但是有必要因此而放弃信任他人吗？请记住爸爸的话：如果只在不被辜负时去信任，只在有所回报时去爱，只在学有所用时去学习，那么就放弃了人之为人的特征。

为那些冤枉、辜负、背叛你的人，放弃成为自己，多么得不偿失啊。

# 8

虽然爸爸妈妈、你的同学朋友，甚至你的敌人都会影响你的人生叙事，但你要成为谁，这个问题，终究需要你自己做出回答。

**成为谁，你可以效法历史上的理想女孩**。前文提及的薇拉、多萝西娅、杰恩、多丽丝、张爱玲，都是你可以学习的角色榜样。你可以阅读历史上的理想女孩的传记，观看以她们为主角的电影，还可以参观她们的博物馆。当然，你还可以聆听以她们为主题的讲座。

成为谁，你还可以接触那些与爸爸妈妈生活方式不一样的人。爸爸妈妈的优点成就了我们，也成了我们的局限。世界很大，不只有爸爸妈妈这一种你最熟悉的生活方式。你还可以接触到很多不同的生活方式。

比如，爸爸的学生们，既有在互联网大公司工作但一直热爱画画、跳舞的单身主义阿姨；也有周游九州，以歌者为业的阿姨。稳定的，不稳定的；收入高的，收入微薄的；结婚的，单身的；有娃的，没娃的。她们都活出了自己的模样。

闪闪发光，热爱生活。无论身处何方，身在何时，都让自己活得舒服。**理想女孩，最好的样子就是，长大成人，没有被生活细碎、柴米油盐、家长里短、磨灭光芒，依然热爱生活，优雅人生。**这就是爸爸眼中的理想女孩。

# 9

未来的你，究竟将成为什么样子呢？也许，贪吃的你，成为美食家；热爱戏剧的你，成为演员；喜欢扮演小医生的你，成为医师。更有可能的是，两岁八个月的你，如今的这些行为痕迹，和未来的你毫不相干。

那时，记得告诉爸爸，你是谁？你找到自己理想的模样了吗？

# 16

# 行动派*

为什么GTD工具注定低效？为什么执行意图具备神奇的魔力，能够使效率倍增？

## Q1．提高行动力，有哪些注意事项呢？

与我共事过的人，对我这三句口头禅印象深刻："别找事""批量解决问题""以终为始"。

### 别找事

假设你是一名黑客，世界是一个程序，红男绿女，各自扮演一个又一个代码。那么，人与人的协同，互为API接口。好程序提供

---

\* 本文首次发表于2016年7月25日。

简洁的 API 接口。拿 Gitbook 举例，你输入 *gitbook init*，就生成一本电子书脚手架；你再输入 *gitbook pdf*，就将写好的电子书导出为一份 PDF 文档；再输入 *gitbook mobi*，生成亚马逊电子书；再输入 *gitbook epub*，又多了一份 epub 格式的电子书。

你看，好程序的优点在于：输入简单，反馈稳定，从输入到输出的路径清晰，换用不同参数，反馈更丰富。反之，那些坏程序，你需要加上很多参数判断与手动操作，才能达到同等目标。你只想写作，但不少写作软件却让你不得不面对升级、格式、宏等一系列问题。

成为做事稳重的人也是这样的。当你与人协同，向他人承诺了什么，如果对方能够稳定地从你这里获得输出，那么，你是一个做事稳重的人。当他人明白如何调用你的能力，并且你提供的调用路径清晰时，你就是一个容易协作的人。当他人调用你的时候，你能举一反三，不仅能提供一份 PDF 文档，还能提供 mobi 格式、epub 格式与 HTML5 格式，那么，你是一个聪明的人。

别给自己和他人找事，我的潜台词是希望你能成为做事稳重的人、容易协作的人。反之，太多的人喜欢给人找事。举个例子，一谈工作效率，总有人给你推荐 GTD 工具，但我从不用任何 GTD 工具，因为：

（1）GTD 适用于职业经理人和循规蹈矩的事务型工作者，但不适用于那些常常需要面向未来与拥抱不确定的人。

（2）GTD 强化了工具理性，但人类还有广义理性。真善美就很难放进 GTD，例如，你无法在 GTD 中撰写这样的条目——如果在

## 16・行动派

路边碰到老人摔倒,那么你要迅速把他扶起来。

(3)好的方法应适用于所有时代,但GTD做不到。当你作为一名黑客回到原始社会,那时,他人该如何跟你协作?所以,尽量选择能跨越更多文明、不同生命周期的方法。

(4)GTD给你的人生做加法而不是做减法。有的GTD工具收费;有的GTD工具仅适用于某个操作系统。你拥有某个工具,但其他协同者不一定有,如果你强制他人使用某个工具,就是给他人找事了。GTD工具有一套专属的价值规范,你可能认可某套价值观,但其他协同者不一定认可,这又是给他人找事了。

### 批量解决问题

傻瓜做事,一次只解决一个问题;聪明人做事,一次解决多个问题。傻瓜做事,每次都会对同样的问题感到焦虑;聪明人做事,每次都会拆解问题流程,提前解决问题。

甚至连找对象与创业也是如此。如果你想找一个男朋友,你应该考虑如何吸引一批优质的单身男性;你要创业,思考如何做一个好公司,你就要想着批量创造多个好公司。如果你只是单纯地想着如何找一个男朋友,或者如何创立一个好公司,你很难得出一个巧妙的结论。因为人类的大脑不是这么设计的,人脑不善于在一个问题上深入思考,更善于在不同事物之间找不同。譬如有人问你的爸爸和妈妈有什么区别,你会在极短的时间内得出众多结论:第一性别不同;第二外观不同;第三爸爸用的手机是iPhone,妈妈用的是安卓手机等等。

所谓知识，无非是信息。利用找不同，你可以在一瞬间得出众多信息。一旦你尝试批量解决问题多了，你会意识到，绝大多数问题可以自动化。从此，你可以从依赖他人转变为利用机器人。人类文明发展还处在一个初级阶段，因为我们还经常需要依赖人力。一旦人类发明发展到下一个阶段，人类通过利用机器人获得极大自由，那时才是人类心智的黄金时代。

不少人并不了解同事的瓶颈，总是对他人持有莫名的幻想。你最感恩的人常常来自初入职场时那些无偿帮过自己的老师傅。不过，你能遇到多少个老师傅呢？因此，你不妨学会利用机器人，善用工具，甚至制造工具。举个简单例子，人们习惯手动收藏微信群聊天记录，然后一条一条地转发到自己的邮箱或者笔记软件之中。但是，这怎么可能是我做事的风格？于是，我就在2014年开发了一个帮助大家保存微信群聊天记录，并自动生成电子书、推送到Kindle阅读器的微信机器人——阿西莫夫。使用一年多，生成近万本电子书，应该至少帮人类节省了一万个小时了吧！

**以终为始**

当你将人生理解为从死亡到出生的旅途，那么，你可以思考如何度过理性且愉快的一生。这就是芒格的逆向思维术：欲求幸福，先思考痛苦。你想创业成功，先思考项目会如何失败。2014年，当我与六位心理学界的朋友一起聊一个项目时，我提醒大家思考这个项目会因何失败，一位朋友说，最终会因为我们七人内部意见不合，人太多了而失败。后来项目果然因为这一原因无疾而终。

人们喜欢快速制定目标、设定多个目标并幻想成功后的美景，而不喜欢思考自己会如何失败。有时候，简简单单的逆向思维，就能帮你节省无效劳动。假设工作是从"A"到"F"的过程，你的输出会经历步骤"A、B、C、D、E、F"，其中最重要的是，先想明白"F"是什么。绝大多数时候，你会忘记"F"，而纠缠于"C、D、E"三个步骤。假设你要写一本书，那么最重要的是平时积攒足够多的文字。多数人效率低下，因为工作路径过于复杂，且输出定义不明确。你可以学会一个高效工作习惯，直接跳过"C、D、E"，采用"A、B、F"三个步骤即可。

另一个容易导致低效工作的常见原因是，你定义的"F"是他人眼中的"C"。追求阅读量、点赞数可能不是一位成功的微信运营者的目标，真正的"F"可能是商业目标，也可能是格调，还可能是理念。但是，人们经常走着走着，就忘记了初衷。

## Q2. 提高行动力，最重要的是什么？

很多人都被我某些高效的行动所震惊过。近些年，给人留下深刻印象的是，我基于开智社群的过往讲座记录，在一周内主编并印刷完毕《追时间的人》一书的内部预览版，并在短短半个月内，从提出想法到成功举办了首届开智大会。[1]然而，我自己引以为豪的事情不是这些，而是当初在汶川地震发生后的六个小时内，发起一个灾后心理支持组织，并在两周内正式出版了一本《灾后心理自助手册》，印刷了七万册捐给灾区。

年轻时，想成为行动派，关键在于培养全神贯注的工作气质。为什么要全神贯注？因为专注是进入心流状态的关键，而心流往往是高效工作的最佳状态。心流需要一个从酝酿到形成的过程，通常需要大约25分钟的持续专注才能进入。绝大多数人一天最多能进入心流15次左右。若你能在上午、下午和晚上各分配5个25分钟的心流时间段，就能充分利用高效工作时间。

如果年轻时没有养成全神贯注的习惯，未来可能会因外界干扰，难以引发心流，导致效率低下。因此，保持专注不仅是应对复杂任务的基础，更是持续高效工作的核心。

长此以往，你会渐渐适应不了高技能、高挑战的事情，无法专注于有点难度的学习，甚至在品味生活时也难以感受到细微的乐趣。一个有趣的事实是，人越容易快速进入全神贯注的状态，就越容易诱发心流，从此工作变为乐趣。

除此之外，年轻时还要追求简单的生活方式，排除无关变量。现实世界中，一旦出现一个新兴的流行平台，人们就会转向这些新平台。而我始终坚持在个人博客上写作，从2000年写到现在，持续二十多年的时间。近些年，尽管大家都停止了写博客，但我却越写越多。

你每次切换平台，都是在给自己找事，损害自己的写作内在动机，影响自己全神贯注的气场。为什么写作不能是一场自我修炼呢？难道那些阅读数、点赞数真的比自己心智成熟、欣然有所得更快乐吗？写作的价值，在于它本身就是对作家的最佳奖赏。如同园丁精心照料自己的花园，不为外界评价，只为鲜花盛开。同样地，作家雕琢文字，用心写作，不图外界评价，只为用文字留存那些逝去的时光。写作之大用，在于伟大的作家能够利用他们的时间，创造出一个个文字小世界，让人在短时间内"度日如年"，体验到如梦如幻、似真似假的另一种人生。

## Q3. 如何处理兴趣广博和效率专注之间的矛盾呢？

2010年，我的朋友高地清风第一次来拜访我，回去后，他写了一段有趣的文字：

> 早在拜访之前，在阅读各处对阳老师的介绍时，我就有一种强烈的感觉，阳老师也具有文艺复兴型的特质，至于是否有ADHD（注意缺陷多动障碍），我就不清楚了。按照《热情人生的冰淇淋哲学》一书的说法，这是一种"兴趣广泛，好奇心强烈，热情满满，不容易待在一个领域里"的特质，跟ADHD很像，但比ADHD更常见，覆盖人群的范围更广，而且没有ADHD那一层病理学色彩。
> 
> 许多文艺复兴型人格者也会有适应上的问题，但这个可能更多地跟社会文化相关。至于那些适应得很好的，他们卓越的才能和广泛的兴趣，通常让他们在不止一个领域取得了巨大的成就。文艺复兴时期有达·芬奇等一大堆例子，之后也有美国开国元勋富兰克林等。

从小到大，我的确没有ADHD、拖延症，但的确兴趣广泛。《热情人生的冰淇淋哲学》一书将我这类人称为"文艺复兴型人格"：文艺复兴时期的学者、思想家、艺术家、冒险家都充满活力，追求渊博的知识，具有大胆的想象力，不局限在某个特定领域。[2]

我曾经购买过上千本历史上被称为智者的人所写的传记，从达·芬奇和其他博学高产的大师身上，我学到几点，其中最重要的一点就是：成为新兴社群的领导者或重要参与者，不要一个人去战斗。

人有不同的时间观：过去、当下与未来。有人专注于过去，有人活在当下，而有的人，如我，总是着眼于未来。身为一名未来主义者，我渴望在历史上留下自己的名字，常以历史上的人物作为我的比较对象。然而，我们未来主义者面临的一大挑战，在于实现梦想的过程中往往缺乏足够的执行力。历经多年，我终于找到了一个巧妙的解决方案：成为新兴社群的领导者。

作为一位未来主义者，当你的头脑中各种"可能的自我"跑来跑去，你不知道哪一个自我会变成现实时，你需要和社群绑定在一起。让社群来拖住你跑得太快的步伐。如果你平时的思考尺度超过常人五年，那么，你领导的社群会将你的思考尺度拖回到两年以内。我创建认知写作学以来，前后开设了多期课程，数千学员与我共建课程。慢慢地，博观而约取，达到了广度与深度的平衡。反之，如果我一个人闭门造车，那么，这两年来，我在写作上的兴趣可能就不知道跑到哪里去了！

即使再广博的兴趣也要保持一个度。人类的工作记忆容量一般是4~9，也就是说，你能够瞬间记住4~9个信息组块。对于多数人来说，则一般是4加减1个组块，也就是3~5这个范畴。记忆、人际网络都存在这个法则。4是一个舒适区。同样，拥有4个多重身份可以帮助你更容易保持平衡。

以我为例，我常在一个大约十年的时间尺度内，将自己的多重身份限制在四个以内，30岁到40岁的四重身份是：董事长、认知科学研究者、作者、藏书者。这十年内，四个身份轮流上阵，2008-2012年的主身份是藏书者，闭关苦读人类智者巅峰之作；2015年出来二次创业后，主身份切换为董事长。那么，开发者、心理测量专家、战略与人力资源顾问，那些曾经的身份，就不再那么重要了。对我来说，更重要的事情是负责团队的战略与融资、高级人才的培养。

## Q4. 若在工作中易走神，难以适应高难度任务，您有何建议？

在2012年，我发布了一个名为"注意力指数HD"的iPad应用程序，该程序用来评估人们的注意力。其中，我们设计了一套评估人们注意力的体系。一般来说，如果一个人在以下两类指标上得分偏低，或有类似病症表现，就可能会有ADHD。

第一，难以切换工作任务。一般人的注意力从事项A转移到事项B的过程较快，而注意力分散的人切换的时间则比较慢。如果你工作容易走神，那么就减少多线程工作，一次只做一件事。

第二，难以抑制注意无关刺激。当外界刺激出现时，你无法抑制自己去关注它，例如，每隔几分钟就刷一次朋友圈。

还有更多复杂的指标。2016年年初，我带领团队更新了这个App，并在电视节目《最强大脑》中进行了演示，通过收集更多关于大脑生理的指标，评估一个人的注意力。

总的来说，注意力不易集中的人应该尽量减少多线程工作，降低无关刺激。一个技巧是，注意力不容易集中的人可以去从事"说比做多"的工作。假设有两个程序员，程序员A注意力容易分散，程序员B不会，那么建议A努力成为布道师和架构师，这样与人打交道比较多。人们在读书时可能容易入睡，但你有没有见过有人在聊天或者写作时睡着的情况呢？

## Q5．您为何推崇执行意图？其优点何在？

就像我在2010年对高地清风说过的一样：

阳老师曾经专门提到自己的一个看法。他说：虽然他是心理学专业出身，但对目前许多心理学的成果非常不欣赏。那些问卷发出去，收回数据就往统计软件里塞，吐出一个自己都不太明白含义的方程模型，然后含糊其词地扯个两句，然后毕业，拿个学位，评个职称。他把那种东西称之为"俗"的东西。 阳老师也有他认为"不俗"的东西，他把这些东西称为"酷家伙"。还是有那么几样东西能让他眉飞色舞,其中包括卡尼曼的行为经济学,包括一个采用教练制大获成功的减肥网站,包括彼得·格尔维茨(Peter Gollwitzer)的执行意图(implementation intention)概念等。最后提到的这个心理学概念与拖延问题密切相关,非常有趣。仔细思考,这些酷家伙们,原来都是那种乍看违背直觉、常人始料未及,却又合情合理,令人耳目一新,效果大放异彩的玩意儿啊。

当时,我提到了卡尼曼和格尔维茨。心理学家同样喜欢追随潮流。卡尼曼2002年获得诺贝尔经济学奖之后,不少心理学家都来研究人的非理性决策行为。然而,很少有人注意到格尔维茨的厉害。我们先来看看,心理学家是如何研究这个问题的:"有没有一种简单的方法可以帮助我们实现目标,促进人们采取行动?"

在我2010年主编的一本书中,我将这些理论总结为:自我决定论(第12章)、执行意图(第13章)、自我效能(第14章)、心流(第6章)。[3]回顾这些心理学家已经取得的成果,我们惊讶于其精巧与美丽的实验设计,但是,关于自我效能的那些研究术语,却与人们的日常生活越来越疏远。自我效能是什么?你首先要在感知层面认可它,然后才能在现实生活中对应它,并用其解释,等到真正需要促进行动力的时候,你早已经忘记了自我效能是怎么回事了。

心理学家彼得·格尔维茨注意到,从理论概念到实际应用,心理学存在一道难以逾越的鸿沟。很多心理学家仍然在跟这条鸿沟拼搏,试图说服你,我的自我效能理论、我的自我决定论、我的心流理论，多么厉害，你懂了，你用了，你就自然能够提高行动力了。但是，为什么一定要从正面突破马其诺防线呢？

格尔维茨巧妙地开启了一个新的流派。不再在认知层面说服人们改变自我，而是教给人们一个小小的心智技巧。普通人思考目标的时候，使用的是目标意图：我要做什么……而他对自己的实验对象使用了一种替代范式。强迫实验对象使用一种被称为"执行意图"的思考方式来思考。结果令人惊讶，使用这种方式，人们更容易克服拖延症，达成目标。

好的方法适用于一切时代，执行意图在远古时代同样适用。执行意图利用了大脑的未完成情结。你在大脑中会自问："我要做什么"，执行意图则是提前帮你确定好："回到家里坐到书房，八点到十点，开始写作。"

于是，你提前在大脑中设定触发点：地点是书房，时间是八点到十点，行动是写作。当你回到家里，即使还没有坐到书桌前，你的大脑已经开始自动工作，你会不知不觉开始写作。人的记忆负荷是有限的，执行意图动用大脑默认网络模式，会让你不知不觉开始写作，产生强大的心流。GTD只是一个提醒你八点写作的外力，而执行意图是让你晚上八点像吃错药一样坐在书桌面前开始写作。

强迫人做事与让人不知不觉地做事，会导致你的行为模式完全不同。执行意图的If-Then语句可能提前一个月就内置于你的大脑中，是提前很久许下的承诺。所以在格尔维茨的实验中，学生们提前承诺自己在何时何地以何种方式写假期报告，结果完成率是未承诺者的两倍。提前规范、提前承诺，尤其适合我这种未来主义者。

## Q6. 如何优化执行意图的使用，以顺利应用于工作和生活？

每年新年伊始，我们不妨从制定执行意图开始。你可以列举那些影响自己执行力的关键情景。围绕这些关键情景，你可以撰写目标承诺卡，来帮助自己实现目标。

以减肥为例。对于那些影响减肥的关键情景，你思考得越成熟，就越容易形成强有力的执行意图，从而使减肥更易成功。例如：如果"好友请我吃甜食"，那么，"我明确告诉她，我正在瘦身，她自己吃就好了"。又如，如果"我碰到情绪不好的时候"，那么，"我会写到日记里，而不是吃垃圾食品"。

就像金融工具巧妙地进行时空转换，将未来的资金用于现在一样；执行意图也巧妙地运用心理的时空转换，将未来的事情提前放到现在来考虑。

（1）使用执行意图，你可以提前几周甚至几年列举出目标以及在时间、空间和任务出现障碍时你的应对策略。（2）执行意图并不是要你把生活拆解成零碎片段，而是要你设定连贯的思考路径来处理你可能遇到的情景。（3）执行意图通过语法规则影响你的思维，以后你所有目标都不会是"我要"而是"If-Then"，直接联系情境和行动。

如果你经常拖延交周报，那就可以制定一个If-Then计划："如果到了周五下午5点，那么我就提交一份周报。"这样，周五下午5点这个提示就会在你的大脑里和写周报这个行为联系起来，这种提醒之下，你的大脑默默地捕捉到这个时刻，并且采取行动。有可能一到周五下午5点，你的手会下意识地移向键盘，开始写周报。

随着你使用执行意图越来越熟练，它会成为你思维中的一部分。因为执行意图太简单高效，大多数人会套上其他方法论将其复杂化。但执行意图只需要你把所有目标都换成If-Then。一位学生表示她已经在使用执行意图，她的If-Then计划是："如果在工作中犯错，就去改正错误"。然而这不是一个较好的执行意图句式，为什么呢？答案在于：

» "如果我在工作中犯错"是不确定的时间和地点；
» "犯错"是抽象概念；
» "改正错误"也是一个笼统的抽象概念。

执行意图不鼓励设定模糊抽象的目标，而是鼓励你将目标拆解为具体步骤，并用具体的时间和地点来触发行动。

## 小　结

活在真实的世界中，全神贯注地过简单的生活，成为一个真正的行动派！

# 17

## 从压力到品味生活[*]

长期处于应激状态,容易引发身心疾病。那么,你究竟应该如何应对压力?仅仅与压力硬碰硬,能摆脱压力吗?并不能。生活中压力无处不在,你需要换个视角去看待。这就是来自心理学家的建议——从应对压力到品味(savoring)生活。

### 如何应对压力?

生活中压力无处不在,面对压力,你会如何处理?心理学家们也对这个领域充满好奇,因此提出了大量的概念。在这些概念中,没有比"应对"更显赫的了。通俗地理解,可以将人们尽其所能减

---

[*] 本文首次发表于2008年12月28日。

轻压力的努力称为"应对"。

　　心理学家对"应对压力"长达数十年的研究，使人们对其本质有了深刻理解。绝大多数关于应对压力的课程都会分析两个问题：是什么事情导致你的压力？对于这些事情，你应该采取哪些行动？

　　对于前者，你可以记录自己当前的生活状况，然后分析是家庭、工作、学习，还是人际关系导致的压力。此外，你还需要了解压力源的性质——不仅是负面事件导致压力，比如亲人离世，甚至是像结婚这样的喜事也可能导致压力。

　　对于后者，你需要问自己两个问题：你能控制并改变这种情况吗？你能控制自己对这件事情及其后果的情绪吗？区分压力的情况是否可控极为重要，因为错误的控制感通常会阻碍你面对现实。

　　不同的人面对同样的问题会形成不同的应对方式。了解并掌握自己的应对方式，有助于我们更好地生活。一种常用的分类体系是将人们的应对分成"积极应对"与"消极应对"两种。积极应对压力的人倾向于采取提前计划、收集信息、头脑想象、获取社会支持等策略；而倾向于消极应对压力的人则经常选择逃避问题。

## 从"应对"压力到"品味"生活

　　随着人们对心身医学的日益重视，"应对"这一概念曾一度备受瞩目。20世纪80年代，心理学家威廉·多伊尔·金特里（William Doyle Gentry）甚至乐观地认为，人类正在发展一门"应对科学"。[1]

## 17·从压力到品味生活

在20世纪的心理学家看来,你只需掌握应对技巧,就能顺利地控制情绪,恰到好处地解决问题,从此过上幸福生活。

然而,最新的心理学研究发现,仅仅依赖应对是不够的。一方面,应对的实质是一种消极的研究取向。它倾向于将人们看作问题或情绪的"被动"回应者而非生活的"主动"出击者。

如果你仔细阅读目前流行的关于"应对"的文章,就会发现,应对主要的功能在于:帮助你改变与环境的关系,这是问题导向的应对;帮助你控制情绪或相关的生理反应,这是情绪调节导向的应对。无论是问题导向还是情绪导向,你似乎总在疲于奔命,忙、盲、茫……

另一方面,采取"积极的应对"并不能帮你抵达幸福的彼岸。有研究表明,人们的应对方式与主观幸福感之间的相关程度,并没有你想象的那么高。有能力面对逆境与压力,并不意味着你的幸福感会增强。

首先,我们不讨论你能否真正按照媒体所提供的"应对压力的十条法则"去改变自己的应对方式。即使你真的按照那些应对压力的方法去行动,你的幸福感能提高多少呢?

绝大多数人有能力去"应对"压力,但并未学会"品味"生活,享受当下。什么是"品味"?品味是由社会心理学家弗雷德·布莱恩特(Fred B. Bryant)等人在2003年提出的心理学概念。[2] 通俗地理解,品味是指享受生活中的积极体验的能力。具体而言,品味是一种享受的过程,是一种积极主动的过程,是你对任何经验的欣赏性享受。反之,品味不是享受带来的结果,不是被动的过程,不是对你的经验的负面情感。

品味会受到体验的长度、经验的复杂程度、专注度、自我监控的平衡程度以及与亲友的分享等因素的影响。从这些因素出发，心理学家最终发现，品味的确会增进人们的幸福。正如心理学家马丁·塞利格曼（Martin Seligman）所言："当我们指导人们如何获得快乐的生活时，我们发现，有效的方法是运用留意技巧和品味技巧来为自己设计美好的一天。"[3]

## 品味生活的10种策略

那么，我们究竟应该如何品味生活呢？以下是心理学家凯特·赫弗伦（Kate Hefferon）和伊洛娜·博尼韦尔（Ilona Boniwell）提供的10种品味生活的策略。[4]我将逐一对其进行点评与解读。

### 与人分享

寻找能与自己一起分享当下经验的亲密家人或朋友，并告诉他们这个经验对自己的意义。这些人不仅在扮演你的社会支持网络的角色，同时，分享彼此的快乐瞬间，也会增进相互的亲密感。要知道：感情的疏远从不再分享开始。

小技巧：与亲密的朋友分享自己的愉悦体验，尤其是那些不在身边的朋友。

### 记忆快门

拍下快乐片刻的心理快照，以供不快乐时回味。遇到快乐时光，放慢对时间的感知，以一种弹性的生活态度慢慢品味。用心感受和记忆快乐的时刻，比仅仅用相机拍照更加宝贵。

小技巧：时不时地总结快乐时光。不快乐的时候，翻看留下的幸福痕迹，如朋友圈、照片等，也许你会发现自己比想象中更快乐，也会找到更多应对方法。

### 自我激励

给自己打气，告诉自己某种体验多么令人印象深刻，自己多么令人骄傲；同时，对某个期望已久的快乐片刻，要毫不犹豫地承认自己为之付出了辛苦的努力。当快乐、成功来临之际，不要犹豫、不要迷茫，毫不吝啬地表扬自己。

小技巧：不要吝啬对自己的表扬，尽量提高自己的情绪强度，多使用"非常开心"，而不是"有点开心"。

### 增进感知

将干扰性刺激隔离，聚焦当前的刺激，从而提升感知。当你和伴侣在环境幽雅的餐厅享受大餐的时候，为何还要分心去注意旁边的客人和菜品价格呢？尝试将自己的注意力聚焦在美食上，将无关刺激隔离开，增进自己当前的感官享受。

小技巧：将自己的愉悦体验写下来，并且每一条写细一些，聚焦、回忆"此时此刻"的快乐。

### 向下比较

将自己拥有的感受和他人可能正感受到的糟糕感受做对比；或者，将现在的情景和过去已发生的更糟情景做对比；抑或，将当前事件与未来事件可能演变得更糟的情况做对比。社会上永远存在"人比人"的问题。我们通常不会因为自己的愚蠢而悲伤，而是因为觉得自己比周围的人更蠢而痛苦。那么，何不换一种思维模式呢？

小技巧：不要总是记录消极情绪，而是使用"向下比较"的策略。有空时，你也可以阅读一些认知行为疗法的方法，让自己明白，你记录的导致消极情绪的事件，可能并不像你想象的那么糟糕。

### 全神贯注

尝试停止过多的思考，全神贯注，集中心思于当下。想想上次全身心投入去做一件事的时候，你的感觉是怎样的？此时此刻，整个世界都是你的，你失去了对"过去"的追念，不再拥有对"未来"的幻想。你，活在"当下"。

小技巧：一旦全身心投入某事，记录下来。当这样的体验越来越多，你将学会在这个充满各种刺激的复杂时代中，如何集中注意力，做真正的自己。

### 行为表达

自然地将自己体验到的积极情绪表达出来，比如捧腹大笑、雀跃不已等。记住，你的快乐会传达、感染到身边的人。许多年轻夫妻随着年龄的增长，日渐觉得生活无聊，或许是因为他们忘记了如何在彼此之间表达情感。真实地袒露自己，将自己的幽默、对对方的爱表达出来。

小技巧：尝试记录自己生活中的笑话、冷幽默、尴尬情景。

**即逝感知**

提醒自己，时光稍纵即逝，美好的时光总是短暂的，因此要及时享受生活。

小技巧：觉得生活无聊？与亲密朋友聊聊，学习一些享受的技巧或思路。经济学家告诉我们，如何在资源有限的情况下达成最大的效益；心理学家则会告诉我们，如何在财富有限的前提下获得最多的幸福。他人的幸福会让我们发现，原来快乐如此简单。

**盘点幸运**

提醒自己要珍惜所拥有的好运。写下当天感恩的三五件事，会带来更多快乐。知恩报恩是中国佛学院的校训。在现代社会中，利益纷争导致许多人心灵的隔离。为什么不从自己做起，常怀一颗感恩的心呢？

小技巧：写下你感恩的三五件事，例如"今天谁帮助了我"这类。感激多了，会让自己更开心。对那些帮助过自己的人，也可以试试"感恩拜访"，也许会让自己当前的人生有额外的收获。

**避免扫兴**

不要提醒自己需要额外出席的场合和其他需要做的事；避免产生"某个积极事件可能会更好"的想法。

小技巧：记下让自己扫兴的人或场合，并尽量避免接触。

## 小　结

或许你已经很好地为自己缓解压力，但幸福感依然不高，为什么呢？在减压时，你所付出的努力是在应对压力。然而，能够应对压力，并不代表你已经学会了品味生活——这是一种享受生活中积极体验的能力。熟悉以上10种品味生活的策略，或许能使你的快乐更醇厚，更悠远。

# 18

# 心灵十二问*

人生的困惑是什么？如何更好地制订新年计划？如何在大时间周期坚持自己的节奏？如何成为心灵自由的人？

## 逃离世界

### Q1. 劝你逃离这个世界的关注

您阅读了大量文献和书籍，创办了多家公司，还在写书。我想知道，您如何有足够的时间做这些事？

---

\* 本文首次发表于2017年1月24日。

我的生活与多数人不一样：简单。举个例子，我买衣服只固定一两个品牌。又如十六年如一日，我一直居住在公司附近，走路上班。再如我不见人，人来见我，十年如一日。这是我定的规矩。我第一次与人见面，一定是对方来找我，当我判断对方足以成为朋友后，才会回访。这不是矫情，而是有我的考虑。人来找我，这会促使他们在见我前先阅读我的个人博客。我不相信，线上文章相互阅读极少的朋友，能够产生高质量的交谈。

有的朋友可能恰恰相反，他们对他人的关注远超过对自己的关注。他们非常关心最近互联网又发生了什么热门事件，哪个不熟的同事又怎么样了。这样他怎么可能有大量时间去学习与写作？宇文所安有一句话："劝你逃离这个世界的关注"。[1]我非常认同。你无须关注太多八卦肤浅的东西，逃离这个世界，反而能获得一个更大的世界。

### Q2.时事之辩

您是否关注时事？我担心自己可能脱离现实，想听听您的看法。

一个人活着，不可能对时事毫不关心。但我建议，应少做围观者，多做行动者。我曾经做过一个演讲，题目是"心理学的大道与小路"，谈自己当年是如何参与影响中国心理学应用的三件大事。第一件事是马加爵事件，它加速了中国心理教师职业化进程；第二件事是汶川地震，它普及了心理咨询与心理干预常识；第三件是认知科学大众中的普及。

你要尽可能地通过自己的行动去参与大事，而不仅仅是旁观。汶川地震当天晚上，我发起了一个灾后心理支持组织。众多已经成为心理学教授的朋友，当年都是这个组织的志愿者。那时他们不少还是在校学生，但多年后，他们都纷纷成长起来了。在行动中结下的友谊，又促成了大家今天的共事。

用行动来说话，热情地改变你可以改变的，保持一个入世的姿态。但写作则相反，要少写时事。你去读钱锺书、沈从文，甚至以时文著称的鲁迅、胡适，他们流传后世的文章，时事感并不那么强烈。为什么呢？写作是在制造一个好的模因。假如你的模因跟当下捆绑得太紧密了，那么它可能沦为日抛型、季抛型文章。

我在《人的文学》一文中将这类文体称为 IT 评论文。[2] 你会奇怪，这个世界上真的有一批人，对任何产品、任何公司、任何商业模型都了如指掌，每天热点出来后，都能头头是道，振振有词，用强大的逻辑来说服你。你想辩论，还真反驳不过。有很多人的文笔以前很好，但是写这类文章写多了，文笔变得越来越差，有潜力的作家就这样被毁掉了。

还有一些朋友，太着急去做所谓的知识变现。即使你将知识变现做到极致，给整个社会能创造多少产值，能提供多少就业机会？反之，像芒格这种精英，他给整个社会创造了巨大的价值。年轻时尽量选择难一点的事情做，一上来急着寻求知识变现，不一定是好事，可能会把自己的路越走越窄。用王阳明的话来说，就是"言益详，道益晦；析理益精，学益支离无本，而事于外者益繁以难。"³欢乐苦短，忧愁实多。写作还有另一种少为人知的用途：安放自己的心灵。追求作品在时间长河的生生不息，比靠作品卖钱更有趣。

## Q3.第二次青春期危机

成年人如何保持积极的世界观、人生观和价值观？如何处理人生困惑？

我曾推荐过傅雷先生翻译的《人生五大问题》。⁴这本书是法国作家莫罗阿（André Maurois）的作品，讲述的是一些人生的大问题。傅雷先生的译笔优美，值得推荐。我之前也推荐过一些类似的书，如吴静吉的《青年有四个大梦》和彭明辉的《生命是长期持续的积累》等。⁵这些作者普遍真诚，并且都经历过"第二次青春期危机"。

什么是"第二次青春期危机"？这是我在《三十六惑》一文中杜撰的一个词语。⁶12岁到24岁时，你会体验第一次青春期危机，在这个时期，你的心理时钟几乎受制于社会钟。你不需要考虑如何选择自己的时间节拍，社会已经帮你安排好了。你的时间并不属于你自己，你不得不按照社会和学校给你的安排行事。与第一次青春期危机最大的区别在于，在你开始体验第二次青春期危机时，你的身体与时间已经隶属于自己。社会钟已经允许你拥有自己的时间节拍，没有人再来强制你。

如果说第一次青春期危机帮助我们成为自己身体的主人，那么第二次青春期危机则帮助我们成为自己时间的主人。每个人都有自己独特的生活节奏和时间安排。有些人选择按照社会主流的时间周期上班、下班、结婚、育儿，而另一些人则拥有自己独特的身体节拍和时间节奏，他们尽量让时间为自己服务，而不是仅仅为了金钱而出让自己的时间。在人生的不同阶段，我们都面临着如何分配和利用时间的选择。面临第一次青春期危机时做出的选择可能影响我们的生活方式，而在第二次青春期危机时做出的选择则可能影响我们的人生追求和价值实现。

## 简单生活

### Q4. 如何养成好的生活习惯？

若要养成好的生活习惯，有什么建议吗？

我在本书的第11章"建立好的学习习惯系统"中提及的"好习惯"，同样适用于生活习惯。好的生活习惯应该能降低人生的复杂度。最重要的生活习惯是保持一种简单的生活方式。简单的生活意味着不要跟太多的人去太多的地方做太多事，尽可能只跟一两个人在一个地方做一两件事，这样你的生活会变得更为简单。简单的生活方式需要记忆的事物较少，每天规律地生活、工作和睡眠，这样更容易形成自动化的习惯。

按照认知科学家斯坦诺维奇的理论，我们可以将人类的大脑工作机制分成三部分：自主心智、算法心智、反省心智。自主心智除了来自进化习得的适应性模块，还包括情感化反应、习得的自动化反应与条件化反应等。举个例子，人一旦学会骑自行车后，就终生难忘，变为本能，这就是后天习得的自动化反应。这些自动化之后的模式进入人类大脑的自主心智之后，不再挤占"算法心智"部分狭小的"工作记忆"计算能力。这样更容易突破人类大脑的先天局限。

一般来说，30~40岁是人类的创作高峰期，技能已经成熟。此时，专家与卓越者的"自主心智"拥有了大量的自动化模式，他们的"算法心智"的"认知负荷"因此大幅度下降。对于职场新手来说，他们的工作可以被视为"重度脑力劳动"，而对专家与卓越者来说，他们的工作则可以被视为"中轻度脑力劳动"。简单的生活方式，可以帮助我们培养更多的自动化模式，从而降低大脑的认知负荷。慢慢地，我们可以从一位年轻时的"重度脑力劳动者"变为一位"中轻度脑力劳动者"。

### Q5.如何在复杂时代保持简单？

随着时代的发展，我们所面临的环境变得日益复杂。面对这样的时代，我们应该如何应对？

社会发展的一个趋势就是，无论是产品还是事情，都变得越来越复杂。然而，其中相当一部分实际上并无实质意义。若我们将注意力集中于这些事情上,便会逐渐偏离正确的方向。因此,我们宁愿保持简单而清晰的价值观,与少数人保持简单而清晰的关系,坚持做那些简单而清晰的事情,以获得简单而清晰的收入回报。如此一来,我们不易因为那些毫无意义的事情而迷失方向。

那么,哪些事情更倾向简单而清晰的模式呢?答案是那些善的事、创新的事、有助社会公益与人类福祉的事。这些事情大致可以分为三个阶段:个人阶段、团队阶段和生态阶段。个人阶段,我们独自一人坚持做这些简单而清晰的事;团队阶段,我们与一群人共同努力;到了生态阶段,我们的行为开始对上下游产生积极反馈,影响更多的人。

通过这种方式,我们不仅能在复杂的时代中保持简单,还能带来积极的社会影响。

### Q6.怎么制订新年计划?

每逢新年,我们都设定计划。这对个人成长有益吗?请问您如何设定年度计划?

尽可能不要设定过于具体的新年计划,而是选择一个抽象、模糊而富有吸引力的词汇。例如,我在2016年给自己定的词汇就是"柔软"。因为我的性格强势,这一点会影响我管理公司。当我选定了"柔软"那个词汇后,我会有意识地去想:怎样才能让自己变得温柔一些?怎样才能更好地容忍一些看不惯的现象?历史上有哪些以性格强势著称的智者,在人到中年后是如何变得柔软的呢?

这样做的效果还不错。我身边的同事可能会注意到，我的工作风格有所改变。像这样给定一个词语的方法比定一个具体的目标好很多。越具体的目标会让你越关心"可用性"——我在某年一定要达成怎样的成果。因为生活多变，年初设定的计划再美好，年底也经常会被现实打脸。

然而，如果你选择一个抽象、模糊而富有吸引力的词汇作为新年目标，并且这个词汇与你的行为模式相关，那么你就可以从历史上的高手或者身边的人那里学习。到了年底的时候，你的收获会更大。性格决定命运，一旦你的行为模式得到改善，自然会带来更好的结果。

## 人生低谷

### Q7.消极情绪自救指南

我尝试使用柳比歇夫时间法，但在情绪低落时会忽视它。如何快速摆脱负面情绪，避免过度消耗注意力？

这是我的一些建议。

**从时间管理转为心流管理**。我不建议大家做太精细的时间管理，如果你一天花费在时间管理上的时间超过25分钟，意味着你生活的复杂度太高了。请放弃琐碎的时间管理，转而计算每天能体验几次心流。如果你一个星期都很难体验一次心流，那么可能意味着你活得有点累，即使你时间管理做得再精致，依然没有意义。假如你发现自己一天能体验多次心流，例如工作、阅读、写作皆能体验心流，那么你会过得更开心。

**登高山、涉大川、观沧海、与自然一体。**《道德经》中有一段话，我曾反复吟诵，赞赏不已，它谈尽了人情世故与求知真相。

> 夫物芸芸，各归其根。归根曰静，静曰复命。复命曰常，知常曰明，不知常，妄作，凶。知常容，容乃公，公乃王，王乃天，天乃道，道乃久。[7]

我把这段话转译为认知科学的语言，意思是：（1）不要"作"，避免无谓的、过度的行动或反应，特别是那些基于短视和冲动的决定。（2）有理性思维才算真正聪明，仅有高智商是不够的。（3）高理性思维符合自然之道，能规避风险。（4）怎样提高理性思维？致虚与守静，即清空杂念和保持内心平静，这有助于我们更专注和根据自己的意愿做出决策。（5）仅凭理性思维还不够，还需要同理心和灵性。同理心源于换位思考，而灵性则源于登高山、涉大川、观沧海，与自然一体。

人陷入重度消极情绪时，仅凭理性系统难以逃出樊笼。你需要借助环境的力量。中国古代大儒修炼之旅，总是少不了登高山，涉大川，观沧海，在与大自然融合的过程中，提升胸怀。现代科学诞生后，心理学家普遍发现中国古代大儒修炼之道的优雅与正确。这种幸福的状态,美国心理学之父威廉·詹姆斯将其定义为"灵性"(Spirituality);心理学家乔纳森·海特在《象与骑象人》一书中将其称为"提升感"(Elevation);积极心理学之父马丁·塞利格曼在 *Flourish* 一书中,以及科瑞·凯斯与海特在 *Flourishing* 一书中,将其定义为"茂盛感"(Flourishing)。[8]

**承认消极情绪的力量**。在远古时代,人类面临的是来自生存的挑战。在我们的基因深处,铭刻的是人类祖先在远古时代对洪水、饥饿、短命、毒蛇的记忆。这些记忆进化而成的情绪,则是人类面临的三大怪物:抑郁、焦虑、恐惧。这三大情绪怪物跨越远古穿越至今,成为今天人类心理疾病的重要来源。消极情绪对人类的进化意义主要体现在警惕和生理唤醒上。承认消极情绪的力量,并不一定是坏事,它能够让你意识到自己与众不同的一面。不妨思考:这一次的低谷对我有什么启发?我能不能将它作为人生的关键节点?

## Q8. 如何克服行动瘫痪?

我在日常生活中经常感到行动瘫痪,严重拖延,意志力弱。有没有方法防止和克服这些弱点?

很多人有个思维误区,认为失败是成功之母,其实甜头才是成功之母。人之所以容易产生行动瘫痪,是因为你尝到的甜头太少了。做一件事尝到了甜头之后,才会激发更多的行动欲望。那么,如何让自己尝到更多甜头呢?这就需要我发明的一个术语:最小行动。尝试降低自己的认知负荷,从最简单的行动开始。例如我提倡的"卡片大法",它就是一种阅读与写作的"最小行动",写文章费劲,不妨先写卡片。

再举个例子,关于与人交流的最小行动。如果想要获得持续成长,不至于三分钟热度,要养成的最小行动是什么?是形成信息闭环。一方面是自己形成信息闭环。假设你参与某个项目,认领了其中的任务,那么,无论该任务完成得是好是坏,及时反馈给项目负责人,这就形成了一个对自己负责的信息闭环。

另一方面,在你与他人沟通时,也需要形成信息闭环。这是大家容易忽略的。跟任何人的交流,从发起到结束,有个明确的边界,需要有始有终。如果刚开始的时候,你和他人形成的信息闭环在你的认知能力以内,那么你就更容易完成任务。即使偶尔超出你的舒适区,借助第三方的力量,你也能完成。因此,形成信息闭环更易克服行动瘫痪,尝到甜头。

### Q9. 如何在大时间周期坚持自己的节奏

> 您现在的工作与生活节奏与刚毕业时有何区别?

刚毕业时我住在公司附近,今天我依然住在公司附近。刚毕业时我白天以上班为主,因为当时我从事的是管理咨询工作,主要的工作内容是与客户交流,另外还需要阅读和写作;晚上回到家,则以写代码与维护自己创办的一个网站为主。

刚毕业和现在的工作节奏第一个大的变化是,现在代码写得越来越少了，把更多的精力放在产品与管理上。第二个大的变化是，现在所做的阅读与写作，跟谋生的关系更小，跟兴趣的关系更大。第三个大的变化是，无谓的应酬越来越少。刚毕业时，有些人找我吃饭，碍于情面，我不得不去，但是今天如果我不想参加什么聚会，多半能推掉。总的来说，如果你希望在大的时间周期内坚持自己的节奏，你需要坚持管理心流而非管理时间。个人精力的分配应始终向内在动机倾斜。

## 心灵自由

### Q10. 快感与美感

您的思维方式似乎与他人很不一样，能否以写作为例来阐述一下？

绝大多数人写作是为了追求快感，不管是自己感觉爽，还是让读者感觉爽。然而，这从来不是我的追求。我的写作追求美感而非快感。

制造快感容易。或者简化世界，取其一端；或者利用对立，引发情绪；或者追逐热点，鸡飞狗跳。美感则不一样。"人言头上发，总向愁中白"——这是千年前的辛弃疾写的。[9] "寂寞流泪，身如浮萍，断了根，若有水相邀，我也会同行"——这是千年前的日本诗人小野小町写的。[10]时隔千年，每一个字都认识，每一个字都读得出来，千年前的美感依然会击中你。

发现那些精妙思想、妙曼文字，细细品之，成为自身底蕴。这些美好的事物，看似无用，但能直抵真实世界的最复杂之处，反映人性最微妙的一面。如果说追求快感的作者是写情色小说的无名作者，追求美感的作家则是写《洛丽塔》的弗拉基米尔·纳博科夫（Vladimir Nabokov）。[11]如何提高审美？最好的方法就是与时代保持一定的距离，回归古典和自然。我无数次地赞扬《古诗源》，但只有极少数学生真的去背诵它。我曾引用过《古诗源》中的"白云在天，丘陵自出"：

白云在天，丘陵自出。
道里悠远，山川间之。
将子无死，尚复能来。[12]

翻译一下："无论时光怎样变换，白云都缭绕在山间。只是来时的路很远，又隔着千山万水、逆水行川。如果你还活着，你能再来看我吗？"白云在天，丘陵自出！多美！这就是古人对待爱情与死亡的态度。即便人类进入太空时代，"白云在天，丘陵自出"依然能被后人"秒懂"。这就是美！

### Q11. 众乐与傻乐

如何保持个人的多样性？

你可以构建一个你是唯一主宰的精神世界。一个简单的方法是，可以故意写一些朋友圈注定不会转发的文字。这里介绍一种我用来挑战读者的方法。当读者将我的身份锚定为认知科学家，看到我经常写认知科学类文章时，我会故意暂停几个月不写这类文字，转而连续发一些可能让读者困惑的文学类、编程类文章。

因此，读者不得不重新审视他们对我原有的认知。有意识地打破他人对你的思维定式，故意颠覆自己的"个人品牌"，这是获得多样性的第一步。同样，我对那种单一身份的人一向敬而远之。一旦这个人过于依赖组织身份来定义自我，那么，我只能与此类人保持"交易关系"，公事公办。

多数人发朋友圈无非三类内容：自己是个好人；自己参加了某个"好"的活动；自己做了件"好"事，如读了一本好书或分享了一篇值得转发的文章。朋友圈或者说个人博客还有另一种写法，那就是完全不考虑读者感受与社会评价，只为自己图个乐，我将其称为"傻乐模式"。每一位由内在动机驱动的人，都应该学会自己玩自己的，自己跟自己傻乐。

当你一天中的大部分时间都在做自己感兴趣、享受其中并能带给你内在满足的事情时，你会经常发现自己不自主地笑出声，甚至扭动身体，以此来表达难以言表的兴奋之情——可能是读到一段精妙的文字，听到一首优雅的音乐，或者是见证了某个里程碑事件。

## Q12. 此心光明，亦复何言

我相信大家都对心灵自由和财富自由有所关注。那么，我们应如何将所学的知识转化为实践,以获取普世智慧并创造更好的未来呢?

用积极心理学创始人塞利格曼的话来总结,普世智慧涵盖了人类的六大美德和24种人格优势。这是我创办的开智大会的命名参考之一。每年开智大会的主题就是从人类美德中随机抽取两个不同类别,形成冲突。例如首届开智大会的主题是爱与智慧,第二届的主题是美与好奇。爱、智慧、美、好奇,都是普世智慧,但你知道得再多依然很难转化为行动。

普世智慧是以数万年为单位在自主心智中沉淀下来的,它是人类的基本模因。每个时代,普世智慧也许一样,但高阶模型大不相同。例如,在21世纪初,要获得爱与智慧,你要知道脑与认知科学中的各种模型,例如工作记忆、必要难度、三重心智模型等。比追求普世智慧更重要的是理解一个时代的高阶模型。从理论转换为实践最难的是,有很多人一生没有太多实践高阶模型的机会。那么,我们应该如何去创造实践的机会呢?本书的前文中,介绍了王阳明与芒格的做法,前者是借助讲学来进行思想的"压力测试";后者是不断与聪明人交谈以及阅读大量好书。

相比实现心灵自由,实现财富自由更为容易。时代在不断变化,多数前人难以想象互联网会对我们今天的日常生活产生如此深刻的影响。如今,随着NBIC(纳米、生物、信息、认知)四大科技的发展,各种创业机会层出不穷。目前人类正处在又一个认知跃迁的重要历史阶段。在这个时代,人类和新诞生的人工智能一样,都在变得日益强大。借助于可以编辑基因的CRISPR这类技术，越来越多的算法会在人类出生前提前植入人体基因内部。借助于让大脑透明的Clarity技术、能打开或关闭神经元的光遗传学这类技术，人类开始操纵记忆，重塑大脑。

通过利用信息不对称和智力不对称，一个人就有可能获得巨大的财务回报。然而，在任何一个时代，能像王阳明一样，在生命的最后阶段感叹"此心光明，亦复何言"，并真正实现心灵自由的人，始终是极少数。在任何一个时代，我们都不应低估对抗异化所需要的时间。父母"有毒"、社会"有毒"，有毒的环境总会刻意挑选各类固化它的人与媒体。培养独立思考能力，欲速则不达，你需要为自己预留更为漫长的时间周期。心灵自由与财富自由相互佐证，你需要有一种能独立谋生的技能，而这种技能不应依赖于他人。请记住，在追求心灵自由的路上，你曾经的踌躇、挣扎、崩溃、慢跑、狂奔，都是你最美好的回忆。

# 04

## 第四部分

# 创作之思

# 19

# 灵魂选择自己的伴侣[*]

每一位创作者都是异类,成为创作者意味着走上一条与众不同的道路。那么,异类如何更好地保护自己的内在动机呢?

## 我必须徒步穿越太阳系

### 从前有一位女孩

从前有一位女孩,16岁时父亲因肺结核去世,家庭陷入贫困。不幸的是她也感染此病,一生备受病魔和贫困摧残。有时窘迫到不得不出售自己的香水和衣物,去换取写作用的稿纸。

---

[*] 本文首次发表于2016年10月17日。

这样热爱写作，带来的又是什么呢？她一生贫困交织，31岁因肺结核与营养不良离世。其间她出版了四本诗集，却并未得到好评。可以说，在对她的所有评价中"有趣的傻瓜"是最好听的一个。

放眼现在，如果你既穷又无名，你会面临什么问题？我在一个问答网站用"月薪三千"进行搜索，可以看到一系列的提问，例如"月薪三千如何白手起家""月薪三千怎么追求白富美""月薪三千怎么买房""月薪三千如何在北京生存"等。这四个问题都涉及追求白富美、财富名声和华服豪宅等外在奖赏。这是绝大多数人的常态思维。

然而，那位女孩的想法与众不同。假设你处在她的位置，贫困无名时，你会提出什么问题？问题会影响我们思考的方向。假若你仅仅关注问题的"行为和现象"层面，缺什么补什么，收入不高就拼命赚钱，你是否真的能如愿以偿？你得到的可能仅仅是两倍的启发。假若你关注问题的"关系和结构"层面，例如，如何借助"贵人"与"城市"来获得好运，那你可能获得十倍的启发。然而，很少有人会站在问题的"心智和文化"层面思考。这就好比仅仅关注冰山浮出水面的部分，却忽略了水平线下庞大的冰山底层。那么，在这个"心智和文化"层面，最重要的又是什么呢？这位女孩的答案是：更热烈地活着。

### 存在的胜利

19世纪末，肺结核的死亡率很高，因此她很早就意识到生命短暂。如果说多数人在贫困无名时，选择名与利等外部奖赏，而她则

选择了另一种生活——热烈地爱与热情地创作。越是生命随时可能终止,她就越是热情地活着。以下是她的一首诗:

### 诗1——存在的胜利

我怕什么?我是无穷的一部分。

我是所有伟大力量的一部分,

千百万个世界之内一个孤独的世界,

如同一颗最后消失的一级的星星。

活着的胜利,呼吸的胜利,存在的胜利![1]

在诗人眼中,虽因肺结核,活着不易,每次呼吸都是胜利,但"我怕什么呢?"我就是伟大;我就是一个世界!我终究会迎来"存在的胜利!"诗人推崇尼采,张扬个人意志。诗歌中充满了自由、太阳、星星、上帝、先知等意象。在诗人笔下,人类始终不是渺小的,你可以像周末远足一样,简简单单地穿越太阳系。以下是她的另一首诗:

### 诗2——我必须徒步穿越太阳系

我必须徒步穿越太阳系

我预感到了这一点

宇宙的某个角落悬挂着我的心

火从那里迸溅,振动空气

并向其他狂放的心涌去[2]

你猜出这位女孩是哪位诗人了吗？她就是被誉为北欧最伟大的女诗人伊迪特·索德格朗（Edith Södergran）。她在世时默默无闻，离世多年后，作品才被重视。让我们一起欣赏她的一首名作：

### 诗3——星星

当夜色降临

我站在台阶上倾听

星星蜂拥在花园里

而我站在黑暗中。

听，一颗星星落地作响！

你别赤脚在这草地上散步

我的花园到处是星星的碎片[3]

在她的诗中，你不再只是仰望星空，星星成了你的小伙伴。你可以和它们一起玩耍，在花园里，你要把脚步放轻放慢，避免踩到脚边的星星。

## 灵魂选择自己的伴侣

人们经常将索德格朗与另一位美国诗人艾米莉·狄金森（Emily Dickinson）相提并论。例如，两人都有身体疾病，前者患有肺结核，后者有胃病；两人都不热衷人际，索德格朗疏于社交，狄金森则在三十来岁生命最盛之际选择离群索居，独身不嫁。两人更大的相似也许在于，她们都注重成为由内在动机驱使的人。狄金森正是《灵魂选择自己的伴侣》的作者，让我们一起来读这首诗：

### 诗4——灵魂选择自己的伴侣

灵魂选择自己的伴侣，

然后，把门紧闭，

她神圣的决定，

再不容干预。

发现车辇在她低矮的门前，不为所动，

一位皇帝跪在她的席垫，

不为所动。

我知道她从人口众多的整个民族

选中了一个，

从此封闭关心的阀门，

像一块石头[4]

两人气质类似，索德格朗"徒步穿越太阳系"，寻找悬挂在宇宙某个角落的心，呼唤"存在的胜利"；而狄金森始终坚持"灵魂选择自己的伴侣"，皇帝跪在你的面前，不为所动。

当然，这只是理想状态。在现实生活中，穿越太阳系时你可能会遇上太阳黑子风暴，步入迷途。更多的人会为名利所动，对权势人物趋之若鹜。那么，如果你愿意成为一名由内在动机驱动的人，你应该如何更好地保护你的内在动机呢？你可能已经知道要从兴趣与好奇心出发，也可能已经了解"自我决定论"，但在这里，我将分享三个你可能不太熟悉的策略，以帮助你更好地保护内在动机。

**可供性**

在讨论产品设计时，人们常常注重的是产品的可用性，却忽视了另一个概念——可供性。可供性与可用性不同，它并不关注产品具有什么功能，而是关注产品是否能提供新的可能性。举个例子，你可能主要把微信群当作一个聊天工具来使用，但实际上，微信群还具有一个新的可供性——它可以转变为一个集体共创平台。基于微信群的头脑风暴与集体协作，曾经诞生过一本《追时间的人》。[5]

从"可用性"到"可供性"，意味着更突出生命主体的价值。从关注"自己的作品有什么用"转为"自己的作品有什么不一样，是否能提供新的可能性"。举例来说，假设在你16岁到31岁这段时间里，你出版了四本书，但没有得到太多好评，当代的人们也并不理解你的作品。如果你过于关注这些作品的"可用性"，那么你很可能失去原本能够获得的东西，被"外在动机"驱使。北欧女诗人索德格朗坚持自己的写作方式，她并不关注自己作品的"可用性"，却因此获得了更多的"可供性"——她一生创作了大约两百首诗歌，其中不少已经成为北欧文学的经典。

### 演绎法

对于年轻创作者来说，困难的地方并不是坚持内在动机，而是作品得不到反馈，不知道自己是对是错。因此，你需要借助"演绎法"，掌握一套不需要依赖任何第三方评判自己作品的方法论。

问题会改变思考的层面。假设你将问题定义在"行为和现象"层面，此时，你会收集到大量现象，例如有的现象涉及ABC三点；有的现象涉及123三点。伴随信息过载时代的来临，现象日益层出不穷，你需要收集的现象越来越多，整天疲于奔命。

举个例子，你要学习人格与社会心理学，这个主题的畅销书如此之多，你可能会把它们全都买来。第一本讲二十个知识点，你写了十几篇读书笔记；第二本书你又写了十几篇，之后你开始疲倦，不再做笔记。

然而，以上学习路径仅仅代表了归纳法。绝大多数人忘记了，理解知识有两种方法，第一种是归纳法，第二种是演绎法。原本两种方法相辅相成，互为表里。现在的人过于强调归纳法，却忘记了演绎法。

**什么是演绎法呢？它是从体系、模型与框架入手**。举个例子，我使用科学计量学的手段分析了人格与社会心理学中的若干本顶级期刊。你会发现，对人格与社会心理学领域贡献最多、论文被广泛引用的学者，通常不会超过100人。

找到这100人之后，假设每位核心学者，平均写100篇论文。继续按照二八法则，每位学者的论文中真正值得阅读的，仅仅20篇

## 19·灵魂选择自己的伴侣

而已。所以在人格与社会心理学领域,值得阅读的经典论文,可能是2000篇。这2000篇会相互引用,相互打架,最终合并同类项,实际贡献的核心原创术语可能会是数百个。

从源头入手,借助第三方数据进行演绎,放弃低效的归纳法,这样可以更快地明晰学科知识图谱。反之,低效的归纳法学习会如何呢?有一本畅销书叫《清醒思考的艺术》,这本书总结了52种认知偏差。[6]读这类书非常低效。你把这52种认知偏差背得滚瓜烂熟,但只要有一个文笔更好的作者写了一本新书,假设这本新书只写了36种或者42种认知偏差,你就得重新整理你的知识体系。

无论是最初的52种认知偏差,还是之后的36种或42种认知偏差,最核心的源头知识都来自少数研究者的贡献。因此我们不仅要掌握归纳法,更要掌握演绎法,借助体系、模型与框架,提升思维品质与学习效率,这是要提醒大家修正的一种学习习惯。

掌握演绎法,为什么会有助于保护自己的内在动机?很多人在年轻时,恨不得给自己找一个人生导师。每到一个社会大变革时代,思想混乱,信仰缺失,精神空虚,青年导师就会变得格外流行。就像鲁迅所言:

> 青年又何须寻那挂着金字招牌的导师呢?不如寻朋友,联合起来,同向着似乎可以生存的方向走。你们所多的是生力,遇见深林,可以辟成平地的,遇见旷野,可以栽种树木的,遇见沙漠,可以开掘井泉的。问什么荆棘塞途的老路,寻什么乌烟瘴气的鸟导师![7]

有的创作者缺乏自信，不确定自己的作品好坏，急需得到他人的反馈。与之相反，成熟的创作者掌握了一套不依赖他人评价、可以自我反馈、不断进行练习的方法论。正如巴菲特从他的偶像本杰明·格雷厄姆（Benjamin Graham）那里获得了一生中最好的商业建议是："你是对是错，并不在于别人是否认同你。你之所以正确，是因为你依据的事实正确无误，你的推理正确无误。"[8]

那么，如何获得这套方法论呢？多数时候，你需要借助演绎法。我曾经给学生介绍过一个不借助他人反馈、提高写作能力的方法，就是找到一些中文名家，例如张爱玲、余光中翻译过的英文作品（《老人与海》等），然后你尝试翻译看看，再将自己的翻译与张爱玲、余光中的翻译对比。[9]这样你就能马上明白自己的写作水平如何。整个过程，你无须依赖任何他人评价。

你越熟练地掌握演绎法，就越不需要任何青年导师，也不需要来自他人的评价或反馈。因为整个信息求解过程，是你独立完成的。通过演绎法，提高个人信息求解能力，摆脱来自他人的评价，借助历史上的高手与第三方客观数据来考量自己的进度，获得反馈。这是一种巧妙地保护内在动机的做法。

### 反常识

索德格朗在世时，并没有按照当时的社会习俗度过一生。每一个时代的"常识"，都意味着这个时代的"认知边界"。它通常是一代又一代传承下来的，帮助人们降低认知负荷。

但是，保护自己的内在动机，走上一条林荫小道，意味着单单掌握常识还不够，你要学会掌握更多"反常识"的知识。依据社会常识，父母通常会告诉你要兼顾名利与兴趣，如果你此时坚持为内在动机而活，那么你会不断地质疑自己。当你读遍历史上所有伟大智者的故事，发现几乎所有人都是遵从"内在动机"而活，你获得了足够多的证据，那时你会更相信自己的选择。

假设你像芒格创建栅格模型一样，求解出每个时代最重要的高阶模型，可能有成千上万个。事实上，你掌握其中数百个，就可以过上理性的一生。[10]每个高阶模型都将突破你的既有认知边界。如果你总是采取最舒适的姿态学习，那么，输入时容易，未来提取时就会变得困难。反之，如果你通过一手论文与经典图书获取高阶模型，虽然输入时有点难，但未来提取时就会变得更容易一些，这样才能摆脱"听过很多好道理，依然过不好这一生"的悲剧。你可以平时不断撰写"新知卡"，整理各种反常识的学习材料证据，然后用这些鲜活证据来一步一步地拓展自己的认知边界。[11]

## 假如我拥有一座大花园

### 当索德格朗遇上狄金森

虽然狄金森与索德格朗两人气质类似，但她们并非同一个时代的人，且分别生活在美国和北欧。不妨设想一下，当索德格朗遇上狄金森，会发生什么？

索德格朗其实回答了这个问题。她当时没有得到同时代的人的肯定，但是她有一位知音，叫作黑格，对她的诗歌给予高度称赞。这种心理支持，对一位热情的创作者而言，意义颇大。时隔多年后，两人第一次真正见面，索德格朗写了一首诗，赠给黑格：

### 诗5——春天的秘密

姐姐，

你像一阵春风穿越山谷而来……

阴影里的紫罗兰弥散着温馨的满足。

我要把你带往森林最温馨的角落：

那里我们将互诉衷肠，述说如何见到上帝。[12]

在森林最温馨的角落，索德格朗将与姐姐互诉衷肠。假设索德格朗和狄金森两人在一起，她们也许会共同建造一个异类大花园，隔绝世界的喧嚣，这或许能带给人类一种新型的生活方式：

### 诗6——大花园

我们都是无家可归的漂泊者，都是兄弟姐妹。

我们背着包裹，衣衫褴褛，与我们相比，权贵们又拥有什么？

黄金不能衡量财富，随清风向我们涌来

我们越是高贵，我们就越明白我们是兄妹

我们只有付出自己的心灵，才能赢得自己的同类

假如我拥有一座大花园，我会邀请我所有的兄妹

>他们每人都会从我这里得到一份贵重的礼物
>没有祖国，我们会变成一个民族
>我们将在花园四周修筑篱笆，隔绝来自世界的喧嚣
>我们恬静的花园，会给人类带来一种新型的生活[13]

### 人类学习的三大隐喻

在开篇，我们强调了"问题会改变思考的层面"，那么，在你刚成为创作者时，你需要在异类大花园中不断学习。在思考学习时，有何启发呢？

假设你仅仅关注问题的"行为和现象"层面，它给你带来的改变可能不大。你的问题可能是"课程"——去哪里找到能够教会自己学会编程与写作等创作者技能的课程？

如果希望获得十倍的改变，你的问题可能马上变为"学习共同体"——去哪里能够找到一个聚集足够优质的学习组织，能够让自己被动式进步？这是问题的"关系和结构"层面。

但是，真正能够带来一百倍的改变，你需要关注问题的"心智和文化"层面，这就需要你采取完全不同的成长方式与隐喻思维。人类的学习有三大隐喻，不同的隐喻带来了不同的成长方式。

**第一个隐喻是获得——学习是获得知识**。这是大学毕业前，你最熟悉的一种教育方式。在这种隐喻看来，学习就好比一个管道，知识从老师的头脑中输入到你的头脑中。这是我们在工业时代，以车间流水线为标杆所习得的一整套教育制度。

**第二个隐喻是参与——学习是参与的过程**。目前，从小学到大学，所有的教育方式都受制于第一个隐喻，即学习是获得知识。而学习科学的一种流行的观点是：学习是一种参与。在学术上有两个重要源头：认知建构论与认知学徒制。在这种视角下，强调学徒制、学习部落与实践社群。各类学习型社群越来越流行，但是我个人一直对这种观点打一个问号，没有输出的聚集，只会导致信息过载。

　　**因此，你需要第三个隐喻——学习是为了创作**。你可以想象自己像一棵树一样生长，刚开始有一个种子，慢慢生根发芽，成为你与这个世界对话的根基。在如今这个信息过载的时代，我更强调第三种隐喻。即使是刚开始学习，你也需要考虑创作。从一开始，就不断追问自己：我的作品是什么？

## 小　　结

　　灵魂选择自己的伴侣，少年选择自己的城市。异类需要与异类在一起。身处时代大变局，胸怀大志者当与智者同行，与勇者相互鼓励，与仁者构建同辈信任，从而不惑不惧不忧。预测未来不如一起创作未来，欢迎你，新的创作者。

20

# 杠杆与风险[*]

## 1

人生际遇，得失沉浮，或是定数，或是偶然。若以俗人眼光观之，大体相似的起点，总有人发展得更好，总有人不尽如人意。人到中年，有的开始认命，有的黄金时代才刚刚开始。但以概率观之，认命者多，35岁后脱颖而出者少。是什么原因？

我曾强调坚持内在动机与自己的节拍；也曾强调如何从文化资本层面突破阶层局限；还曾强调AI时代感性之于人类的重要。而本章想强调的是：杠杆与风险。

人有三种维度的存在：生物的、社会的、心灵的。**第一种是生物层面的存在**。人首先是作为一种动物，存在于这个世界。我们狩

---

[*] 本文首次发表于2019年4月21日。

猎采集，我们农耕劳作，我们呼吸进食，我们生病康复。我们的身体遵循自然界的规律，经历生老病死。**第二种是社会层面的存在。**人也是群居的社会性动物，存在于这个世界。我们爱与被爱，我们承担形形色色的职责，我们建立规则和法律来维系社会秩序，我们创造文化与艺术来表达自己。我们在社会关系中寻求归属感，获得认同和尊重。**第三种是心灵层面的存在。**心灵的存在使人类超越了生物学和社会的限制。我们理解自己，我们探索梦境，我们追逐真善美，我们追求与更大的宇宙、社会、自然、历史融为一体。上古巫师祭天，春秋时期的孔子带着弟子周游列国，宋明时期书院盛行，朱熹、王阳明等人不断讲学。总有一些人，至今依然深深地影响着我们的观念、文化和习俗。

## 2

生物存在，不过百年；社会存在，冷暖自知；心灵存在，旧时王谢堂前燕，名垂青史者总是少数。但总有人脱颖而出，取得了远远超出多数人的成就。细细观之，历史上各类智者伟人，都是善用杠杆之人。给我一个支点，就可以撬动地球——合适的杠杆，帮助人们超越世俗与自我。人有三种存在，人亦有三种杠杆：时间的、他人的、个人的。

首先是时间的杠杆。我们可以对比三类人。一类人是体力劳动者，他们的工作模式是按时长去获得报酬。随着年岁的增长，体力下降，获得稳定报酬的难度也会增大。一类人是绝大多数白领，按月稳定地获取报酬。再看最后一类人，如企业家或畅销书作家，他们的收入并非均匀分布，而是来自某个时间周期内的杰出成就，例如，某个公司的股权变现或某本畅销书的版税收入，整个时间周期通常长达数年甚至十余年。

其次是他人的杠杆。很多人有一个错误的理解，认为25岁到35岁的时候加入一个大型公司会更有优势。而一个有趣的事实是，多数大型公司的创始人并非出自大型公司。另一个有趣的事实是，多数取得杰出成就的人并不采取与众人相同的路线。他们远离毕业时同学们普遍选择的阳光大道，走上了自己的林荫小道。比管理多少人更重要的是，你究竟影响了多少人？例如，写书可能影响10万名读者或者影响100万名读者；创办公司可能影响千万名用户或者一亿名用户，各有不同。

## 3

最后，我们来谈谈个人的杠杆。在这方面，人们的误解颇深。简单来说，个人杠杆是一个时间分配策略的问题。绝大多数人，只顾去追求一个个目标，但是没有形成一个稳定的时间分配策略。时而说要学英语，时而说要读完100本好书，时而说要健身、跳舞。

如果我们将由个人技能形成的作品进行一个粗略的归类，我们会发现，作品的形态可以归结到两组维度：语言的与运动的、主导的与配合的。举个例子，写作是语言的，而舞蹈是运动的。管理是主导的，家政服务是配合的。

如果你始终在不同作品形态中摇摆不定，没有形成稳定的时间分配策略，最后在每一个领域上都无法和他人拉开明显的差距。那么，你就很难形成个人杠杆。

# 4

对应三种杠杆，亦有三种风险：时间的风险、他人的风险、个人技能的风险。

**先说第一种风险：时间的风险**。时间杠杆强调的是一个人的时间分配策略与工作性质之间的匹配。为什么程序员普遍面临35岁困惑，而教师、作家、医生却并不明显？核心在于，这些职业究竟是与什么变化频率的东西打交道？人的平均寿命是75年；一篇小说的生命周期可以是1天到数千年；一个程序的生命周期可以是3个月或30年。[1]

《周易》有云，与天地相似，故不违；知周乎万物，而道济天下，故不过；旁行而不流，乐知天命，故不忧。[2]

**再说第二种风险：他人的风险**。《周易》亦有云，德不配位，必有灾殃。[3]按照我当年研究中国人婚恋行为时提出的角色策略理论来说，德、配、位，这是分析中国人的人际互动三要素。

什么是"德"？就是你使用的策略。什么是"位"？就是你在社会上扮演的各类角色。什么是"配"？即，角色与策略之间的动态匹配程度。举例，穷小子灰姑娘装清高，这是角色对了，策略对了。但是，如果穷小子灰姑娘装"大款"，这就是角色与策略不匹配。

成年后，你可能面临多种多样来自他人的风险，包括职场竞争、情感欺骗、财务诈骗等。如果追溯源头，这些风险有很大一部分是由那些德不配位的人引发的。如果你的社交圈中有很多这样的人，并且你经常与他们交往，他们在你的信息获取、注意力分配以及财务往来中占据重要位置，那么你迟早会碰到或大或小的麻烦。正如古人所言，"君子不立危墙之下"，那些德不配位的人就像危墙，随时可能给你带来风险。

# 5

**第三种风险：个人技能风险。**《周易》云：君子藏器于身，待时而动。[4]又云：备物致用，立成器以为天下利，莫大乎圣人。[5]君子藏器待时，备物致用；反之，小人常常锋芒毕露。才华如利剑，当慎用、不逞能，用在创作上，而不是对骂、逢迎与俏皮话。2012年暑假，朋友们聚会时，我对一位社交媒体上粉丝众多的友人提醒道：小心社交媒体的"自激"。

什么是"自激"？开会时，喇叭里偶尔传出刺耳的尖叫声，这正是物理学上所称的"自激"现象。想象你在用麦克风说话，麦克风捕捉到喇叭放出的声音，然后扩音器将这个声音放大数倍，再通过喇叭播放出来。这个声音又被麦克风捕捉，再次放大后播放……这样的循环往复导致声音不断放大，最终形成了尖叫声。

同样，对社交媒体的迷恋，也在某种程度上，形成一种心智的"自激"。你已经不再属于你自己，而是属于那些粉丝。你们在共同创造一个在夜深人静时你或许已经认不出的"自己"。摆脱会议室"自激"的简单办法就是——拿走话筒。同样，我当时给那位朋友的建议就是：每隔一段时间，离开社交媒体与网络，安心创作。

# 6

时间风险是逆天而行，君子则乐天知命；他人风险是德不配位，君子则终日乾乾；个人技能风险是锋芒毕露，才华早衰，君子则藏器待时，备物致用。

人生起伏，平时不输，大赢时淡定。平时不输，小赢或小亏，才能等来大赢的那一天。大赢时淡定，一方面不贪心；另一方面不得意忘形。保持低调和谨慎，才能让大赢的时间更长，才能迎来更多的大赢机会。

# 21

# 结构力量、颗粒度与机会通道[*]

## 1

在不同场合中,许多学生和朋友向我咨询的问题,常常都会回到职业发展、职业转型和子女养育这三大关键问题上。

从宏观视角来看,职业发展的关键在于把握概率,你需要关注在不同阶段社会化与个性化的核心矛盾。职业转型的关键在于细节的把握,你需要总结自己在上一段职业生涯中喜欢和不喜欢的方面,将这些因素组合成为下一段职业生涯的思考起点。逐步不喜欢替换为喜欢,一步一步地争取在多个人生周期后,在工作中从事的绝大多数任务都是自己喜欢的、胜任的、热爱的。子女养育的关键在于科学,相信现代医学的效率必将优于传统医学。同样,子女养

---

[*] 本文首次发表于2019年9月17日。

育也应循证科学导向，紧跟科学的步伐，抓大放小，关注各个阶段的关键点。

然而，在微观层面会出现无尽的烦恼和焦虑。每个人的问题各不相同，宏观的答案又距离解决问题太远，因此，在中观层面，我给大家三点建议，分别是：结构性力量、颗粒度和机会通道。以下是具体解释。

## 2

什么是"结构性力量"？它是与个人努力相对应的另一种力量。最简单的判断标准是：如果没有你这个人，没有你创办的这家公司，多年后，这个事业是否依然能发展得很好、很大？

针对职业发展，我们分别按照宏观、中观、微观三个层次来看：

» 宏观——看看自己所在的细分领域，十年后如何，是否依然前景不错。
» 中观——先观察组织环境，再审视个人作品，最后考虑家庭结构。
» 微观——分析哪些是可以改变的，哪些是不可以改变的；哪些是可以利用"结构性力量"的，哪些是不能利用"结构性力量"的。

我们在职业发展中最大的误区就是高估个人能力，过于相信个人努力能改变很多事情。但实际上伴随年龄越来越大，你会越来越感到无力。此时，你很容易走向另一个极端：认为命运不可改变，于是过于依赖平台、趋势、威权、名利，开始变得更为功利。

然而，这种做法并不可取。人到中年就应该放弃努力吗？绝不！我们绝不能轻易放弃。在三四十来岁的年纪，多数人已经放弃了理想，那么你的理想主义就是你最大的竞争优势。

"结构性力量"的最大问题是容易成为投机主义者。因此，与年轻时只相信个人努力那种极端相对比，更好的方法是尽量创作那些能够巧妙利用"结构性力量"的个人作品。

个人作品，意味着留下你的印记。而能够利用"结构性力量"，则意味着这些个人的作品能够更好地与社会对接。网络科学家艾伯特-拉斯洛·巴拉巴西（Albert-László Barabási）在其著作《巴拉巴西成功定律》中进行了一些有趣的研究。[1]如果你在竞技类运动这种绩效可以客观衡量的领域，那么，你凭借个人努力即能成功。反之，对于像艺术这样难以区分优劣的领域，你不得不依赖社会主观评价。

# 3

多数人一生从事的职业，通常处在绩效客观评定与社会主观评价之间。在任何行业或领域，都存在某种形式的结构，这个结构由不同的节点构成，这些节点可能是人、组织、论文或著作、软件或专利等，它们之间的相互联系构成了网络。而网络中的某些节点相对于其他节点来说，位置更为重要。

因此，在创作你的作品时，如果能够意识到这一点，有意识地让自己的作品成为这些更重要的节点，那么可能会大大增加你的作品影响力。这种对"结构性力量"的利用，实际上是对信息流动和影响力机制的一种深刻理解和应用。它要求你不仅关注作品本身，更关注作品在自己所在行业或领域中的网络位置。具体如何做呢？以下是四种较为实用的方法。

**你可以识别自己所在领域的关键节点，然后让自己的作品与它们产生联结**。假设你从事的是某个学科的学术研究，那么，你可以熟悉自己所在领域的知名期刊、核心机构、关键学者、高被引论文，并尝试在知名期刊担任编委，在核心机构任职，与关键学者合作，或引用高被引论文。其中一个巧妙的做法是，对某篇或某批高被引论文进行深入研究和质疑。例如，美国心理学家布莱恩·诺塞克（Brian Nosek）等人质疑心理学领域中的100篇高被引论文，结果发现，只有大约40%的研究结果能够成功重现。因此，他发起了开放科学中心（Center for Open Science），提倡实验预注册等改进方法，得到了学界的广泛认可。

**你可以成为一名集展者**。什么是集展者？它指的是以独特的品味和见解，按照一定逻辑优雅地组织与呈现某个领域中的精华内容。以心理学为例，有一类书较为流行，《改变心理学的40项研究》《人性实验：改变社会心理学的28项研究》《改变儿童心理学的20项研究》，它们分别总结了心理学、社会心理学、儿童心理学的重要实验研究。其实，其他学科这类著作也比比皆是，例如，社会学中的《核心社会学思想家》《社会理论二十讲》；经济学中的《智慧资本》《伟大的经济学家》；管理学中的《管理学中的伟大思想》《管理思想史》等著作。这些著作往往容易在某个学科或领域中被广泛关注。

**你可以开发某个学科或领域中的基础设施**。以基础软件为例，英国神经科学家卡尔·弗里斯顿（Karl Friston）开发的软件包 SPM 在脑成像数据处理领域广泛使用。以基础算法为例，美国数学家弗拉基米尔·万普尼克（Vladimir Vapnik）与同事们发明的支持向量机（SVM）在机器学习领域中被广泛使用。以基础数据集为例，李飞飞等人在2009年发布的 ImageNet 视觉数据集，如今在人工智能领域被广泛使用。

**你可以成为某个领域的元研究者**。什么叫元研究者？也就是那些关注科学的科学研究者。假设你从事的哲学相关领域的研究，那么你可以关心哲学的哲学是什么；同样，你可以由此类推，关心史学的史学、法学的法学等等。其中一类较为常见的研究是对某个学科领域的基本命题、学术脉络进行探讨。你既可以进行定量的探讨，对自己所在学科进行科学计量学分析，找到核心学者、核心论文、核心机构并进行排名；你还可以进行定性的讨论，总结自己学科的基本命题及当前学科进展。

# 4

接着说颗粒度。如何理解颗粒度？举两个例子。

第一个例子。思维方式本质上有两种：基于逻辑/抽象/理性/形式的，基于经验/具身/实践/人际的。

那么，我们在20世纪习得的观念是，将前者称之为科学，将后者称之为实践；在19世纪王阳明时代习得的观念是，将前者称之为知，将后者称之为行。

那么，这种分类有什么问题吗？

颗粒度不对。

颗粒度过大，导致解释力有限。而很多人偏偏喜欢在这种大颗粒度下毫无创新地浪费时间来争辩。

历史学可以被认为是科学吗？显然，在不少科学家眼中，它并不算，或许勉强可以归为人文科学。但，历史学家足够聪明吗？足够智慧吗？显然无数历史学家拥有智慧。

那为什么会出现这类悖论？同样在于定义的颗粒度太大，导致推理无效或者推理出现悖论。

第二个例子。如何打败浮躁？如何让自己变得聪明？如何让自己变得成功？这是很多人都喜欢讨论的一个话题。

浮躁、聪明、成功都是颗粒度过大的词汇，我们需要切换到更符合时代发展周期的行为模式，这将帮助我们抓住一些突变型机会，并发展出新的社会评价系统。

模式远比颗粒度过大的词汇更重要。

我曾经做过一个实验，那就是让学生们尝试用词语描绘自己的行为模式。

几乎所有人都以为对自己有足够的认识。但写着写着，合并同义词之后，绝大多数人写不出100个描述自己的关键词，当写到20~40个词时，他们就无词可写了，这就揭示了他们对自己的理解颗粒度不够。

如此，怎能奢望自己做出好的职业生涯转型？

更进一步说，前沿的情绪建构论告诉我们，情绪颗粒度对人们的心理健康和幸福感有着重大影响。

什么是情绪颗粒度？就好比一个优秀的作家，其掌握的词汇量远远大于普通人。情绪颗粒度足够高的人，通常拥有数千个情绪词汇来描绘情绪；情绪颗粒度低的人，只有数个词汇描述情绪。情绪建构论的提出者巴瑞特教授建议人们可以通过阅读小说、旅游等方式，不断提升自己的情绪颗粒度。[3]

# 5

最后，说一下机会通道。

说到子女教育，家长需要为孩子创造环境，拓宽机会通道。

绝大多数家长并不太明白如何拓宽机会通道。简单有效的方法是跟着科学走，抓大放小，抓住各个阶段的关键。

举个例子，0~2岁是宝宝发育运动脑的重要年龄段。此时是宝宝最初认识世界的阶段，他的大运动能力逐渐发展，慢慢掌握抬头翻身、独立坐起、爬与走等技能。与此同时，宝宝接触到大量在妈妈肚子里没有接触到的事物，不断将"这是妈妈""这是桌子""这是小狗"融入大脑中，学习新概念。小宝宝需要通过大量的玩耍互动，来理解周围爆炸式的新信息、新概念。

2～4岁是宝宝发育情绪脑的重要年龄段。2岁前，宝宝就发展出自我意识，能够区分自己和他人。这时候，宝宝和妈妈都会发现——宝宝有小情绪了！2～4岁宝宝的情绪，真的让很多妈妈头疼。你一定听说过这一流行说法：可怕的2岁、恐怖的3岁。

而对于4～6岁的宝宝来说，语言脑与智力脑是他们的发育重心。4～6岁的宝宝已经具备相当的语言基础。在宝宝小的时候，你可以通过多与他交谈、多唱歌来帮助他发展语言能力。随着宝宝的成长，你可能会发现他们的语言能力需要进一步提升。同样，对于4～6岁的宝宝来说，包括工作记忆、执行功能在内的智力脑开始显著发育。

很多爸爸妈妈不知道，为什么长大后有的孩子思维敏捷，有的孩子反应迟钝？这与认知科学的"工作记忆"指标相关。那么，什么是"工作记忆"呢？你可以将人类大脑想象为一个简化的输入输出装置。制约这个装置输入输出速率的是工作记忆。它是人类绝大多数能力的瓶颈。那些思维敏捷的孩子，通常在工作记忆上优于反应迟钝的孩子。

很多爸爸妈妈也不知道，为什么有的孩子善于抵制诱惑，没那么容易分心；有的孩子延迟满足能力较差，很容易走神。这与认知科学的"执行功能"指标相关。什么是"执行功能"呢？它是指大脑对自我意识与行为进行监督与控制的各项操作过程。

## 6

机会通道不仅影响大脑发育这类微观层面，同样也会影响宏观层面。例如，某类大型教育公司的兴起可能伴随着某种新的机会通道，就像新东方之于出国留学，好未来之于数学培训。

在机会通道这个问题上，家长最容易出现的问题是什么？

华山一条路。

不少家长忽略了孩子的内在动机，只是简单地按照社会潮流去教育子女。现在流行出国，就送孩子去英语培训班；现在流行少儿编程，就送孩子学编程。

微妙之处在于，外界潮流始终会变化，而孩子有多少时间折腾呢？结果到最后，你给孩子提供的是一套跟随外界潮流而未选择兴趣的行为模式。

孩子能不与同学攀比吗？孩子长大成人后，能不焦虑、不抑郁吗？

更重要的是，你能否让孩子从小明白、辨别、跟随内在动机前进。

这样的机会通道才是真机会、大机会。

成年人绝大多数时候的竞争，不是与高手过招，而是与自己竞争，或者与自己水准差不多的小白竞争。为什么说成年以后，为兴趣工作而非为钱工作变得那么重要了？

道理很简单，三四十岁时，多数人已经拥有支撑温饱的收入。这个时候，要取得杰出成就，通常需要在自己感兴趣的事情上足够投入，然后足够投入又带来足够有品质的作品，足够有品质的作品又带来了足够多的好评，足够多的好评又带来足够多的自信心，从而你会押注更多的人、钱、技术与自己的时间。

成大事者几乎无一例外。选择内在动机不是矫情的心灵鸡汤，而是一种获得竞争优势的必需条件。

这样的道理，很多家长并非不明白，但一旦将孩子陷入社会比较的场景，他们依然会亦步亦趋地跟随外界潮流。

## 小　结

以上是三个中观层面的小建议：在职业发展上，尽量创作那些能够巧妙利用"结构性力量"的作品；在职业生涯转型时，尽量提高对自己、职业、社会的认识颗粒度，创意组合出最佳路径、最佳职业、最佳模式；在教育子女时，尽量培养他们从小就成为内在动机驱动的人，在这条大机会通道上发展，而非在人人拥挤的小机会通道上竞争。

# 22
# 用作品获得更好的收入[*]

## 1

为了获得更好的收入，你需要关心作品。

收入依赖两方面因素，要么依赖作品——例如书，这是典型的作品；要么依赖平台——通过管理一个团队，或者参与创作一个新作品，或者把他人创作的作品卖得更好、销量变得更大。这是收入的根本来源。

作品和平台不同。假如你是管理咨询师，在管理咨询公司写的PPT报告、撰写的项目方案是作品，管理咨询公司是平台。假如你是程序员，你在科技公司写的程序就是作品，而科技公司就是平台。

---

[*] 本文首次发表于2022年2月23日。

作品与平台对获得更好的收入来说，都很重要。今天我们更关心作品。21世纪的趋势是，平台越来越不可靠，除非你在平台里尽可能成为一个不可取代的角色。

# 2

作品有很多种，总有一款适合你。

人们对作品的一大误区是存在刻板印象，把作品过度简化。作品有多少种，收入的来源就有多少种。比如，图书是一种常见的作品形态。但是不少人一谈到出书都以为是学术专著或者小说散文集。

书有好多种品类。除了常见的学术专著、小说散文集，还有图解类的、名词解释类的、实际操作类的（计算机类图书绝大多数都是这一类）、资料汇编类的、绘本类的。

21世纪很多内容都可以成为作品。表情包也是作品。2021年有一个很火的案例，一个数字艺术品给创作者赚了上千万元，这对创作者来说无疑是一份额外惊喜。[1]各类互联网平台里面的音视频文件也是作品。

没有作品，何来收入？只是，这个世界上，作品的种类远远超过你想象。世界很大，总有一款作品适合你。

## 3

作品是基于你自身的积累而得的，而不是基于你与他人的比较。

寻找适合你的作品类型，不要忘记自己过往的积累。有不少积累，与你当下所处的环境相比，并不处于优势。假设你在一个员工普遍高学历的公司中工作，那么，你可能并不觉得自己的学历是一种积累。

其实不然。换一个角度，你过往所有付出过的努力、积累成功的一些东西，从学历、证书到某些特殊技能，都可以构成你的作品的要素。

## 4

为自己的作品选择一个恰当的收入结构。

作品，不仅用来自己欣赏，还需要步入社会流通，才有可能给自己带来爆炸性收入的机会。

一旦作品开始在市场上交换价值，那么，你就需要为自己的作品设计一个恰当的收入结构。

一般来说，有一次性收入、分成收入两种常见的形态。要尽可能根据你的作品的实际情况来看。如果一次性收入太低，你可能会更倾向于选择分成收入，后者至少还有未来的可能性；如果分成收入较为不确定，你可能更倾向于选择高一点的一次性收入。当然，一种常见的收入结构是一次性收入搭配分成。

如果收入结构设计得不恰当，可能会影响你的创作热情。例如，有些作者因为第一本书的经济收益不佳，就放弃写作。其实，你需要对自己的未来更有耐心。不少作者都是这样的，第一本书第二本书试水，可能挣不到钱，但是极有可能第三本书、第四本书一下就爆发了。如果第一本书、第二本书当时选择了分成的方式，那么未来第三本书、第四本书爆火之后，第一本书、第二本书分成的方式还会给你带来源源不断的收入。

# 5

稳定的输出比一上来就追求极致的输出更重要。

追求极致输出的人，可能输出并不稳定。你要尽量成为能够稳定输出的人，而不是一味地追求极致输出。到了最后，极致输出多半源自稳定的输出。

假设有两位诗人，一位能够持续创作三千首诗，一位一辈子只有三首精彩的诗。在同一个时代，能过得更好的人可能是前者，而不是后者。

那么后者的意义在哪里呢？如果历史上再出现一位能够持续创作三千首诗的人，并从后者身上获得很大的启发，那么他可能会对后者推崇备至。但那三首诗究竟有没有那么重要？很多后世的诗人不一定同意。

稳定输出的能力与你的性格特点、认知能力、动机偏好等构成的人性系统密切相关。例如，那些喜欢"自主"的人，选择那些可以独立作战的职业，会有更大的优势。

你需要了解自己的性格弱点。不要总是因为事情做不好，就把责任推给自己的性格弱点。有时候你知道有些方法是正确的，那就应该让性格弱点退居二线。用作品说话，人们对能出好作品、大作品的天才通常更宽容。

## 6

投资自己，就是投资那些有助于稳定输出作品的能力或资本。

从事任何行业、任何职业、任何岗位，都需要提高自己的某些能力或为自己积累一些资本。你需要考虑，如何将这些能力或资本组合成一个能够稳定输出作品的系统。做好自上而下的设计，有时候能大大提高你的竞争力。从此，工作不再是工作，而是一种对自己的创作能力的投资，或积累素材。

在工作中，你提高了哪些能力或积累了哪些资本？这些能力或资本未来是否与你稳定输出作品相关？如果是相关的能力或资本，就应该加大投资。

## 7

持续输出，需要考虑未来，不要杀鸡取卵，竭泽而渔，饮鸩止渴。

一时兴起，做一件事容易，但长年累月坚持做一件事则较为困难。思考持续输出，必然需要考虑未来。随着年龄的增长，你的脑力、体力等必然会下降。你还面临年轻一代的竞争，怎么办？

有两种常见的策略。一种策略是将自己的作品开源，降低门槛，这种做法在软件开发领域很常见。另一种策略是将自己的作品变成认证体系，提高门槛，这种做法在医生、律师、会计师、咨询师等专业服务领域很常见。当然，你也可以两者结合，设计阶梯。引流级别的作品，开源免费；增值服务的作品，建设自己的认证体系。

## 8

考虑内在动机与市场的平衡。

输出作品存在两个极端，两者都不可取。一个极端是喜欢跟风，容易受到社会风吹草动的影响。另一个极端是从不做社会调研、市场分析，只是自己闷头干。

假设你是一位职业作家，在你写书的过程中，不能过分考虑市场，因为写书是一件十分有个性的活动，如果一开始就过度考虑市场需求，有可能削弱写作的内在动机。但是完全不考虑市场需求同样不妥。更好的做法是什么呢？定期请教领域中洞察市场趋势的人。在欧美，这批人叫作作者经纪人。既了解作者，也了解市场。虽然中国暂时没有这个职业，但你可以向出版社的总编辑或资深策划编辑寻求建议，效果也是类似的。

一年一次即可。这样既不会破坏你写作的内在动机，也不会影响你对市场趋势的感知。

## 9

明确作品面向的人群。

要明白你的作品挣的是谁的钱。有的作品面向专业工作者，有的作品面向普通消费者。挣专业工作者的钱，需要信息优势、知识深度。挣普通消费者的钱，需要注重产品的交付形式以及营销宣传。

在选择作品形态时，你也需要考虑你自己的性格、认知能力和动机偏好等因素。例如，求稳的人倾向服务于专业工作者；追求快速增长的人倾向于服务普通消费者。更详细的介绍可参考我的著作

《工作的心智》第六章"作品：形态、稳定与创新"有关内容。

# 10

**试试看，开发作品的不同形态。**

尝试输出作品时，看能否将自己的技能转化为不同形态的作品。假设你是某个行业的高手，那么，你掌握的关于这个行业的技能，可以尝试变为文章、课程、图书、软件、报告等不同形态的作品。

即使是同一套知识体系，在特定的时间和环境下，某些作品形态可能比其他形态能带来更大的收益。也许漫画、课程比图书更受市场欢迎。

面对那些带来更大收益的作品，我们应保持敬畏之心。这并不一定反映出你的能力更强，可能只是运气更好。对于因转换作品形态而带来的收益，我们应淡然对待。继续专注于创作，才能迎来下一次更大的收益。

## 23

# 人生的 STC 算子*

自从1998年来京读书以来，求学、工作、创业、生活，我选择了一条与众不同的道路。在成长的路上，你总会碰到各种各样的难题。如果求解人生难题也有一套算法，那将是一件多么幸运的事！这就是我要分享的方法论：人生的 STC 算子。

## 一个四不像的故事

我是湖南人，说的是湖南普通话。1998年，我来到了北京西站，开始在北京一所师范大学的心理学系就读，辅修计算机。在大学期间，我是一个另类的人。我性格内向，口音重且口吃严重，和同学们交流困难。并且当时生活习惯不同于绝大多数同学。大学宿

---

\* 本文首次发表于2016年9月11日，后曾被收录在《绝非偶然》一书。

舍的男生一般习惯晚上开卧谈会和打游戏，而我习惯早睡。因此，作息上很难与同学们保持一致。

不仅仅在生活习惯上如此，在智力趣味上也是如此。从初中开始，我一直保持着阅读和写作的习惯。我阅读的图书常常冷门、枯燥，且有难度。当同学们看到我阅读的那些书籍，通常会掉头就走。我写作的主题同样是看似无用的体裁，如诗歌、小说、论文。大一新生入学时，同学们表演的才艺是吹拉弹唱，而我朗诵了自己发表的第一首诗歌。朗诵完之后，因为我的口音以及诗歌的特定表现手法，结果收获的是冷场。

从作息到智力，我在大学期间，成为一个"四不像"。我既不像多数大学男生一样，沉迷于游戏，热衷于恋爱；我也不像班上那些为了奖学金而努力学习的女生一样，天天自习，科科满分；我既不像隔壁的中文系男生一样，吟诗作乐，思念故乡；我也不像心理学系学生一样，恐惧实验心理学、认知心理学与心理测量这类纯理科的科目，反之，我从小就喜欢数学。

那时的我，只觉得自己和身边的人大不一样，有时也会孤单。年轻人蓬勃的激情，使得自己就像一只迷失的麋鹿一样，试图寻找一个突破口。

幸运的是，我拥有整整一个国家的图书馆。当时就读的学校就在国家图书馆旁边。从大一入学，我就放弃了学校的正规课程，开始在国家图书馆的各个阅览室穿梭。在图书馆里肆意阅读，年轻人的智力乐趣得到了极大满足。博尔赫斯总是把乐园想象成图书馆的模样，对我来说，那时的天堂就是国家图书馆。

## 求解人生难题

这种与众不同的自学会带来什么？我不知道。直到有一天，大三时，我的一篇论文荣获北京市首届挑战杯特等奖。在此之前，我就像一位隐士一样，在国家图书馆自我修炼。突然之间，被校园电视台采访，被挑战杯记者采访，被领导们在大会上颁奖。

如果用我当时接受的心理学训练来看，如何解释这段年少经历？一分耕耘一分收获，机会垂青有准备的人。这是一个很容易从心灵鸡汤中得出的观点。科学心理学的解释则比心灵鸡汤深入一些，会告诉你要找到一个学习社群，进行有反馈的练习等等。

后来，我发现来自心理学的解释还不够好。我的这段经历同样可以看作一个物理学问题，甚至，求解任何人生难题都可以用物理学来分析。

当你将大学教育抽象成一个系统后，它是由四个典型要素构成：老师、同学、教材与你自己的输出。老师提供指导；同学提供同侪压力；教材（及教学设备）提供学习素材或实验机会。

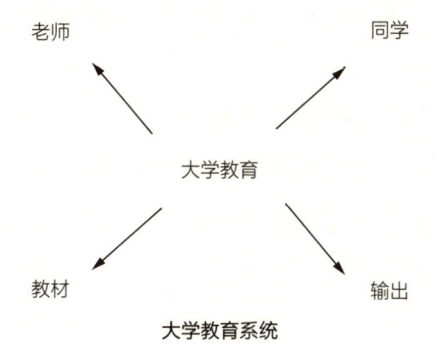

大学教育系统

所有这些大学教育要素都是必不可少、不可被取代的吗？并非如此。对于当时像我这样的"四不像"来说，因为口音和口吃等问题，我与同学、老师的交流非常困难，同时教科书无法满足我的信息品味。我主动放弃了传统大学教育，走向"自我教育"，却无意中选择了一条最适合自己的路线。

当你主动放弃老师与同学，借助国家图书馆的资源获取教材，相比同龄人，你已经大不相同。那么，放弃三个要素后，你就不得不开始强化最后一个要素："输出"。

说说我当时大学期间的两种另类的输出吧。在大三时，我参与创办了国内一家心理学学术讨论网站，叫作"心理学进取之路"。这个网站秉承进取、向上的精神与专业的学术讨论，当时不少从事心理学科研工作的同仁都在关注这个论坛，大家在上面讨论怎么做统计、怎么设计实验。在谷歌与百度用"心理学"三个字搜索，心理学进取之路（曾持续三年多）排在前三名。

我在大学期间的一种另类的"输出"是在这个专业论坛上发帖。阅读图书后的体会立即转化为文章。这些发在BBS上的帖子，多年后回头看，依然有不少是具有价值的。因为我是大量输入后拥有充分信息优势的一方。

另一种输出形式是论文，我在大学本科期间，发表了十多篇学术论文。少数论文，今天来看，仍有价值。最令我兴奋的是，那十多篇论文中，有不少篇目都聚焦在了"社会网络"这个前沿主题上。如今"网络科学"已成显学。

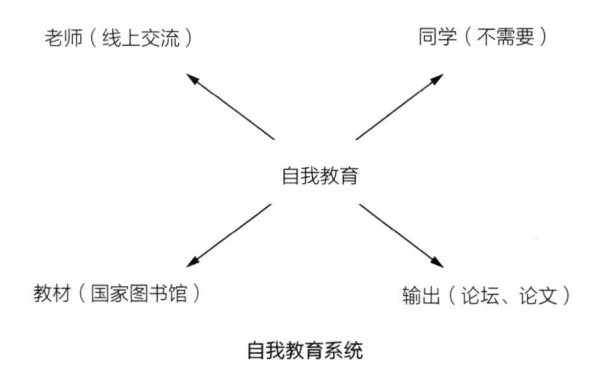

```
    老师（线上交流）              同学（不需要）
              ↖             ↗
                   自我教育
              ↙             ↘
    教材（国家图书馆）          输出（论坛、论文）
```

**自我教育系统**

多年后回头看，上述输出过程都是借助于庞大的信息优势做出的独立判断，这对于锻炼我当时的学术自信非常有帮助。而这种独立思维的训练，伴随我步入社会、工作、创业，一直受益匪浅。

我的整个大学经历，就是从大学教育变为持续自我教育的过程。老师和同学从身边的存在变为网上的存在；教材从学校指定的几本教材变为一个庞大的国家图书馆。为什么以前看上去不可或缺的要素，在我的成长经历中都可以去掉？为什么以前约定俗成的一套大学教育体系，在实践中被证明并不是不可颠覆的？

这就是我大学期间学会的重要一课：**对于任意一个系统来说，并非每个要素都是不可取代、缺一不可的。**一旦质疑任意一个系统背后的逻辑，你极有可能发现创新的机会。虽然刚开始，当你一个人走上这条林荫小道时，你是一个"四不像"，甚至会不断地怀疑自己，但坚持下去，路就会越走越宽。

毕业多年后，我一直在思考，这套在大学期间对我非常有帮助的方法论，其背后的本质是什么？如何将其批量复制，复用到解决人生任何难题上呢？答案正是"STC算子"。

## STC算子

什么是"STC算子"？

我先给大家出两道题目。第一个题目是：

一个车间流水线，机器人负责生产，但由于生产工艺的问题，会产生很多灰尘，这成了一个难题。你会如何解决这个难题？

有的学生回答，可以在车间里增加一套除尘系统；有的学生回答，可以在这批负责生产的机器人中增加一种专门用来除尘的机器人。这是人们容易想到的解决方案。然而，无论是添加除尘系统还是除尘机器人，都是在做加法，使问题变得更复杂了。人生难题也是如此。人生难题为什么难？当你解决一个问题的时候，又不得不或者不知不觉引入一个新的复杂问题。你把自己的人生变得越来越复杂，一个问题接着一个问题，无穷无尽，疲于奔命。

更巧妙的答案可以用四个字来概括，那就是：时空变形。你仅仅需要将流水线倒过来，安装在天花板上即可，灰尘会自然而然地往地下掉。机器人不是人，可以倒立工作。借助于时空变形，最终你得到了一个优雅的创意。

## 23 · 人生的STC算子

该答案背后的原理是什么？如何将它复用到任意场景中？答案正是"STC算子"。什么是"STC算子"？STC是尺寸（Size）、时间（Time）与成本（Cost）三个英文单词的首字母缩写。接下来的例子更具代表性。现在，请你来回答。

航海过程中需要用船锚来牵引大船。船锚的重量和船的体积之间有一个计算比例，假设一艘船的重量是一吨，船锚的牵引力在10吨左右。如何增大船锚的牵引力？把10吨的牵引力变为15吨、20吨乃至100吨？

有的学生会回答，可以再添加一个附属船锚，以获得更大的牵引力；有的学生会回答，可以把这个船锚本身做得更大一些。这两个回答都很常规，常规的思维方式就是缺什么直接加什么。

不少人生难题也是如此而来。为了达成目标去做一件事，结果需要先花费很大力气做A、B、C三件事，于是又带来更多问题。

还有的学生回答，减轻船的重量。这也是一个不够有创意的解决方案。假设你把人生难题想象成矛与盾，增加船锚的重量与数量是解决矛盾的左方，也在增加船本身的重量；减轻船的重量是在解决矛盾的右方，你可以减轻一艘船的重量，却难以减轻所有船的重量。

当改变在系统内发生时，较难获取到有创意的答案。很多没有创意的人生，也是如此，像困在瓶中的苍蝇，左冲右突，始终找不到出路。出路在哪里？你可以尝试用"STC算子"来解决这些难题。

## 人生的创新算法

当你解决人生难题时,如果只用具象的情境来思考,常常会着眼于情境中的利益相关方,此时,该难题多半无解。当一个小朋友喜欢发脾气,你给他贴个标签:性格不好。发脾气是因为小朋友性格不好;小朋友性格不好是因为他喜欢发脾气。循环往复,家庭只会产生越来越多的矛盾。

前不久,我的一位好友去美国参观一所学校。这个学校是怎么引导的呢?他们告诉小朋友,在你发脾气时,是因为你大脑中的杏仁核出了一点小问题。所以小朋友就明白了,原来不是我的性格不好,也不是我这个人本身不好,只是我的杏仁核暂时出了点问题。让杏仁核慢慢平静,慢慢恢复就好了。

这就是"STC算子"的第一步:**尝试用更抽象的概念来描述你的系统**,而不拘泥于眼前具象的概念。如果只用船和船锚这种具体场景来思考,可能很难找到有创意的答案。但如果把"船"抽象化,你就更易摆脱思维定式的束缚。有什么样的方法,能够在水中牵引十吨、十五吨、二十吨甚至更重的重量?

分离出整个系统中的核心元素,使用抽象词汇描述。就像我当年上大学的经历一样,将繁复琐碎的大学教育抽象为四个要素。语言不是思想的外衣,而是思想本身。语言会束缚你的思想,一旦你使用"上位层次范畴"词汇取代"基本层次范畴"词汇,那么,你更容易获得好创意。

**第二步的关键就是时空变形。**任意一个系统中,都存在三个核心要素：尺寸、时间与成本。你可以尝试把其中两个要素固定住，把剩下的第三个要素极端化，就更容易获得有创意的答案。举例：

- » 固定住时间与成本，尺寸无穷大会如何？尺寸无穷小会如何？
- » 固定住尺寸与成本，时间无穷大会如何？时间无穷小会如何？
- » 固定住尺寸与时间，成本无穷大会如何？成本无穷小会如何？

在牵引力问题中，抽象的系统总共有三个要素，第一是"物质"（船）；第二是"牵引"（船锚）；第三是"水"（海水）。如果对这三个要素分别进行极端化处理，把牵引变得无穷大会怎么样，变得无穷小会怎么样？水无穷大无穷小又会怎么样？这样一来，你可能会得出一些巧妙的答案。

例如，如果水消失了会发生什么？是否可以通过改变海水的形态来增大牵引力？当思考至此，问题就变得简单了：有没有简单的方案，让水消失掉？一个有创意的答案是给船锚加上制冰功能。制冰会加大牵引力，等完成牵引过程后，这时候就可以把冰溶解掉而不影响船本身的重量。如果再往极端推导，把整个大海的一部分都变成冰山，那它的牵引力就更不一样了。

这是一个极具创意的思想实验。为什么大家不容易想到把海水进行变形，由阻力变成自己的助力呢？当抽象成概念之后，你才发现，原来在船锚和船之外，还有海水这个容易被忽略的要素。而水的形态是可以发生物理变化的：从水变为冰。

这套神奇的方法论叫"创新算法"，它来自苏联发明家阿奇舒勒（Genrich Altshuler），我认为它是20世纪人类智慧的最伟大的贡献之一。[1]其中的"STC算子"是"创新算法"的核心概念。阿奇舒勒在20世纪对成千上万份专利进行了细致的分析，并结合心理学、哲学等学科的精髓，最终成功总结出了求解高层次创新难题的通用算法。

## 创新的层次

在"创新算法"中，"STC算子"能帮助你摆脱思维定式。同样，推广到求解人生难题上，它也可以帮你摆脱不知不觉习得的人生定式。

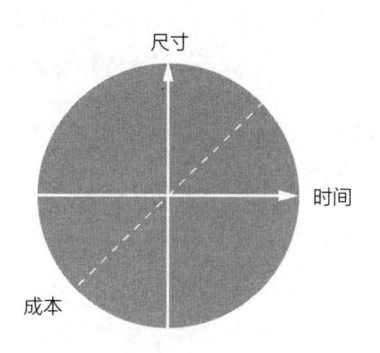

人生的创新算法：STC算子

**第一个维度是"尺寸"。**尺寸不仅包括空间的长宽高、地理位置、各类物理学的形态等，还包括抽象层面的尺寸。神经元多达数百亿个，人类心智自然涌现；宇宙浩瀚无垠，宜人地球自然涌现。神经元与心智、宇宙与地球，都是不同尺寸的存在。人类常常受到所在尺寸的束缚，而一旦将尺寸进行抽象与变形处理——无穷大、无穷小，那么，你也许会有新的发现。例如，如果整个宇宙都是一个虚拟现实世界，那么人生的意义何在？

再如，在梳理人生绝大多数复杂问题时，常常有人提及"能用钱解决的问题就不叫问题"，这句话把一些原本侧重心灵的问题归结到物质层面。同样，如果你身处一线城市，你可能经常看到各种各样分析一线城市年轻人焦虑的文章。然而当你搜索非一线城市的相关信息，出来的报道却画风一变。"洛阳小镇青年：贩卖焦虑没有市场"，还有一篇是"一部手机背后的小镇青年：吃着蜜糖，喝着毒药"。小镇青年与在北上广深打拼的人们的焦虑程度似乎完全不同。当你面临很多人生难题时，你可以通过在一个大的空间尺寸上进行迁移来解决。[2]

**第二个维度是"时间"。** 例如我们制定目标时，可以从空间模式切换为时间模式。以前人类定目标时习惯用空间模式思考，希望占有更多用户或更大地盘。但一旦转换为时间模式就不一样了。写一篇文章，空间模式追求10万+的阅读量，而时间模式想的是，怎样让文章在十年后、百年后、千年后还会有人愿意看？

**第三个维度是"成本"。** 一件事情投入的成本，既包括各类显性成本，也包括各类隐性成本。对成本要素的转变也可以推导出不一样的方案。例如我在买书这件事上推崇不考虑任何成本。同样，当从成本角度思考人们的行为，存在一个有趣的现象：人人都关心裁员，但鲜有人给自己投入防范裁员的成本。一个侧面佐证是，互联网上充斥着各种和职业发展、财富自由相关的书，但是像如何在职场中规避风险的这类书，包括如何在裁员时得到应有的补偿、如何避开一些高裁员率的行业等信息，却少有人关注。

事实上，如果我们在成本维度上，不仅偏好获得，更注重规避损失，那么，你就容易以小投入获得更大的收益。

对尺寸、时间与成本采取无穷大、无穷小的变形，你获得了更多可能。这些可能，有的你容易想到，有的你很难想到。

在"创新算法"中，可将其区分为五个层次：微创新、系统的改变、跨产业解、跨学科解和全新发现。

» 级别1：微创新。通常是显而易见的解决方式，占所有专利的32%；
» 级别2：系统的改变。次要的改善，除去一些矛盾，占所有专利的45%；
» 级别3：跨产业解。重要的改善，占所有专利的19%；
» 级别4：跨学科解。根本的改变／新的概念，低于所有专利的4%；
» 级别5：发现。前所未知的新发现，低于所有专利的0.3%。

既然有灰尘就加一套除尘系统；既然要增大牵引力，那么就让船锚变得更重。这些都是微创新，它们是容易得出的解决方案，恰巧也是它们，阻碍了高层次创新。

这就是需要跨学科思维的原因。真实世界的问题复杂多变，假如你不拥有其他学科的知识，很难提炼出恰当的模型。在前面的简单例子中，"水+物体+牵引介质"这种模型，也需要你拥有高中以上的物理学知识。因此，你需要掌握人类历史上最优秀的那些模型。

你也可以将五层次的创新理论应用到人生路径上。如果人生是一种求解，你会选择微创新——遵从社会规范，还是选择创造新的生活方式呢？

上学时，多数同学的生活路径大同小异，上课写笔记，刷手机；下课谈恋爱，打游戏。但总有极少数人，不进教室，自学为主。从此人生路径开始分岔。毕业后，观察你所在领域的超级精英，他们和绝大多数人的生活方式也不一样。他们或多或少创造了新的生活方式乃至人生意义。

## 进 化 树

在求解难题的众多尝试中，哪一种求解会获得更好的结果呢？这就需要了解"创新算法"的另一个概念——进化树。先给大家看一个简单的例子：扳手的演化历史。

假设你要设计一个好用的扳手，一开始它只有一头，就是一块铁条上开了一个固定的孔，在实际使用中，发现无法和不同大小的工具对接。那么第二代扳手就变为两头：一个大孔和一个小孔。接下来,到了第三代活扣扳手,你发现,可以将扳手开孔设计为可变的。于是,又回到最初的模型上了:只有一头。

回顾整个扳手的演化,它遵循了"简单-复杂-简单"的路径。刚开始的时候是一个简单模型,接下来这个模型变得更复杂一些,然后这个模型又回归到简单。

这只是一个扳手的演化的例子。如果我们将全世界所有产品的演化路线总结出来,会发现什么呢?你会不会发现更多类似"简单-复杂-简单"的演化规律?将它们用图示方法表达出来,这就是"进化树"。**其中,最大的一棵技术进化树就是"多快好省"。**在技术演化路线上总是功能多的淘汰功能少的,快的淘汰慢的,品质好的淘汰品质差的,省力省心省时间的淘汰费力费心费时间的。

"多快好省"的原则同样深深地影响到人类的语言与心智。试看"数量多"的例子:

白发三千丈,缘愁似个长。

——李白《秋浦歌十七首》

如果我有四千枚舌头,我或许准备对你们每个人一一道谢,但我毕竟只有一枚舌头,所以用这一枚舌头向大家一并道谢,请原谅。

——伏尔泰《巴比伦公主》[3]

再看"时间快"的例子:

彼采萧兮，一日不见，如三秋兮。

——《诗经·王风·采葛》

我从乡下跑到京城里，一转眼已经六年了。

——鲁迅《一件小事》

完美的印象，杰作的眩惑。真是够呛。放声大笑吧。啊啊。低着头一动不动的那十分钟之间他竟老了十年。

——太宰治《晚年·猿面冠者》[4]

然而，人类仅仅是一个扳手吗？人类会像扳手那样进化吗？显然，答案是不会。

## 跳 舞 吧

身体不是认知的外在，而是认知的本身；语言不是思想的外衣，而是思想本身；修辞不是雕虫小技，而是发现感觉，创造新型认识，乃至人生意义。语言束缚着我们的思维，也给了我们戴着脚镣跳舞的机会。人类中总有少数人才，创造出不一样的人生意义。张爱玲并没有遵从默认的"多快好省"，试看：

整个的花团锦簇的大房间是一个玻璃球，球心有五彩的碎花图案。客人们都是小心翼翼顺着球面爬行的苍蝇，无法爬进去。

——张爱玲《鸿鸾禧》[5]

"客人们都是小心翼翼沿着球面爬行的苍蝇，无法爬进去"，张爱玲把人一下子缩小了。接下来看第二个例子：

> 记得早先少年时
>
> 大家诚诚恳恳
>
> 说一句是一句
>
> 清早上火车站长街黑暗无行人
>
> 卖豆浆的小店冒着热气
>
> 从前的日色变得慢
>
> 车，马，邮件都慢
>
> 一生只够爱一个人
>
> ——木心《从前慢》[6]

"从前的日色变得慢，车、马、邮件都慢"。一旦你不遵循人类默认的"多快好省"演化方向，你开始体验到不一样的认知冲击。这就是人类和工具的本质区别。认知科学家斯坦诺维奇认为，人类不仅拥有将事情做对的"工具理性"；还拥有将事情做好的"广义理性"。试看一个极端的例子：

> 一位女士试图自杀，飞身跃下海边悬崖，撞到海边巨石而死。[7]

显然，这位女士的"工具理性"工作正常，她准确地知道自己与悬崖的关系，也准确地知道自己行为的后果，那么，她为什么还会做出这类非理性行为呢？我们暂时不得而知。在这两种理性尤其是"广义理性"上，常常会出现认知偏差，最典型的有三类：

» 第一类是斯波克问题。斯波克是《星际迷航》中的角色，崇尚绝对理性，回避情感，这类理性障碍问题在于情绪表达有难度。
» 第二类是认知吝啬鬼。什么是认知吝啬鬼？它是认知心理学家用来形容大脑爱走捷径的特点。
» 第三类是心智程序。什么是心智程序？那些我们后天习得的知识，例如概率知识会有助于增进我们的理性。

扳手的演化遵循的是工具理性。它朝着"多快好省"的方向进化，然而，人类并非如此。人类不仅有一阶欲望，人类还会对这些一阶欲望进行批判。人类仅仅把事情做对还不够，还要把事情做好，这个"好"就是一个"广义理性"问题，它不是来自生物本能，而是来自社会文化、习俗约定。

在如今这样一个信息过载的时代，你会掌握越来越多的工具，从心智工具到实体工具，你还会认识越来越多优秀的人，这些都没有问题，但同时你要明白，人类是一个携带着基因和模因的机器人。每个人自身承载着各种各样的基因和模因，传承着各种各样的历史。在追求效率与进步的过程中，"广义理性"这部分常常被大家忽略。

这些容易被忽略的部分，它是爱，也是智慧；它是美，也是好奇；它是创造，也是热情；它是勇气，也是卓越；它是幽默，也是灵性。人类机器人出厂伊始，就已经安装了一个社会脑程序。将事情做对，还不够；你还得与人类在一起，将事情做好。你需要用人类的多重理性，与其他人类在一起，舞动人生，创造你的人生故事。

如何运用"STC算子"跳出思维束缚？如何走出自己不一样的路？如何与人类在一起创造你的人生故事？这就是我期待每位读者思考的问题。

# 24

# 创作者的习惯清单[*]

人生终究忧愁多于快乐。年少时，懵懂无知；青春正好时，却又被各种社会欲望规训，既要钱，也要名，还要伴侣——追求肉体的欢愉。人到中年，却又开始面对亲人病痛与伤逝；而走到一生终点，生死面前有大恐惧，终究很少有人能释然。

何以解忧？唯有创作。创作的成果——作品，是成就的来源，也是与社会的联结，更是后人铭记你的缘由。如何高效创作？多年来的创作经验告诉我：**习惯重于一切**。习惯是内隐的行为指南；习惯是外显的文化传承。对于一位创作者来说，哪些习惯最重要？围绕创作者的四大关键问题：意义（为什么创作）、成果（创作了什么）、效率（怎么更好地完成）、反思（如何持续改进），我整理了一份"创作者的习惯清单"，供各位读者参考。

---

[*] 本文首次发表于2018年6月9日。

# 意义：成为创作者

## 习惯1：保护内在动机

为什么要创作？不同创作者的回答大不一样。有的创作者是出于名利，而另一类创作者则是出于兴趣、热情。前者，我们称之为"外在动机"；后者，我们称之为"内在动机"。你是哪一类创作者？

鲜为人知的是，**外在动机会削弱创造力**。心理学家特蕾莎·阿马比尔（Teresa Amabile）曾对72位创意写作培训班的学生进行实验，将他们分为三组：A组出于内在动机（如享受写作过程）进行写作，B组出于外在动机（如追求名声和认可）进行写作，C组不做任何干预。结果显示，A组的创造性得分最高，B组最低，C组介于两者之间。研究表明，外在动机如名声、金钱和社会认可等可能削弱创造力，而内在动机更能激发创造性表现[1]。

有人说，那我同时追逐内在动机与外在动机，这样会不会鱼与熊掌兼得呢？然而，研究表明，**混合动机的效果并不理想**。心理学家艾米·瑞斯尼斯基（Amy Wrzesniewski）和巴里·施瓦茨（Barry Schwartz）的研究发现，西点军校的学员如果同时受到内在和外在动机的驱动，反而表现不如仅依靠内在动机的学员。众所周知，西点军校的训练极为严苛，学员不仅要应对高强度的军事训练和领导力培养，还要完成繁重的学术任务，整个过程对身体、心理和意志力都是巨大的考验[2]。

如何保护内在动机？大致上，一个创作者的知识创作过程分为三个环节：创作前、创作中、创作后。在创作前，你可以多问问自己：是出于名利还是出于兴趣、热情？在创作中，你可以减少对外界反馈的依赖，专注于自己的创作过程，避免受到外在动机干扰。在创作后，接受批评与建议，但不要让它们主导你的创作方向。更多建议可参考本书第十四章《成为内在动机驱动的人》。

**每日提醒**：今天，我是否专注于热爱，而非名利？

### 习惯2：精进认知能力

然而，光有动机还不够，你还需要具备能力。对于知识创作者来说，最重要的能力是认知能力。认知能力既包括**基础的认知能力**，比如感知觉、注意、记忆、运动控制；也包括**高阶的认知能力**，比如艺术创作、听说读写、问题解决、创意思考。高阶认知能力往往是多种基础认知能力的综合运用结果。比如，在写作时，你会动用许多基础认知能力。

知识创作者的瓶颈往往在高阶认知能力上。其中，最重要的高阶认知能力可以分为两类：一类是百年前甚至千年前就已重要的能力，最典型的代表是听、说、读、写，尤其是阅读和写作，这些能力在今天依然至关重要。

另一类是与时代主题密切相关的高阶认知能力，通常在最近一个世纪内具有重要影响。比如，21世纪的主题是虚拟世界的构建，信息的权重不断提升，这使得编程和信息分析等高阶认知能力在21世纪变得尤为重要。

如何精进认知能力？关键在于找到一个自己感兴趣的领域，从学徒阶段开始，通过持续的学习和实践，逐步积累经验，最终成长为熟手，甚至达到大师的水平。在这一过程中，**学徒阶段**侧重于通过观察和模仿掌握基础技能；**熟手阶段**则强调独立工作和承担责任；而在**大师阶段**，你不仅要精通所学，还要能够引领创新，并指导他人。从进入任何一个领域开始，就对标大师，让自己模仿他们的思维方法论、采用的工具，然后践行[3]。

**每日提醒**：今天，我是否在技能上前进了一步？

### 习惯3：从追求最优到追求满意

在创作过程中，许多创作者常常陷入追求完美的误区，总觉得只有达到理想状态，作品才算是成功的。然而，这种追求往往耗费大量时间和精力，甚至导致创作停滞，逐渐让人对作品失去信心。

诺贝尔经济学奖得主赫伯特·西蒙指出，**追求满意而非最优，往往是更合理的策略**。西蒙的研究表明，当我们追求最优选择时，往往会陷入信息过载、决策疲劳和焦虑中。当我们设定一个合理的满意标准，并在达到这个标准后停止优化，反而能更高效地完成任务[4]。

施瓦茨进一步将人们分为两类：最大化者和满足者。最大化者总是试图找到最优解，然而这常常让他们陷入无尽的选择和不满中；满足者则在达到一个满意的标准后停止进一步的追求，专注于完成作品。研究表明，满足者不仅效率更高，心理压力也更小，最终的创作结果往往不逊色于最大化者[5]。

如何从追求最优到追求满意？对创作者来说，关键在于：设定合理的满意标准、分阶段完成任务，接受不完美。

**每日提醒：** 今天，我是否完成了一个满意的阶段目标？

## 成果：用作品说话

### 习惯4：用作品牵引学习与工作

目前社会一种流行的观念是：先学习、再工作、最后才是作品。这种观念认为一个人必须经历漫长的10至30年的学习，才能参加工作，而且只有在工作多年之后，才可能产生一些作品，它们往往被视为工作之余可有可无的副产品。

然而，这种思路已经完全过时。从工业革命到智能革命，更好的创作习惯是：**用作品牵引学习与工作**。我们不再默认先学习才能创造作品，而是以创作作品为目标去学习。我们不再默认必须先工作才能产出作品，而是以创作作品为动力去工作。过去，我们先学习、再工作，可能产出作品，也可能不产出。现在，以作品为引导，驱动学习与工作，尽早创作出高质量的作品[6]。

具体如何做？关键在于将自己的日常活动变为作品优先，先有想要做的作品，然后去学习、去工作，而非反之。很多人有个误区，以为在学习与工作中，可以沉淀出作品。多年来，我碰到过无数位这样奢望过的朋友，最后出来的作品平庸无比。不要奢望在学习、工作中自然沉淀出作品，而应以作品牵引学习与工作。

"沉淀"这一观念存在偏差，它假设作品能在日常工作和学习中自然积累，仿佛时间能从沙粒中淘出金子。事实上，大多数时候我们并没有那么幸运。许多人的工作内容高度重复，缺乏深度和变化，因此难以从中提炼出有意义的成果。与其期待从日常琐事中"沉淀"出金子，不如主动追求突破与创新——用作品牵引学习与工作，否则最终积累的可能只是平庸的经验，而非杰出的作品。

有读者会问，如果我还没有明确想做的作品呢？请参考前三条，尤其是第一条：**你的兴趣、热爱是什么？**你为什么而激动？为什么而彻夜难眠？如果没有，就去寻找；如果找不到，就去加入一个作品导向的创作者团队，从学徒做起。

**每日提醒**：今天，我是否为我的作品努力了？

### 习惯5：重视基本功与品味

如何快速获得或提高一个技能呢？答案在于这个简单的公式：技能=基本功+品味。

**基本功**：它是指某个领域中最基础的技能。例如，作家的基本功是文采、逻辑与叙事；画家的基本功是线条、构图、色彩和光影；音乐家的基本功是音阶、节奏、和弦；程序员的基本功是算法、数据结构、逻辑思维和代码优化。基本功来自反复练习，所谓作品，不是停留在你脑海中的思绪，而是类似木匠的木作，是外显出来的成果。基本功扎实的木匠才能造出一个不错的木作，否则，打个桌子都容易歪歪扭扭。

**品味**：它是指你对美好事物的独特感觉和判断。从小工到大匠，区别不再是基本功，而是见过足够多的好东西，有自己的独特品味。

基本功决定一位创作者的成就下限，而品味决定其成就上限。**人们常常高估自己的下限，低估自己的上限**。很多人在基本功上投入甚少，以为自己在某个熟悉的领域掌握的基本功已经很不错了。不少人难以坚持多年锤炼基本功。让一位写作多年的作者再去学习如何写作、提高自己的文采、逻辑与叙事，可能会觉得是一种对他的侮辱。

然而，历史上众多伟大的创作者，都是大时间周期反复锤炼自己的核心技能的基本功。例如，海明威、莫扎特和达·芬奇，都坚持多年反复打磨基本功。海明威曾修改《老人与海》的结尾多达39次；莫扎特每天练习十几个小时；达·芬奇花费多年研究解剖学，以更好地表现人体结构。

同样，很多人在品味上不够坚持，容易降低自己的标准，随波逐流，渐渐平庸。设想以下两类创作者，一类人推崇历史上的杰出智者，坚持与其对话，从师法他们再到超越他们；另一类人喜欢结识同时代的某些名人，结成圈子，互相吹捧。最终哪类人容易在历史上胜出呢？

**每日提醒：** 今天，我是否在打磨基本功，提升品味？

### 习惯6：建设作品方阵

作品多了，就会形成作品方阵。当我们谈到作家中的作家——莎士比亚，就会谈到他的《罗密欧与朱丽叶》《哈姆雷特》等四大悲剧，《仲夏夜之梦》《威尼斯商人》等经典喜剧。同样，当我们谈到音乐家中的音乐家巴赫，就会谈到他的《G弦上的咏叹调》《马太受难曲》《约翰受难曲》《平均律钢琴曲集》《哥德堡变奏曲》等数百部作品。

不少创作者可能低估了作品规模的重要性，没意识到：**规模本身就是一种强有力的差异化**。曾有朋友跟我说，先不论《聪明的阅读者》写得如何，过去百年间，几乎没有人尝试在一本书中总结"通识千书"，更别说用40万字来构建一个全新的阅读学知识体系。

我也曾建议一位科幻作家朋友，是否可以不再局限于短篇或中篇，而是尝试通过多部作品来构建一个完整的世界，类似阿西莫夫的《银河帝国》系列那样。只有当篇幅足够时，才能承载像《银河帝国》那样复杂的世界观。毕竟，所谓的"世界观"，就是它本身足够丰富和复杂，才能让读者真正沉浸其中。

**方阵的力量在于整体**，每部作品如同方阵中的士兵，彼此支撑，构建出完整的风格体系乃至一个全新的世界。莎士比亚、巴赫等人之所以流传至今，正是因为他们通过大规模创作获得了更大的自由和持久的影响力。对今天的创作者而言，同样应意识到，持续创作、积累规模至关重要，每一部作品都是方阵的一部分，哪怕不完美，也为整体添砖加瓦。

一旦建设作品方阵成功，那么一位创作者就拥有一个强大的根据地，可进可退。进则挑战自我创作极限，尝试创作一些实验性的作品，它们可能远远超出这位创作者所处时代的理解能力。退则依托已建立的作品方阵，稳固地位，吸引持续关注。如此一来，创作者不再局限于短期成功，更易在市场与自我之间游刃有余。

**每日提醒：** 今天，我是否为我的作品方阵添了一块砖？

## 效率：高效创作的节奏

### 习惯7：设置心流时间

这是一个容易分心走神的时代，创作者面临着太多干扰。因此，为了提高创作效率，可以每天给自己设置心流时间。在这个时间段，将手机设置为勿扰模式，暂停处理杂事与社交，一心一意埋头创作。

什么是心流？它是指人们在当下的一种情绪体验，此时此刻，人们对某项活动或事物表现出浓厚的兴趣并完全投入其中。心流在挑战适中、个人技能水平相匹配时诞生。当你心中有个目标，这个目标对你来说有一定难度，而你的技能可以初步胜任这个目标的时候，你开始投入心力，你的注意力被即时反馈攫住，而环境也逼迫着你做出回应。就像两位乒乓球高手对打时，小球成为两人之间意识流动的媒介。你会体验到人类最美妙的状态——心流[7]。

心流才是创作者最大的奖赏。在心流状态，你将体验到那种全神贯注、如痴如醉、浑然忘我的感觉。如何更好地设置心流时间，获得更多心流体验呢？答案因人而异。不过对于日常创作，以阅读、写作、思考为主的创作者来说，可以推荐一个我发明的策略：

**7个25分钟。**

为何是7？不是10或20？根据人类工作记忆容量，我们对7个记忆组块是最容易记住的。临睡前躺在床上，不需要任何工具或软件，你较容易回忆今天这7个时间段，何时何地，从事了何种活动。为何是25分钟？不是一个小时？人类保持高度专注力的时长通常在20到45分钟之间，如果超过这个时间段，我们的注意力将开始下降。进行第一个25分钟时，如果进入状态较慢，还可以心算，比如三三得九，三九二十七……稍微计算三四道题，大脑就完成热身。

接着开始每天的循环。日复一日，保证自己每天至少有7个25分钟，专注于创作。可以根据自己的日常作息习惯，给自己留出创作效率较高的时间段用于创作，而效率较低的时间段用于社交、处理杂务等。

**每日提醒**：今天，我是否准备了专注的心流时间？

### 习惯8：专注产出而非工具

我曾经调侃，花费越多时间寻找完美的笔记软件，反而越难以坚持写笔记。花费越多时间研究生产力工具的人，往往实际生产力并不高。对于创作者来说，**专注产出而非工具**。检索工具、选择工具、学习工具的时间都应尽量最小化，它们带给你的收益远低于预期。以写作为例，任何一款你熟悉的文字处理软件即可。

作为一位出版有多本著作的作家，我最重要的经验是什么？答案是：**写一本书最好的方式就是开始写**。阅读文献、与他人讨论，虽然有帮助，但都与写书没有直接关系。同样，写作催生写作，一本书的精彩章节，往往是在作者持续写作进入状态之后，灵感源源不断时创作出来的。那时文思泉涌，心流不断，如有天助。

什么时候才需要专用工具？**答案是当你频繁使用该专用工具处理某类事务时**。举几个例子，如果你积累的 epub 文件、PDF 文件没超过 100 个，是否使用文献管理软件对你来说无所谓。如果你写的各类清单没超过 100 个，是否使用大纲笔记软件也无所谓。如果你没有写文章的习惯，是否使用 Markdown 软件也无所谓。

生产力软件的确能提高人的战斗力，但前提是你确实天天在产出。俗话说，磨刀不误砍柴工，但有的人，磨了几十年刀，却始终不去砍柴。这不是买椟还珠吗？

**每日提醒**：今天，我是否专注于创作，而非工具？

### 习惯 9：以天为单位规划行动

大多数人习惯制定新年计划，比如虎年要减肥，龙年要存钱。然而，很少有人思考过，"年"真的是一个较好的规划行动单位吗？

奥伊瑟曼研究发现，当我们用"天"这样的短时间单位来思考未来时，**未来显得更加紧迫，促使我们更早地采取行动**。而使用"年"这样的长时间单位，未来则显得遥远，不那么急需关注。有趣的是，在实验中，如果告诉人们退休发生在 10950 天后而不是 30 年后，他们会提前四倍的时间开始储蓄[8]。

这里蕴含的微妙道理是这样的：未来的雨已落在未来，过去的事情已落入历史。人们常常以为，我们应该专注当下，未来的事情可以留给未来的自己处理。然而，这个看似合理的想法有时会让我们犯错。因为，如果有些未来的事情需要你现在的行动呢？当我们感觉未来非常遥远时，我们几乎不会采取行动，极少为未来做出任何准备。

然而，一旦将想象未来的时间单位改为"天"，现在的我距离未来的自己更近，更愿意付出努力，接近未来的自己。

**每日提醒**：今天，距离我的新作品发布还有多少天？

## 反思：人与信息

### 习惯10：任何沟通皆有成本

创作者不仅活在自己的世界中，还需要与他人沟通。人与人之间的沟通成本是昂贵的。因为人与人之间的沟通是借助语言，而语言是最容易被误解或曲解的。相同的语句，不同人在不同情境下的理解也会不一样。与此同时，人与人之间的沟通还会受到情绪的较大干扰。

因此，如果你想要保持大时间周期、低成本的创作者生活方式，那么你需要尽量减少沟通，避免来自语言与情绪的干扰。相对来说，书面语言比口头语言更精确，积极情绪比消极情绪更能促进人们创作。

真诚与言行一致是降低沟通成本的有效方式。如果沟通中充斥着套话、废话或假话，或者承诺多而兑现少，最终只会大幅增加沟通成本。此外，针对不同类型的人，采用适当的沟通方式也能有效降低沟通成本。

**身边的自己人：**少批评，多表扬；少谈要求，多提供支持；少谈预期，多关注结果。其中批评与表扬是沟通的重点，批评应私下进行，表扬应尽量公开；批评时应尽量减少情绪化，表扬时可以适当增强情感表达。

**有合作关系的人：**少说多做。避免节外生枝，尽量减少或避免与合作无关的交流。务必按约定的日期、数量、质量进行交付。

**不认识的人：**如果是当面沟通，保持礼貌性的回应；如果对方不在场，避免批评或议论对方。

**每日提醒：**今天，我的沟通是否简洁高效，并且值得？

### 习惯 11：任何信息皆有记录

知识创作者在很大程度上是与信息打交道的，良好的信息记录有助于跟踪创作进度，也便于未来复盘。那么，应该重点记录哪些数据呢？重点是三类数据：原始数据、元数据与关键数据。

» 原始数据：未经处理的初始信息，如未编辑的文章草稿或实验观测数据。

» 元数据：描述数据特征的信息，如照片的拍摄位置或论文的作者。

» 关键数据：对决策和创作有重大影响的核心信息，如研究中的重要统计结果或写作中的核心引用。

针对这三类数据，我们可遵循以下三项重要原则。

**原始数据独立保存：** 原始数据应与加工后的数据分开存储，避免混淆。一旦原始数据被污染或修改，未来若需重新整理信息，可能会耗费大量精力。创作工作不应直接在原始数据上操作，而是在其副本上进行加工和整理。

**元数据唯一编码：** 每条元数据都应具备唯一编码，以便未来校验和检索。例如，图书的唯一编码是 ISBN（国际标准书号），通过 ISBN 可以轻松获取该书的出版信息、版本情况及其他相关信息。在数据录入和管理时，应为每一条原始数据分配唯一编码，以便后续的数据处理和追踪。

**关键数据及时备份：** 关键数据是经过大量处理后得出的核心信息，因此需要及时备份。知识创作者通常会对原始数据进行多重备份，确保这些数据在不同的物理介质上均有存储，以防止数据丢失或损坏。

**每日提醒：** 今天，我是否妥善记录了重要的信息和数据？

## 习惯 12：任何项目皆有复盘

我在每本书出版之后，都会写一篇复盘文章，谈谈这本书背后的创作故事。对于知识创作者来说，复盘不仅是回顾过去，更是迈向未来。如何有效复盘？这是一些建议。

**诚恳面对自己**：复盘不是为了自我辩护，也不是为了向他人展示，而是为了更好地成长。因此，请诚恳地面对自己。做得好，做得不好，都是你的人生经历。如果做得好，那么就给自己鼓掌；如果做得还不够好，那么就对自己多一些耐心。我们常常高估三个月或一年所能带来的改变，却低估三年或十二年所能带来的改变。

**侧重关键指标**：复盘并不需要面面俱到，而是有的放矢，围绕项目的关键指标进行考虑。一个小小的技巧是，你可以提前写下自己关于这些关键指标的预判。在复盘时，对照当初的预判，看看哪些对了？哪些错了？对在哪？——是蒙对的还是当时的预判逻辑对了？错在哪？——错误之处是否可以改善？

**与亲朋好友交流**：将你的复盘分享出去。让他人站在客观角度，分析哪些是你在短期内可以改变的，比如某个环境问题；哪些是你在短期内难以改变的，比如性格问题。同时，让他人分析，你忽视的那些进步或者停滞。或许，与当初制定的计划相比，不少目标依然没有实现。但是，要看到自己的进步。真的一点都没有实现吗？

**每日提醒**：今天，我是否对我的进展进行了有效反思？

## 小　结

人类之创作，多半出于创造力、好奇心、新鲜感，以及对个人英雄主义的信奉——我肯定可以做出伟大的作品，当然，还有信仰，或者追求真理或者追求美感。

　　看到不满的，我们就动手去改变；看到愚蠢的，我们就去写一本聪明的书来反驳；看到丑陋的，我们就制作精美的来倡导；看到疑惑的，我们就去设计实验来验证。这就是成为创作者的意义：用行动迎来一个更美好的世界。

　　人们如歌如泣，人们撒下泥土，人们凿井而饮。号子如涌，九歌如兽，百业之中，创作最美，万物之中，希望至美[9]。

# 注释

1. 本书中标注"首次发表日期",(1)未注明发表刊物的,是指在我的个人博客、"心智工具箱"公众号等互联网上首次对外公开发表的日期;(2)部分稿件曾被收录在其他著作中,亦已注明;(3)书中部分稿件亦曾改编成专栏文章,发表于《财新周刊》,存在一篇拆成多篇专栏文章的情况,因此不再一一对应说明。

2. 全书分为脚注、尾注两种。脚注仅标注首次发表日期及收录情况。尾注是对正文的详细增补,详细文献条目,直接附在尾注之中。参考文献采用美国心理学会(APA)第七版格式。

3. 多数图书,若为外版,如未经说明,仅引用英文版本;论文,如未经特殊说明,仅引用作者提出某一概念最早的论文或被引用最多的论文。

4. 因为此书涉及内容写作时间跨度大,部分篇目曾在他处发表,各版本文字并不统一。此书出版时,我做了上千处修正,增补了上百篇参考文献。如有不同版本的文字冲突,以此书为准。如有修正意见,欢迎各位读者指正,我将在新版中及时更正。我的邮箱：y@anrenmind.com。

## 自序

1 此处及后文"我有好多奢望，我想爱"向王小波致敬："那一天我二十一岁，在我一生的黄金时代。我有好多奢望。我想爱，想吃，还想在一瞬间变成天上半明半暗的云。"参见《王小波文集》的《黄金时代》。

2 详情参考我的微信公众号"心智工具箱"《成为父亲》一文。

3 引自《未选择的路》，该诗译本众多，在此引用的是顾子欣译本，原文参见人教版初中语文七年级下册。该诗英文原文参见：Frost, R. (1916). The road not taken. In Mountain interval. Henry Holt and Company.

## 01

1 黑格尔、费尔巴哈、马克思指格奥尔格·黑格尔（Georg Hegel）、路德维希·费尔巴哈（Ludwig Feuerbac）、卡尔·马克思（Karl Marx）。

2 《精神现象学》参见：黑格尔. (2013). 精神现象学 (先刚, 译). 人民出版社.

3 《1844年经济学哲学手稿》参见：马克思. (2014). 1844年经济学哲学手稿 (中共中央马克思恩格斯列宁斯大林著作编译局, 译). 人民出版社.

4 参见保罗·格雷厄姆的博客文章：Paul Graham. (2006, January). How to Do What You Love. 网址参见：paulgraham.com/love.html。

5 《人生模式》参见阳志平. (2019). 人生模式. 电子工业出版社.

6 《社会学方法的规则》原文出版于1895年，中文译本参见：埃米尔·迪尔凯姆. (1995). 社会学方法的准则 (狄玉明, 译). 商务印书馆.《自杀论》原文出版于1897年，中文译本参见：埃米尔·迪尔凯姆. (1996). 自杀论 (冯韵文, 译). 商务印书馆.

7 《知识树》参见：Maturana, H. R., & Varela, F. J. (1992). The Tree of Knowledge. Shambhala.

8 《变形记》参见：弗朗茨·卡夫卡. (2020). 变形记 (彤雅立, 译). 北京燕山出版社.

9 参见弗朗茨·卡夫卡. (1999). 卡夫卡日记 (阎嘉, 译). 四川人民出版社.

10 《没有个性的人》参见：罗伯特·穆齐尔. (2015). 没有个性的人 (张荣昌, 译). 上海译文出版社.

11 《光明王》参见：罗杰·泽拉兹尼. (2015). 光明王 (胡纾, 译). 北京联合出版公司

12 《人的自我寻求》参见：罗洛·梅.（2013）. 人的自我寻求（郭本禹 & 方红，译）. 中国人民大学出版社.

13 Beermann, U., & Ruch, W. (2009). How virtuous is humor? What we can learn from current instruments. The Journal of Positive Psychology, 4(6), 528–539.

14 《建筑模式语言》参见：克里斯托弗·亚历山大.（2002）. 建筑模式语言（王听度 & 周序鸣，译）. 知识产权出版社.

15 摘自《建筑的永恒之道》，参见：克里斯托弗·亚历山大.（2002）. 建筑的永恒之道（赵冰，译）.（p. 1）. 知识产权出版社.

## 02

1 Christina, M. (1976). Burned-out. Human behavior, 5(9), 16–22.

2 Maslach, C., & Zimbardo, P. G. (2003). Burnout: The Cost of Caring. Malor Books.

3 《工作评价》参见：Fieds, D. L. (2004). 工作评价（阳志平，译）. 中国轻工业出版社.

4 Ganster, D. C., & Schaubroeck, J. (1991). Work stress and employee health. Journal of management, 17(2), 235–271.

5 蒋奖，张西超，& 许燕.（2004）. 银行职员的工作倦怠与身心健康、工作满意度的探讨. 中国心理卫生杂志, 18(3), 197–199.

6 李永鑫，& 李艺敏.（2007）. 护士倦怠与自尊、健康和离职意向的相关性研究. 中华护理杂志, 42(5), 392–395.

7 情绪建构论参见：莉莎·费德曼·巴瑞特.（2019）. 情绪（周芳芳 & 黄扬名，译）. 中信出版社.

8 参考《情绪》第九章"如何掌控情绪？"

9 Maslach, C., & Leiter, M. P. (2022). The burnout challenge: Managing people's relationships with their jobs. Harvard University Press.

10 DeChant, P. F., Acs, A., Rhee, K. B., Boulanger, T. S., Snowden, J. L., Tutty, M. A., Sinsky, C. A., & Thomas Craig, K. J. (2019). Effect of Organization-Directed Workplace Interventions on Physician Burnout: A Systematic Review. Mayo Clinic Proceedings: Innovations, Quality & Outcomes, 3(4), 384–408.

11 Zimbardo, P. G. (1972). Comment: Pathology of imprisonment. Society, 9(6), 4–8.

12 《心理学与生活》参见：理查德·格里格 & 菲利普·津巴多.（2014）. 心理学与生活（王垒 等，译；第19版）. 人民邮电出版社.《津巴多普通心理学》参见：菲利普·津巴多，罗伯特·约翰逊，& 薇薇安·麦卡恩.（2022）. 津巴多普通心理学（傅小兰，译；第8版）. 人民邮电出版社.

## 03

1. 柏拉图.（2013）.柏拉图对话集（戴子钦，译）.（p. 80）.上海译文出版社.
2. Levinson, D. J. (1986). The Seasons of a Man's Life: The Groundbreaking 10-Year Study That Was the Basis for Passages. Ballantine Books.
3. Helson, R., Mitchell, V., & Moane, G. (1984). Personality and patterns of adherence and nonadherence to the social clock. Journal of Personality and Social Psychology, 46(5), 1079–1096.
4. Snyder, M. (1974). Self-monitoring of expressive behavior. Journal of Personality and Social Psychology, 30(4), 526–537.
5. 芒格、平克、道金斯分别指查理·芒格（Charlie Munger）、史蒂芬·平克（Steven Pinker）、理查德·道金斯（Richard Dawkins）。
6. 西蒙与多萝西娅指赫伯特·西蒙（Herbert A. Simon）及其妻子多萝西亚·派伊（Dorothea Pye）。纳博科夫与薇拉指弗拉基米尔·纳博科夫（Vladimir Nabokov）及其妻子薇拉·纳博科夫（Vera Nabokov）。

## 04

1. 秦铁辉，刘宇，& 杨薇薇.（2007）.竞争情报与人际网络研究述评.情报科学，12, 1761–1768.

## 05

1. 参见詹腾宇.（2018，七月）.中国职场十大病.新周刊，519.
2. 《机器人叛乱》参见：基思·斯坦诺维奇.（2015）.机器人叛乱（吴宝沛，译）.机械工业出版社.
3. 摘自《机器人叛乱》译者序，（p. XIV）
4. 参见詹姆斯·马奇.（2010）.马奇论管理（丁丹，译）.（p. 4）.东方出版社.
5. 《古典风格》参见：弗朗西斯-诺尔 托马斯 & 马克 特纳.（2022）.古典风格（李星星，叶富华，& 阳志平（审校），译）.电子工业出版社.
6. 参考 Nash, L., & Stevenson, H. H.（2004, February 1）. Success That Lasts. Harvard Business Review.

## 06

1. 参见保罗·格雷厄姆的博客文章：Paul Graham. (2006, January). How to Do What You Love. 网址参见：paulgraham.com/love.html。
2. Richard R. Hamming. (2014). Art of Doing Science and Engineering: Learning to

Learn (1st edition). CRC Press.
3 《转行》参见：埃米尼亚·伊瓦拉.（2016）.转行（张洪磊 & 汪珊珊，译）.机械工业出版社.
4 我的文章《如何转变职业生涯？》，后曾用作《转行》中文版推荐序。
5 《生涯咨询与辅导》参见：金树人.（2007）.生涯咨询与辅导.高等教育出版社.
6 根据坎贝尔与莫耶斯的对谈纪录片《神话的力量》翻译，英文原文参见：Joseph Campbell.（1991）. The Power of Myth. Anchor；其他中文翻译亦可参见约瑟夫·坎贝尔 & 比尔·莫耶斯.（2011）.神话的力量（朱侃如，译）.（p. 155）.万卷出版公司.
7 参见博客文章：Dan Luu.（2015, December）. Big companies v. Startups. 网址参见：danluu.com/startup-tradeoffs。
8 摘自电影《死亡诗社》台词，同名原著可参考：Kleinbaum, N. H.（2006）. Dead Poets Society. Voice；中译版亦可参考：N·H 科琳宝姆.（2011）.死亡诗社（辛涛，译）.（p. 54）.湖南文艺出版社.

## 07

1 《心灵种种》参见：丹尼尔·丹尼特.（2012）.心灵种种（罗军，译）.上海科学技术出版社.
2 《人生模式》参见：阳志平.（2019）.人生模式.电子工业出版社.
3 约翰·杜威.（2019）.民主与教育（俞吾金 & 孔慧，译）.（p. 226）.华东师范大学出版社.
4 戴维·珀金斯.（2015）.为未知而教，为未来而学（杨彦捷，译）.（p. 4）.浙江人民出版社.
5 《韩愈志》参见：钱基博.（2012）.韩愈志.上海古籍出版社.
6 参考《为未知而教，为未来而学》第六章。
7 《聪明的阅读者》参见：阳志平.（2023）.聪明的阅读者.中信出版集团.
8 埃文斯、卡尼曼、斯坦诺维奇三人分别指乔纳森·埃文斯（Jonathan St. B. Evans）、丹尼尔·卡尼曼（Daniel Kahneman）、基思·斯坦诺维奇（Keith E.Stanovich）。
9 《查拉图斯特拉如是说》参见：弗里德里希·尼采.（2011）.查拉图斯特拉如是说.中国人民大学出版社；《逻辑哲学论》参见：路德维希·维特根斯坦.（2014）.逻辑哲学论（王平复，译）.江西教育出版社.
10 《怎样解题》参见：波利亚 G.（2018）.怎样解题（涂泓 & 冯承天，译）.上海科技教育出版社.

11 Tenenbaum, J. B., Silva, V. de, & Langford, J. C. (2000). A Global Geometric Framework for Nonlinear Dimensionality Reduction. Science, 290(5500), 2319–2323.
12 《忧郁的热带》参见：克洛德·列维-斯特劳斯.（2005）.忧郁的热带（王志明，译）.生活·读书·新知三联书店；《江村经济》参见：费孝通.（2001）.江村经济.商务印书馆.
13 《女人、火与危险事物》参见：乔治·莱考夫.（2017）.女人、火与危险事物（李葆嘉，章婷，& 邱雪玫，译）.世界图书出版公司.
14 彼得·考夫曼（编）.（2016）.穷查理宝典（李继宏，译）.（p. 79）.中信出版社.
15 彼得·考夫曼（编）.（2016）.穷查理宝典（李继宏，译）.（pp. 312–313）.中信出版社.
16 摘自詹姆斯·马奇关于堂吉柯德的评价，参见：詹姆斯 马奇.（2010）.（p. 5）.马奇论管理（丁丹，译）.东方出版社.

## 08

1 详细介绍参见哈佛大学通识教育课程官网。
2 哈佛大学通识教育发展历史，综合自哈佛大学通识教育网站，以及黄坤锦的《美国大学的通识教育》（2023年，商务印书馆）和徐志强的《哈佛大学通识教育课程改革研究》（2015年，中国社会科学出版社）。
3 《莫里尔法案》对美国高等教育影响深远，甚至可以说是美国今日强盛根基之一，更多详细介绍参见：杨光富.（2004）.美国赠地学院发展研究.（硕士论文，华东师范大学）.
4 哈佛委员会.（2010）.哈佛通识教育红皮书（李曼丽，译）.北京大学出版社.
5 Keller, P.（1982）. Getting at the Core: Curricular Reform at Harvard. Harvard University Press.
6 参见网址：projects.iq.harvard.edu/files/gened/files/genedtaskforcereport.pdf?m=1448033208。
7 Yale University.（1828）. Reports on the Course of Instruction in Yale College. H. Howe.
8 Adler, M. J., Fadiman, C., & Goetz, P. W.（Eds.）.（1990）. Great Books of the Western World（2nd）. Encyclopedia Britannica Inc.
9 黄坤锦.（2023）.美国大学的通识教育.（p. 186–187）.商务印书馆.
10 参见北京大学通识教育网站。
11 参见香港中文大学通识教育网站。

12 Rosovsky, H.（1991）. The university: An owner's manual. WW Norton & Company. 中文译文亦可参考黄坤锦的《美国大学的通识教育》（2023年，商务印书馆）一书封底。
13 参见香港中文大学通识教育网站：www.oge.cuhk.edu.hk/sc/overview/our-mission/。
14 参见清华大学通识荣誉课程网站：www.tsinghua.edu.cn/info/1159/102877.htm。
15 参见"学在清华"微信公众号文章：mp.weixin.qq.com/s/4wYJ1XCoBiVr7TXI3Q2YWA。
16 参见香港中文大学通识教育网站：www.oge.cuhk.edu.hk/sc/，其中"与人文对话"挑选了《论语》《社会契约论》等8本书；"与自然对话"挑选了《理想国》《物种起源》等8本书。
17 Thompson, C. A., Eodice, M., & Tran, P.（2015）. Student perceptions of general education requirements at a large public university: No surprises?. The Journal of General Education, 64（4）, 278-293.
18 American Council of Trustees and Alumni（ACTA）.（2020）. What Will They Learn? 2020-2021: A Survey of Core Requirements at Our Nation's Colleges and Universities. Washington, DC: ACTA.
19 参见美国心理学会官网介绍。
20 这里采用世界卫生组织统计的各国人口预期寿命，参见：World health statistics 2024: monitoring health for the SDGs, sustainable development goals。
21 现象学相关介绍参见：肖恩·加拉格尔，& 肖恩·加拉格尔.（2021）.现象学导论（张浩军，译）.中国人民大学出版社.
22 培根.（2011）.新工具（许宝骙，译）.商务印书馆.
23 左玉河.（2024）.从四部之学到七科之学：学术分科与近代中国知识系统之创建.四川人民出版社.
24 "全局认识"和"交叉验证"是我提出的两个高阶模型，作为我构建的通识教育体系中的"信息分析"课程核心内容。
25 更多内容可以参考我的信息分析相关课程以及未来上市的相关著作，网址参见：www.openmindclub.com/course
26 更多内容参考我的著作《工作的心智》第二章《作品：形态、稳定与创新》，参见：阳志平.（2024）.工作的心智.电子工业出版社.

---

09

1 美国麻省理工学院的脑、心智与机器中心（The Center for Brains, Minds & Machines）在其官网上分享研讨会、课程等的视频资源，包括约书亚·特南鲍姆的讲座，参见：cbmm.mit.edu/videos。
2 分别指基思·斯坦诺维奇（Keith E.Stanovich）、安德斯·艾利克森（Anders Ericsson）、埃米尼亚·伊瓦拉（Herminia Ibarra）、史蒂芬·平克（Steven Pinker）、詹姆斯·弗林（James R. Flynn）、诺曼·道伊奇（Norman Doidge）、斯蒂芬·科斯林（Stephen M.Kosslyn）、史蒂文·约翰逊（Steven Johnson）。
3 彼得·德鲁克.（2010）.管理（下册）（辛弘，译）.（p. 279）.机械工业出版社.
4 珍妮特·洛尔.（2009）.查理·芒格传（邱舒然，译）.（p. 270–271）.中国人民大学出版社.
5 彼得·考夫曼（编）.（2016）.穷查理宝典（李继宏，译）.（pp. 312–313）.中信出版社.
6 同注5,（p. 261）
7 这位朋友是陈虎平.
8 詹姆斯·马奇.（2011）.经验的疆界（丁丹，译）.（p. 28）.东方出版社.

## 10

1 摘自《创造知识的企业》序，译文略有调整，参见：野中郁次郎, & 竹内弘高.（2006）.创造知识的企业（李萌 & 高飞，译）.知识产权出版社.
2 《个人知识》参见：迈克尔·波兰尼.（2017）.个人知识（徐陶，译）.上海人民出版社.
3 《人工语法的内隐学习》参见：Reber, A. S. (1967). Implicit learning of artificial grammars. Journal of Verbal Learning and Verbal Behavior, 6(6), 855–863.
4 野中郁次郎.（2006）.创新的本质.（p. 19）.知识产权出版社.
5 同注4,（pp. 168-169）
6 这段话中的人名分别指：基思·斯坦诺维奇（Keith E.Stanovich）、赫伯特·西蒙（Herbert A. Simon）、丹尼尔·卡尼曼（Daniel Kahneman）、吉仁泽（Gerd Gigerenzer）、加里·克莱因（Gary Klein）。
7 《思考，快与慢》参见：丹尼尔·卡尼曼.（2012）.思考，快与慢（胡晓姣，李爱民, & 何梦莹，译）.中信出版社.
8 《纪律与激情》为马奇导演的纪录片，参见：Steve Schecter（Director）.（2003）. Passion & Discipline: Don Quixote's Lessons for Leadership.
9 读书卡片写法与用法在《聪明的阅读者》中"卡片大法"一章中有更详细的介绍，参见：阳志平.（2023）.聪明的阅读者.中信出版集团.
10 Kemp, C., & Tenenbaum, J. B. (2008). The discovery of structural form. Proceedings of the National Academy of Sciences, 105(31), 10687–10692.

11 参见汤姆·普雷斯顿-沃纳博客文章：Tom Preston-Werner. (2010, August). Readme Driven Development.

## 11

1 参见彼得·考夫曼（编）.（2016）. 穷查理宝典（李继宏，译）. 中信出版社.
2 参见乔治·齐夫.（2016）. 最省力原则（薛朝凤，译）. 上海人民出版社.

## 12

1 彼得·考夫曼（编）.（2016）. 穷查理宝典（李继宏，译）.（pp. 439–440）. 中信出版社.
2 同注1,（p. 440）。
3 参见保罗·格雷厄姆的博客文章：Paul Graham.（2008, December）. After Credentials. 网址参见：paulgraham.com/credentials.html。
4 《安德的游戏》参见：奥森·斯科特·卡德.（2016）. 安德的游戏（李毅，译）. 浙江文艺出版社.
5 艾柯、卡尔维诺、狄金森分别指翁贝托·艾柯（Umberto Eco）、伊塔洛·卡尔维诺（Italo Calvino）、艾米莉·狄金森（Emily Dickinson）。
6 《聪明的阅读者》在第五章介绍了"抽样阅读"，参见：阳志平.（2023）. 聪明的阅读者. 中信出版集团.
7 《适应性思维》参见：吉仁泽.（2006）. 适应性思维（刘永芳，译）. 上海教育出版社.《形式综合论》参见克里斯托弗·亚历山大.（2010）. 形式综合论（王蔚，曾引，& 张玉坤，译）. 华中科技大学出版社.
8 《影响力》参见：罗伯特·西奥迪尼.（2021）. 影响力（闾佳，译）. 北京联合出版公司.
9 Zotero，一款知识管理软件。Markdown，一个让你不再忧虑排版，专注写作的语言。GitHub，一个在线软件源代码托管服务平台，同时也是程序员社区。
10 亚里士多德、柏拉图、瓦特、达尔文、维特根斯坦、爱因斯坦指亚里士多德（Aristotle）、柏拉图（Plato）、詹姆斯·瓦特（James Watt）、查尔斯·达尔文（Charles Darwin）、路德维希·维特根斯坦（Ludwig Wittgenstein）、阿尔伯特·爱因斯坦（Albert Einstein）。
11 《追忆》参见：宇文所安.（2014）. 追忆（郑学勤，译）. 生活·读书·新知三联书店；《迷楼》参见：宇文所安.（2004）. 迷楼（程章灿，译）. 生活·读书·新知三联书店；《盛唐诗》参见：宇文所安.（2004）. 盛唐诗（贾晋华，译）. 生活·读书·新知三联书店.

12《网络科学引论》参见纽曼.（2014）. 网络科学引论（陈哲，译）. 电子工业出版社；《网络、群体与市场》参见：大卫·伊斯利 & 乔恩·克莱因伯格.（2011）. 网络、群体与市场（李晓明，王卫红，& 杨韫利，译）. 清华大学出版社.

13《社会网络分析：方法与实践》参见：Maksim Tsvetovat & Alexander Kouznetsov.（2013）. 社会网络分析（王薇，王成军，王颖，& 刘璟，译）. 机械工业出版社.

14《个人知识》参见：迈克尔·波兰尼.（2017）. 个人知识（徐陶，译）. 上海人民出版社.

15 德雷福斯兄弟早年论文参见：Stuart E. Dreyfus & Hubert L. Dreyfus.（1980）. A Five-Stage Model of the Mental Activities Involved in Directed Skill Acquisition. 晚年修正参见：Rousse, B. S., & Dreyfus, S. E.（2021）. Revisiting the Six Stages of Skill Acquisition. In Teaching and Learning for Adult Skill Acquisition: Applying the Dreyfus & Dreyfus Model in Different Fields（pp. 3–28）.

16 J·莱夫.（1997）. 情景学习（王文静，译）.（p. 7）. 华东师范大学出版社.

17《追时间的人》参见：阳志平（编）.（2016）. 追时间的人. 中信出版社.

## 13

1 Markus, H.（1977）. Self-schemata and processing information about the self. Journal of Personality and Social Psychology, 35（2）, 63–78.

2 Tajfel, H.（1974）. Social identity and intergroup behaviour. Social science information, 13（2）, 65-93.

3 Markus, H., & Nurius, P.（1986）. Possible selves. American Psychologist, 41（9）, 954–969.

4 Cross, S., & Markus, H.（1991）. Possible selves across the life span. Human development, 34（4）, 230-255.

5 Oyserman, D., & Markus, H. R.（1990）. Possible selves and delinquency. Journal of personality and social psychology, 59（1）, 112.

6 Frazier, L. D., Hooker, K., Johnson, P. M., & Kaus, C. R.（2000）. Continuity and change in possible selves in later life: A 5-year longitudinal study. Basic and applied social psychology, 22（3）, 237-243.

7 Oyserman, D., & Markus, H.（1990）. Possible selves in balance: Implications for delinquency. Journal of social issues, 46（2）, 141-157.

8 "可能的自我"测量可参考：Packard, B. W. L., & Conway, P. F.（2006）. Methodological choice and its consequences for possible selves research. Identity, 6（3）, 251-271. 以及 Dunkel, C., & Kerpelman, J.（2006）. Possible selves: Theory, research and

applications. Nova Publishers.
9　亦可参考达芙娜·奥伊瑟曼（Daphna Oyserman）提出的"基于身份的动机理论"，参见：Oyserman, D., & Destin, M.（2010）. Identity-based motivation: Implications for intervention. The Counseling Psychologist, 38（7）, 1001-1043.
10　亦可参考该方法提出者的著作：Oettingen, G.（2015）. Rethinking positive thinking: Inside the new science of motivation. Current.
11　亦可参考达芙娜·奥伊瑟曼（Daphna Oyserman）的论文：Oyserman, D. & Horowitz, E.（2023）. From possible selves and future selves to current action: An integrative review and identity-based motivation synthesis. Advances in Motivation Science, 10, 73-147. 以及图书：Oyserman, D.（2015）. Pathways to success through identity-based motivation. Oxford University Press.

## 14

1　马斯洛、赫茨伯格、麦克利兰指亚伯拉罕·马斯洛（Abraham Maslow）、弗雷德里克·赫茨伯格（Frederick Herzberg）、戴维·麦克利兰（David McClelland）。
2　Wrzesniewski, A., Schwartz, B., Cong, X., Kane, M., Omar, A., & Kolditz, T. (2014). Multiple types of motives don't multiply the motivation of West Point cadets. Proceedings of the National Academy of Sciences, 111(30), 10990–10995.
3　Tay, L., & Diener, E. (2011). Needs and subjective well-being around the world. Journal of Personality and Social Psychology, 101(2), 354–365.
4　White, R. W. (1959). Motivation reconsidered: The concept of competence. Psychological Review, 66(5), 297–333.
5　Deci, E. L., & Ryan, R. M. (2008). Self-determination theory: A macrotheory of human motivation, development, and health. Canadian Psychology, 49(3), 182–185.
6　欧内斯特·莫斯纳.（2017）. 大卫·休谟传（周保巍，译）.（p. 658）. 浙江大学出版社.

## 15

1　参见我的著作《人生模式》（2019年，电子工业出版社）第二十章《有趣男女》。
2　Abele, A. E., & Wojciszke, B.（2019）. Agency and communion in social psychology. Routledge Taylor & Francis Group.
3　参见我在"心智工具箱"公众号上发表的文章：《成为父亲》。
4　参见我即将出版的"人性系统论"相关著作。
5　Bian, L., Leslie, S., & Cimpian, A.（2017）. Gender stereotypes about intellectual

ability emerge early and influence children's interests. Science, 355, 389-391.
6  引文在中文版翻译基础上重译，参见：布尔迪厄（2012）. 男性统治. 中国人民大学出版社.

## 16

1  《追时间的人》参见：阳志平（编）.（2016）. 追时间的人. 中信出版社.
2  《热情人生的冰淇淋哲学》参见：Margaret Lobenstine.（2007）. 热情人生的冰淇淋哲学（刘怡女，译）. 大块文化.
3  参见阳志平.（2010）. 积极心理学团体活动课操作指南. 机械工业出版社.

## 17

1  Gentry D. W., Chesney A. P., Gary H. E. J., Hall R. P., & Harburg E. (1982). Habitual Anger-Coping Styles: I. Effect on Mean Blood Pressure and Risk for Essential Hypertension. Psychosomatic Medicine, 44(2), 195.
2  Bryant, F. (2003). Savoring Beliefs Inventory (SBI): A scale for measuring beliefs about savouring. Journal of mental health, 12(2), 175–196.
3  参见马丁·塞利格曼2004年在TED的公开演讲 *The new era of positive psychology*。
4  Hefferon, K., & Boniwell, I. (2011). Positive Psychology: Theory, Research and Applications. McGraw-Hill Education.

## 18

1  摘自宇文所安《中国传统诗歌与诗学》的《又一篇序》，参见：宇文所安.（2013）. 中国传统诗歌与诗学（陈小亮，译）.（p. 1）. 中国社会科学出版社.
2  《人的文学》是我2016年在主讲课程"认知写作学"三期开学典礼的演讲，演讲文字整理后收录于《人生模式》一书，章节标题为《文学怎样帮助人类》。
3  摘自王阳明的《别湛甘泉序》，参见王守仁.（2015）. 王文成公全书.（p. 278）. 中华书局.
4  《人生五大问题》参见：安德烈·莫罗阿.（2016）. 人生五大问题（傅雷，译）. 生活·读书·新知三联书店.
5  《青年的四个大梦》参见：吴静吉.（2004）. 青年的四个大梦. 汕头大学出版社.《生命是长期持续的积累》参见：彭明辉.（2012）. 生命是长期而持续的累积. 光明日报出版社.
6  请参考拙著《人生模式》第一章"三十六惑"，参见阳志平.（2019）. 人生模式. 电子工业出版社.

7 饶尚宽 译注.（2016）.老子.（p. 42）.中华书局.
8 威廉·詹姆斯、乔纳森·海特、马丁·塞利格曼、科瑞·凯斯分别指威廉·詹姆斯（William James）、乔纳森·海特（Jonathan Haidt）、马丁·塞利格曼（Martin Seligman）、科瑞·凯斯（Corey Keyes）.《象与骑象人》参见：乔纳森·海特.（2012）.象与骑象人（李静瑶，译）.浙江人民出版社.《持续的幸福》参见：马丁·塞利格曼.（2012）.持续的幸福（赵昱鲲，译）.浙江人民出版社.Flourishing 参见：Keyes, C. L., & Haidt, J.（2010）.Flourishing. The Corsini encyclopedia of psychology, 1.
9 "人言头上发，总向愁中白"摘自辛弃疾的《菩萨蛮·金陵赏心亭为叶丞相赋》，参见：辛弃疾.（2010）.辛弃疾词集.（p. 20）.上海古籍出版社.
10 "寂寞流泪，身如浮萍，断了根，若有水相邀，我也会同行"摘自小野小町，参见：纪贯之等 编.（2018）.古今和歌集（王向远 & 郭尔雅，译）.（p. 350–351）.上海译文出版社，此译版摘自《修辞认识》，参见：佐藤信夫.（2013）.修辞认识（肖书文，译）.（p. 128）.重庆大学出版社.
11 《洛丽塔》参见：弗拉基米尔·纳博科夫.（2005）.洛丽塔（主万，译）.上海译文出版社.
12 沈德潜.（2006）.古诗源.（p. 8）.中华书局.

## 19

1 伊迪特·索德格朗.（1987）.索德格朗诗选（北岛，译）.（p. 57）.外国文学出版社.
2 伊迪特·索德格朗.（2015）.我必须徒步穿越太阳系（李笠，译）.（p. 137）.湖南文艺出版社.
3 同注 2,（p. 18）。
4 艾米莉·狄金森.（1984）.狄金森诗选（江枫，译）.（p. 77）.湖南人民出版社.
5 《追时间的人》参见：阳志平（编）.（2016）.追时间的人.中信出版社.
6 《清醒思考的艺术》参见：罗尔夫·多贝里.（2013）.清醒思考的艺术.中信出版社.
7 摘自鲁迅的《导师》，参见：鲁迅.（2006）.华盖集.（p. 77）.人民文学出版社.
8 根据巴菲特 2005 年接受《财富》杂志的"我得到过的最好建议"采访翻译，英文原文参见：Loomis, C. J.（Ed.）.（2013）. Tap Dancing to Work. Portfolio；其他中文翻译亦可参见卡萝尔·卢米斯（编）.（2017）.跳着踢踏舞去上班（张敏，译）.（p. 77）.北京联合出版公司.
9 《老人与海》余光中翻译版可参考：海明威.（2012）.老人与海（余光中，译）.译林出版社；张爱玲翻译版可参考：海明威等.（2015）.老人与海（张爱玲,译). 北京十月文艺出版社.
10 芒格提到"模型必须来自各个不同的学科",根据美国CIP学科分类表2020版,共有61个一级学科,一级学科下属473个二级学科,假设每个二级学科中有3~4个高阶模型,则有1419~1892个高阶模型. 假设最重要的高价模型占十分之一,则实际需要掌握142~189个高阶模型. 当然,这只是一个简单的估算.
11 "新知卡"是我提出的一种读书卡片,此外我还推荐阅读时撰写"术语卡"、"人物卡"等读书卡片,了解更多可阅读《聪明的阅读者》第八章卡片大法,参见:阳志平.(2023).聪明的阅读者.中信出版集团.
12 同注3,(p. 157).
13 同注3,(p. 233).

## 20

1 根据2010年人口普查数据统计得出我国人均预期寿命为74.83岁,2020年人口普查数据统计得出我国人均预期寿命为77.93岁,参见《2022中国卫生健康统计年鉴》第九部分.
2 摘自《周易·系辞上》,参见:郭彧 译注.(2006).周易.(p. 360).中华书局.
3 摘自《周易·系辞下》,原句为"德薄而位尊,知小而谋大,力小而任重,鲜不及矣!"后人引申为"德不配位,必有灾殃".参见:郭彧 译注.(2006).周易.(p. 390).中华书局.
4 同注4,摘自《周易·系辞下》,(p. 388).原句为"君子藏器于身,待时而动,何不利之有?动而不括,是以出而有获.语成器而动者也."
5 同注3,摘自《周易·系辞上》,(p. 373).

## 21

1 《巴拉巴西成功定律》参见:艾伯特-拉斯洛·巴拉巴西.(2019).巴拉巴西成功定律(贾韬,周涛,& 陈思雨,译).天津科学技术出版社.
2 《教父》参见:马里奥·普佐.(2014).教父(姚向辉,译).江苏文艺出版社,亦可参考同名电影.
3 参考《情绪》第九章"如何掌控情绪"相关内容,参见:莉莎·巴瑞特.(2019).情绪(周芳芳 & 黄扬名,译).中信出版社.

## 22

1 2021年3月11日,艺术家Beeple创作的JPG图片文件《每一天:最初的5000天》(Every days: The First 5000 Days)的NFT,在佳士得拍卖行(Christie's)

以6025万美元落槌，加上佣金约6930万美元成交（约4.5亿人民币）。参见澎湃新闻报道《4.5亿成交的数字作品，佳士得首次拍卖NFT艺术创纪录》。

## 23

1. "创新算法"即Triz，入门读物可以阅读《创新算法》，参见：根里奇·斯拉维奇·阿奇舒勒.（2008）.创新算法（谭增波 & 茹海燕，译）. 华中科技大学出版社，以及《进化树》，参见：尼古拉·什帕科夫斯基.（2010）.进化树. 中国科学技术出版社.
2. 以上例子检索自：36氪与虎嗅网。
3. 《秋浦歌十七首》参见：中华书局编辑部.（1992）. 全唐诗.（p. 1726）. 中华书局。《巴比伦公主》参见：伏尔泰.（1981）. 巴比伦公主（郑彦范 & 林伦彦，译）. 湖南人民出版社，此处译文摘自《修辞感觉》，参见：佐藤信夫.（2012）. 修辞感觉（肖书文，译）.（p. 160）. 重庆大学出版社。
4. 《诗经·王风·采葛》参见：程俊英 译注.（2006）. 诗经译注.（p. 106）. 上海古籍出版社。《一件小事》参见：鲁迅.（2016）. 呐喊.（p. 53）. 天津人民出版社。《晚年·猿面冠者》参见：太宰治.（2013）. 晚年（朱春育，译）. 重庆出版社，此处译文摘自《修辞感觉》，参见：佐藤信夫.（2012）. 修辞感觉（肖书文，译）.（p. 156）. 重庆大学出版社。
5. 《鸿鸾禧》参见：张爱玲.（2019）.（p. 46）. 红玫瑰与白玫瑰. 北京十月文艺出版社.
6. 《从前慢》参见：木心.（2009）. 云雀叫了一整天.（p. 74–75）. 广西师范大学出版社.
7. 参考《超越智商》第三章"反省心智、算法心智与自主心智"。参见：基思·斯坦诺维奇.（2015）. 超越智商（张斌，译）. 机械工业出版社.

## 24

1. Amabile, T. M.（1985）. Motivation and creativity: Effects of motivational orientation on creative writers. Journal of personality and social psychology, 48（2）, 393.
2. Wrzesniewski, A., Schwartz, B., Cong, X., Kane, M., Omar, A., & Kolditz, T.（2014）. Multiple types of motives don't multiply the motivation of West Point cadets. Proceedings of the National Academy of Sciences, 111（30）, 10990-10995.
3. Mustafa, M., & Bhatt, H.（2023）. Expert: understanding the path to mastery.
4. Simon, H. A.（1957）. Models of man: social and rational; mathematical essays on rational human behavior in society setting. New York: Wiley.

5 Schwartz, B., Ward, A., Monterosso, J., Lyubomirsky, S., White, K., & Lehman, D. R.（2002）. Maximizing versus satisficing: happiness is a matter of choice. Journal of personality and social psychology, 83（5）, 1178.
6 参见《工作的心智》第二章，阳志平.（2024）.工作的心智.电子工业出版社.
7 米哈里·契克森米哈赖.（2017）.心流（张定绮，译）.中信出版社.
8 Lewis Jr, N. A., & Oyserman, D.（2015）. When does the future begin? Time metrics matter, connecting present and future selves. Psychological science, 26（6）, 816-825.
9 "人们如歌如泣，人们撒下泥土，人们凿井而饮"与"号子如涌，九歌如兽"出自海子长诗《河流》第三节《北方》，参见海子.（2009）.海子诗全集（西川，编）.作家出版社."万物之中，希望至美"为电影《肖申克的救赎》经典台词。

# 后记

## 1

这是我的第五本个人著作,也是"心智系列"的第三本。至此,《阅读的心智》《工作的心智》《成长的心智》构成"心智三部曲",分别探讨了阅读、工作和成长三大主题。

旁人可能觉得我较为高产。实际上,我自己知道,每本书都来之不易。春天时,我在写作;夏天时,我在写作;秋天时,我在写作;冬天时,我在写作。年复一年,日日如此。

"心智三部曲"纪念的是我工作以来的二十余年,尤其是2014年至2024年这十年。《阅读的心智》是我的读书随笔精选集,十年读书心得;《工作的心智》是我的工作方法论专著,二十年工作心得;《成长的心智》则是我的思想随笔精选集,十年思考心得。

因为这些文字的存在,遇到过的人,经历过的事,读过的书,过往的记忆变得格外清晰。如今,我将这些从时光中打捞出来的文字,献给成长中的你,希望能给你带来些许启发。

## 2

今天的信息环境非常不利于思考。二十年前,互联网正处于快速发展阶段,我们想到什么,就写下什么。若干年后回首,看到一个欣然成长的自己。

但在如今这个信息过载时代,噪声越来越多,我们的注意力变得格外分散,沉溺于廉价的好奇心,却忘记了追求人类的高级智慧;戾气越来越重,我们愈发倾向于质疑和批评,却忽视了建设和创作。

潮起潮落,时代的浪花一朵朵。有作家说,我们终将改变潮水的方向;也有作家问,我们能否改变潮水的方向?

不过,我们至少可以观察、记录和反思。这就是本书的创作背景。这些思想随笔,或关乎时代,或关乎心灵。那些原本看似正确的假设,在书中被我重新审视,并提出新的见解。

有些随笔曾在媒体正式刊发,引发了较大反响,受到不少朋友的喜爱;有些则是我首次公开发表。也许我在书中给出的答案并不完美,但如果能激发你的好奇心,让你意识到这些问题的存在,这便是本书的意义。

## 3

感谢电子工业出版社综合出版分社社长李影老师,正是她的大力推动,使本书得以与读者见面;感谢赵诗文老师负责本书的文字编辑工作。感谢杨柳依依协助我完善配图；感谢陈星宇、罗渊隆、李国军和孔德超协助我校订书稿、增补注释；感谢日出工作室的刘聪和一休为本书设计精美封面。

多年来，我从方军、徐瑾、王树义与李万中这四位杰出的创作者身上获益匪浅，《成长的心智》有幸获得他们的推荐，特此致谢。

这也是我写给女儿的第四本书，书中的献词有这样一句话："成为自己，不完美，但美好。"这是我作为父亲对她的期待与祝福。期待女儿成为自己，拥有独特的个性，独特的知识结构，独特的技能组合，独特的作品方阵。

整个过程注定不完美。一个人的个性既有讨喜的一面，比如我的女儿同理心强，但也有不太理想的一面，比如她容易发脾气。同样，一个人越是在某些知识或技能上投入时间，就越可能忽略其他方面。任何作品都难以赢得所有人的青睐，注定会有人喜欢，也会有人批评。

然而，请记住，一个有个性、有知识、有技能、有作品的人，必然比一个没有个性、没有知识、没有技能、没有作品的人，更接近"成为自己"。

# 4

在21世纪，人如何成为自己？书中讲了很多，但最重要的是，你或许可以记住：

你想成为什么样的人，就给自己创设什么样的情境；你想拥有什么样的生活，就拥有什么样的情境。

举个例子，如果一个常常紧绷的人，想变得更松弛一些，那么可以从将自己的房间、开的车变得更松弛开始。可以换个房间的颜色，刷成绿色；床品也可以换成浅绿色。那些在房间里引发自己紧张感的物品可以全部藏起来或送人。车也可以进行类似的改造。你还可以完全不做理性分析，随机去一些场所，比如随机报名参观几个博物馆，或者看几场脱口秀。

托尔斯泰曾说："幸福的家庭都是相似的，不幸的家庭却各有各的不幸。"我则认为，不幸的人生发展大同小异，幸运的人生发展却是因为足够"成为自己"。

不幸的人生发展大同小异，往往是因为违背了人生发展的规律，比如个人特质与情境的错配，或者是上一个人生发展周期未解决的矛盾拖延到下一个周期。

而幸运的人生发展却都是足够"成为自己"，也就是在个人与情境的磨合中，走出了一条足够个性化的路线。这条路线往往只有那么一两个人走通，他们将自己的个人优势与情境优势发挥得淋漓尽致，最后，几乎没有任何竞争对手，取得了令人惊叹的成就。

# 5

在本书创作接近尾声之际，不幸的是，我的父亲于2024年8月

5日清晨永远离开了这个世界。

父亲1949年出生，八岁丧父，二十岁参加工作，三十岁结婚，育有一子一女，也就是我与妹妹。

在本书第八章的结尾，我曾写道："何谓君子？虽处陋室，能自得其乐；虽居高位，亦能心怀四海。"而父亲正是我心目中的君子。他一生事亲尽孝，事妻如宾，交友则信，居乡则睦，待人则诚。他为人正直，勤劳付出，常常为他人着想，对家人更是影响深远。

自父亲五十岁起，便被病痛缠身，年复一年，身体日渐衰弱，如今终于得以解脱，去往另一个世界。幸运的是，父亲启程时，众多亲人陪伴在侧，更有可爱的孙辈们陪着爷爷度过了最后的时光。

回顾父亲的一生，他历经坎坷：少年丧父，青年失学，中年失业，老年多病。尽管如此，他从未向生活屈服，始终努力成为更好的自己。

正如家乡大儒王船山先生所言，生死一体两面，生死如同酒醴与糟粕，生死亦如昼夜，既知生之贵，当珍生与敬生。愿父亲在另一个世界平安喜乐，也愿大家都能珍惜并敬重生命。

我们也会永远想念您，父亲。